Lügenmauer

Das Buch

Emma Vaughan, Kommissarin bei der Mordkommission in Sligo an der verregneten Nordwestküste Irlands, fällt auf: Sie ist geschieden und alleinerziehend und Protestantin. Ihr neuer Fall, der Mord an Charles Fitzpatrick, einem hochrangigen Mitglied der protestantischen Kirche, konfrontiert sie nicht nur mit der dunklen Geschichte Irlands, sondern auch mit den Geistern ihrer eigenen Vergangenheit. Die Ermittlungen führen Emma in ein Kloster, in dem in den sechziger Jahren junge Mütter ihre unehelichen Kinder zur Welt brachten. Emma taucht tief in das dunkle Kapitel irischer Geschichte ein. Doch ihre Fragen treffen nur auf eisiges Schweigen. Dabei steht für sie viel auf dem Spiel: Wenn sie nicht schnell Ergebnisse liefert, übernimmt die Mordkommission in Dublin den Fall. Auch privat läuft für Emma nicht alles rund. Ihr Exmann fordert das alleinige Sorgerecht für ihren Sohn Stevie. Und ihre ständigen Rückenschmerzen erträgt sie nur mit einer Handvoll Schmerzmitteln.

Da erreicht ein Brief aus Manchester die Mordkommission, dessen Inhalt die Ermittlungen in völlig neue Bahnen lenkt.

Die Autorin

Barbara Bierach ist eine bekannte Journalistin und Sachbuchautorin. Nach Jahren als Auslandskorrespondentin in New York und Sydney lebt sie heute im irischen Sligo, wo auch ihr erster Krimi *Lügenmauer* spielt.

Barbara Bierach

Lügenmauer

Irland-Krimi

List Taschenbuch

Besuchen Sie uns im Internet:
www.list-taschenbuch.de

Originalausgabe im List Taschenbuch
List ist ein Verlag der Ullstein Buchverlage GmbH, Berlin.
1. Auflage Juli 2016
© Ullstein Buchverlage GmbH, Berlin 2016
Umschlaggestaltung: bürosüd° GmbH, München
Titelabbildung: © Getty Images / Anne Logue Photography
Satz: Pinkuin Satz und Datentechnik, Berlin
Gesetzt aus der ITC Slimbach Std. Book
Druck und Bindearbeiten: CPI books GmbH, Leck
Printed in Germany
ISBN 978-3-548-61306-2

»We ought to have as great a regard for religion as we can, so as to keep it out of as many things as possible.«

Sean O'Casey, *»The Plough and the Stars«*

Kapitel 1

Die Scheune

Oktober 1964

Sie kniff die Augen zusammen, im Zwielicht des dunklen Schuppens konnte sie kaum etwas erkennen. Den Kopf in den Nacken gelegt, suchten ihre Augen die bis unter die hohe Scheunendecke gestapelten Heuballen ab. »Dixie, wo bist du?« In diesem Licht konnte sie die wie Schatten vorbeigleitenden Katzen kaum sehen. Nur Ginger, ein feuerroter dicker Kater, machte sich nicht die Mühe, sich zu verstecken, sondern hockte gelassen oben im Gebälk. Mit grünen Augen starrte er ihr spöttisch ins Gesicht.

»Du hast gut lachen!«, rief sie ihm zu, »dir droht ja auch keine Gefahr, obwohl du dauernd neue Kätzchen machst!« Von Dixie jedoch keine Spur, vielleicht hatte sie sich auch in die Ställe verdrückt, um zu werfen und ihre Babys zu verstecken. Wusste die Katze doch aus trauriger Erfahrung, dass sie ihre Kinder verlor, wenn die Menschen sie fanden.

Sie war 25 Jahre alt, ihr dickes, schwer zu bändigendes kupferfarbenes Haar hatte sie mühsam zu einem Knoten tief in ihrem Nacken gedreht. Dauernd drohten die Haarspangen herauszuspringen und die wilde Pracht freizulassen. Sie wusste, dass ihrer Mutter dieses »Hexenhaar« ein Dorn im Auge war, und schob nervös eine vorwitzige

Strähne hinters Ohr. Es war Samstag, trotzdem trug sie ihr bestes Kleid, das sonst dem Kirchgang am Sonntag vorbehalten war. Heute sollte Besuch kommen, und ihre Mutter hatte darauf bestanden, dass sie sich feinmachte. Doch weil der Hof vom Herbstregen eine einzige schlammige Pfütze war, steckten ihre schlanken Beine unter dem weit abstehenden Petticoat in ihren alten, grünen, kotverschmierten Gummistiefeln. Vor dem Nachmittagstee war sie vom Herrenhaus noch schnell in die Scheune gerannt, um nach ihrer geliebten, hochschwangeren Dixie zu fahnden. Verflixt! In dem Dämmerlicht konnte sie wirklich nicht viel sehen. Vorsichtig stieg sie eine Leiter hoch, die gegen den Zwischenbalken im Heu gelehnt war, und lockte:

»Dixie, Dixie, Dixie … Wo ist denn meine Kleine?« Dabei war sie sich gar nicht sicher, ob sie Dixie und ihre Kätzchen überhaupt finden wollte. Musste sie die kleinen Körper dann doch in einen alten Sack packen, einen schweren Stein dazuladen und von der Mole aus ins Meer werfen. Unwillkürlich schüttelte sie sich bei dem Gedanken.

Dass das Scheunentor ein wenig weiter aufgedrückt wurde, fiel ihr in dem Dämmerlicht gar nicht auf. Ihn bemerkte sie erst, als er am unteren Ende der Leiter stand und auf ihre Beine starrte. Sie spürte seinen Blick, drehte sich oben auf ihrer Leiter halb um, sah nach unten und presste unwillkürlich den Rock schützend an ihre Beine.

»Ich wusste nicht, dass Sie schon da sind!«

»Na, willst du nicht herunterkommen? Der Tee ist sicher gleich fertig.«

Er macht seine Stimme absichtlich dunkel, dachte sie. Damit er ehrlicher wirkt, älter und seriöser. Kein Wunder, in seinem Job! Entschlossen drehte sie sich zur Leiter zurück und stieg in die Scheune hinunter. Nun stand sie vor ihm, sein schon dicklicher Bauch in dem schwarzen Hemd nur Zentimeter von ihrer Brust entfernt. Er war zehn Jahre älter als sie und einen guten Kopf größer.

Sie hob den Kopf, und als ihr Blick auf den seinen traf, sah sie wieder dieses seltsame Lächeln in seinem Gesicht, das er bei seinen Besuchen regelmäßig für sie reservierte. So, als wisse er etwas über sie, das sie selbst noch gar nicht erfahren hatte. Sie trat einen Schritt zurück, um seinem Atem auszuweichen. So viel Nähe war ihr unangenehm. Sie wollte schon zum Haus zurückgehen, doch plötzlich kam er noch einen halben Schritt näher und stieß sie überraschend grob vor die Brust. Sie taumelte rückwärts und landete auf einem Heuballen, den einer der Knechte schon für die abendliche Fütterung des Viehs heruntergezogen haben musste. Bevor sie sich fangen konnte, lag er schon halb auf ihr, eine Hand unter ihrem Rock, sein Atem heiß an ihrem Nacken.

»Nein, bitte nicht!«, wisperte sie, da spürte sie schon, wie er ihr mit einem Ruck das Höschen vom Hintern riss.

»Du sagst nein? Zu mir?« Da musste er fast lachen.

Sie presste die Beine zusammen und überlegte, ob sie schreien sollte. Doch wem würden sie glauben? Würden sie nicht alle denken, dass sie ihn angemacht und dann Angst bekommen hatte, als es ernst wurde? Er nahm ihr die Entscheidung ab:

»Wenn du auch nur einen Mucks von dir gibst, erzähle ich im ganzen Dorf, wie du dich mir an den Hals geworfen hast, du Schlampe!« Da sah sie nur noch die anklagenden Augen ihrer Mutter.

Während sein Unterleib rhythmisch in den ihren boxte, starrte sie an die Scheunendecke, ins Zwielicht. Da oben ist Gott, hieß es doch, dachte sie, warum verhindert der so etwas nicht? Doch da oben war nur der Kater.

Nicht mal die Hosen hatte er sich ganz ausgezogen. Nun grunzte er wie der Eber im Schweinestall ein paar Meter weiter, wenn er die Sauen bestieg. Ihr wurde schlecht. Draußen schrie eine Krähe wie um ihr Leben. Bald wird es dunkel sein. Es ist Teezeit, die warten im Haus bestimmt schon auf ihn!

Als er fertig war, stand er auf, packte ein loses Bündel Heu, wischte sich ab und zog die Hosen hoch. Mit Handrücken und Ärmel fuhr er sich roh über den Mund, wie um etwas Ekelhaftes loszuwerden:

»Dir wird sowieso keiner glauben. Aber wenn du auch nur ein Wort sagst, mache ich dich und deine Sippschaft im ganzen Landkreis unmöglich!« Dann ging er, schließlich wurde er zum Tee im Herrenhaus erwartet.

Als sie sich aufsetzte, lief ihr Blut über das Kinn und über die Innenseite des Schenkels, sie hatte sich die Unterlippe aufgebissen. Ginger saß immer noch auf seinem Balken.

Kapitel 2

Fitzpatrick House

März 2005

Emma Vaughan stand am Fenster ihrer Küche und starrte in den frühmorgendlichen Regen. Fast schon halb acht, aber immer noch nicht richtig hell. Gegenüber, auf der anderen Straßenseite in Doorly Park, reihte sich ein schmales Reihenhaus an das andere, jede Tür war in einer anderen Farbe gestrichen. Ein Regenbogen der guten Laune, der Himmel darüber jedoch war noch dunkelgrau wie geschmolzenes Blei, aus dem es Bindfäden regnete. Schon wieder ein dunkler, feuchter Tag. Der Winter wollte dieses Jahr im irischen Nordwesten überhaupt nicht aufhören. In manchen Fenstern war trotz des Sauwetters schon Licht: Sligo bereitete sich auf den Arbeitstag vor. Aus Emmas Kessel dampfte es, bald sollte das Wasser für den Tee kochen. Und ich dachte immer, das Wetter in New York ist mies – Blizzards im Winter und feucht-heiß im Sommer –, doch da kannte ich Sligo noch nicht, fuhr es Emma durch den Kopf. Ihr Gesicht verzog sich zu einem halben Grinsen, als sie an ihre Kindheit im East End zurückdachte. Da hatte sie noch Illusionen, und nicht nur über das Wetter! Als sie in die Gegenwart ihrer nüchtern-weißen Küche zurückkehrte und sich umdrehte, um den Tee aufzugießen, sagte Stevie:

»Was gibt es denn heute früh schon zu grinsen?« Er war 15, und für gewöhnlich grunzte er in Gegenwart seiner Mutter nur. Vermutlich müsste sie für einen freiwillig geäußerten Satz also dankbar sein, selbst wenn er unterschwellig aggressiv daherkam, besonders, wenn er sogar noch vor dem Frühstück formuliert wurde.

»Ich hab gerade daran gedacht, wie dusslig ich als Teenager war.« Emmas Worte waren noch nicht ganz heraus, da verdüsterte sich Stevies Gesicht. Oh, Mist, fuhr es Emma durch den Kopf, schon wieder alles falsch gemacht! Vermutlich denkt er jetzt, dass ich mich über ihn und seine pubertären Flausen lustig mache! Dabei war sie doch ganz ehrlich und hatte auf die ihr sonst eigene Ironie völlig verzichtet. Doch zu spät, Stevie zog sich schon wieder hinter sein Schlechte-Laune-lass-mich-in-Ruhe-Gesicht zurück.

Die Trennung von seinem Vater Paul lag zwar schon lange zurück, aber ganz vergeben hatte Steve seiner Mutter nie, dass sie ihm seine heile Kinderwelt zerstört hatte. Oder zumindest das, was er dafür hielt, träumte er sich seine Vergangenheit in der Kernfamilie doch rückblickend heil. Er stand auf, sein Stuhl schabte quietschend über das dunkelblaue Linoleum. »Ich geh nach der Schule zu Papa. Der kommt wenigstens zu einer normalen Uhrzeit nach Hause …«

Emma blickte ihrem Kind bedauernd nach in den breiter werdenden Rücken, irgendwie konnte sie sich noch nicht daran gewöhnen, dass ihr Baby jetzt schon fast ein Mann war. Und wie ein solcher wollte er die ungeteilte Aufmerksamkeit der bislang wichtigsten Frau in seinem Leben. Doch die konnte Emma ihrem Sohn nicht geben. Schließlich hatte sie es vor drei Jahren endlich in die kriminalpolizeiliche Einheit der irischen Polizei, der Garda Síochana, geschafft. Im Local Detective Unit Sligo bearbeitete sie nun alles, was an schweren Verbrechen im County so anfiel.

Dieser Aufstieg ins Herz der lokalen Polizei hatte lange genug gedauert. Zwar war sie wie alle irischen Polizisten in die Polizeischule in Templemore gegangen und hatte ihr Geschäft von der Pike auf gelernt, dennoch begegneten ihr die Kollegen mit scheinbar unausrottbarem Misstrauen. Sie war und blieb »die Fremde«, weil sie zwar Kind irischer Eltern war, aber in den USA aufgewachsen. Erst mit knapp 20 kam sie mit dem in Sligo geborenen Paul nach Irland zurück. Den hatte sie im Irish Pub in der Maiden Lane in Downtown New York kennengelernt, wo sie freitags abends als Aushilfe kellnerte. Er stand hinter der Bar und war mit seinem breiten Akzent der Alibi-Ire in dem ansonsten rein amerikanisch geführten Laden. Doch selbst mehr als 15 Jahre in der alten Heimat zählten in den Augen ihrer Kollegen nicht viel. Wenn sie jemanden nicht von der Wiege her kannten, waren die Iren per se misstrauisch – besonders auf dem Land – und County Sligo war eine der am dünnsten besiedelten Ecken der Republik, ja Europas. Die meisten Kollegen fanden Emma »irgendwie amerikanisch«, was für viele einem Kapitalverbrechen gleichkam – und das, obwohl Emma inzwischen fast genauso breit Dialekt sprechen konnte wie der dickste Kartoffelbauer im Landkreis.

Nur weil an ihrer Leistung keiner vorbeikam, wurde sie widerwillig akzeptiert. Doch bei aller Eignung für ihren Job, für die meisten ihrer Kollegen blieb Emma schwer zu durchschauen. Dabei half ihr auch ihr Äußeres nicht: Sie war groß, mit langen Beinen und dunkelblonden Locken gesegnet und vor allem immer noch schlank, wo doch die meisten Irinnen um die 35 schon ziemliche Ringe unter den Augen und um die Hüften hatten und das Haar kurz geschoren trugen. Doch dass sie besser aussah als die irische Durchschnittsfrau, ehrgeiziger war und es ganz offensichtlich nicht darauf anlegte, den Leuten zu gefallen, war nur das halbe Problem. Aus Sicht ihrer Kollegen und der Mehrheit der Menschen in Sligo gehörte sie als Protestantin der falschen Religion an – und hatte auch zu liberale Ansichten. Von ihrem Mann getrennt ... alleinerziehende Mutter ... Bei ordentlichen Iren in Sligo kam das gefälligst nicht vor.

Paul hingegen war trotz der Scheidung jedermanns bester Kumpel geblieben, und von seinen Sauforgien und Aggressionen während ihrer Ehe wollte keiner was hören. Schuld an der Trennung hatte angeblich nur Emma, sein ehrgeiziges, »amerikanisches« Weib, das sich obendrein nie im Gottesdienst blicken ließ. Paul übrigens auch nicht, aber bei ihm wurde das offenbar akzeptiert. Bis heute hatte Emma in Sligo nur eine Handvoll Freunde, doch in Pauls Saathandel plus Haushaltswarengeschäft an der Finisklin Road drängelten sich ständig Menschen, auch wenn viele nur kamen, um mit ihm ein Schwätzchen zu halten. Diesen Laden sperrte er regelmäßig um fünf Uhr zu und kehrte in seine Wohnung in der Nähe des Sligo General Hospital zurück, nicht weit von der Sligo Grammar School, auf die Stevie ging, während Emma oft bis nachts in der Wache an der Pearse Road saß und Berichte schrieb.

Es war also kaum verwunderlich, dass Stevie gerne den Spätnachmittag mit seinem jovialen Dad verbrachte ... Das klingelnde Telefon riss Emma aus ihren mütterlichen Selbstzweifeln. Auf dem Display stand »Nervensäge« – es war also James Quinn, ihr stets gut gelaunter Partner.

»Was gibt's?«, bellte sie in den Hörer.

»Auch dir einen guten Morgen, meine Liebe!« Emma sah sein breites Grinsen fast vor sich. Doch bevor sie weiterknurren konnte, kam schon wieder James' Stimme aus dem Hörer: »Fitzpatrick House in der John Street. Anruf von einer hysterischen Putzfrau. Ein Toter, behauptet sie.« Doch als Emma sich in Bewegung setzen wollte, meldete sich ihr Rücken. Langes Stehen vertrug der nicht, langes Sitzen übrigens auch nicht. Genaugenommen vertrug ihr Rücken gar nichts mehr. Also schluckte sie zwei Schmerztabletten auf nüchternen Magen, obwohl sie genau wusste, dass ihr das so gut bekam wie ein Tritt in den Bauch, und machte sich auf den Weg.

Als Emma in ihrem zerbeulten, himmelblauen Peugeot in der St. John Street vorfuhr, war die Spurensicherung bereits eingetroffen, und ihr Kompagnon James lehnte auch schon neben der Haustür und kaute auf einer nicht angezündeten Zigarette. Er war in allem das Gegenteil von Emma – klein, nervös mit schwarzen Locken und dunklen Augen und einem umwerfend frechen Grinsen. Zu allem Überfluss war er fast immer bester Laune, da konnte es in Sligo regnen, wie es wollte. Und natürlich war er katholisch.

Als Emma aus dem Wagen stieg, auf dem Rücksitz nach ihrem Schirm kramte und dann mit dem Öffnungsmechanismus kämpfte, sah sie aus dem Augenwinkel, wie er sich von der Wand abstieß, sich aufrichtete und auf sie zuschlenderte. Warum bloß sah der Kerl so verdammt gut aus? Ein Polizeibeamter hatte gefälligst keine Modelqualitäten zu haben!

»Das Scheißding klemmt schon wieder!«, knurrte Emma

und schüttelte ihren Schirm, als wollte sie ihn zur Aufgabe seines Widerstands zwingen und verhaften.

»Ach, Chefin, schon wieder bester Laune heute Morgen?«, flachste James. »Schlecht geschlafen?«

Emma, die James um einen halben Kopf überragte, richtete sich auf und guckte ihn wortlos an.

»Ist ja schon gut. Also – was haben wir hier?«, dabei nestelte er einen Block aus der Tasche seines abgewetzten dunkelblauen Blousons und beantwortete seine Frage selbst: »Reverend Dean Charles Fitzpatrick, einer der wichtigsten Protestanten im Lande. Nicht mehr jung und auch nicht hübsch, sieht aus wie erdrosselt.« Dann wechselte sein Ton vom Offiziellen zum Privaten, und grinsend deutete James mit der zerkauten Fluppe gen Himmel:

»Offenbar hat der Pfarrer einen Termin mit seinem Chef! Einer aus deinem Club, na, das wird lustig!«

»Ach, lass mich bloß mit Religion in Ruhe. Ich kann diese irische Obsession mit der Kirche nicht ausstehen!«

»Na ja, dir wird nichts anderes übrigbleiben, als dich genau damit zu beschäftigen. Der Tote war Dean of Elphin und Ardagh. Weißt du nicht, wer das ist? Du bist doch Protestantin – kennst du deine eigenen Leute nicht?« James blitzte schon wieder der Schalk aus den Augen, wusste er doch ganz genau, dass Emma lieber zum Zahnarzt ging als in den Gottesdienst.

»Was hast du gesagt, wie heißt der Mann?«

»Charles Fitzpatrick – genauso geschrieben wie das Haus hier.«

»Ach du meine Güte, ein Lokalmatador. Vermutlich ist die Bude sogar nach ihm benannt – oder nach seinen Ahnen«, sagte Emma und ließ ihren Blick über das stattliche Haus schweifen. Neben den schmalbrüstigen Nachbarhäusern, die nur zwei Fenster und eine Tür breit die Straße säumten, wirkte das etwas von der Straße zurückgesetzte, sechs Fenster breite Fitzpatrick House geradezu adelig. Der Mittelteil präsentierte sich in schönem alt-irischen Stein, die beiden Seitenteile waren leuchtend ockergelb gestrichen. Was die Fitzpatricks wohl mit so vielen Räumen wollen?, fragte sich Emma, die wie die meisten Iren eher an kleine Cottages gewöhnt war. Laut sagte sie: »Na, dann wollen wir mal!«

Am Ende eines dunklen Ganges führte eine Eichentür in ein überraschend großes Studierzimmer. Das hätte ein schöner Raum sein können, wären die Möbel nicht so dunkel und schwer gewesen, fand Emma. Darunter befanden sich zwei tiefe Ledersessel, diese typisch englischen mit den Knöpfen im Leder, Chippendale oder so ähnlich. Beistelltische, Stehlampe. Zwei der vier Wände zierten Bücherregale bis unter die Decke, dazu verschiebbare Leitern, um bis nach ganz oben zu kommen. Insgesamt wirkte der Raum eher wie der eines englischen Gentleman Clubs und nicht wie das Büro eines irischen Missionars – wäre da nicht das schwere Kreuz an der dritten Wand gewesen. In der vierten befand sich die Tür. Insgesamt alles viel zu groß und zu teuer für das, was Fitzpatrick zu sein vorgab.

In einem der tiefen Ohrensessel, einer ziemlich abgeschabten Scheußlichkeit aus braunem Leder, saß ein älterer Mann. Die Zunge hing bläulich aus seinem Mund, die Brille war verrutscht, die Glupschaugen waren aus ihren Höhlen getreten, das immer noch dichte, rötlich-graue Haar war verstrubbelt. Seinen dicken Hals über dem noch dickeren Bauch zierte wie eine blaue Kette eine Art Bluterguss, ganz offenbar verursacht von einer Schnur oder einer Schlinge. Der Mann war offenbar garrottiert worden, erdrosselt. Wohl von hinten, denn sein Kopf lag nach hinten überstreckt auf dem Polster des Sessels, die Stehlampe daneben brannte noch, vermutlich schon seit gestern Abend. An der rechten Hand zierte ein Siegelring seinen wurstigen kleinen Finger. Auf dem Beistelltisch standen zwei Gläser mit Rotweinrändern, die Flasche Bordeaux daneben war noch halbvoll. Emma fragte sich angesichts des Toten, der ganz in Schwarz gekleidet war wie ein bescheidener Pastor, wen der wohl so geärgert hatte, dass er so lange zuhalten konnte, bis es vorbei war?

Sie ließ die Situation auf sich wirken, da kam der Pathologe in dem typischen Ganzkörper-Schutzanzug der Kriminaltechniker aus der Kaffeepause zurück.

»Ah, Mrs Vaughan, guten Morgen.«

»Guten Morgen, Dr. McManus. Haben Sie schon was für mich?« McManus war ein schmales Männchen um die 50, der in seinem weißen Kittel noch zierlicher wirkte, als er ohnehin schon war.

»Sieht aus wie eine Strangulation. Viel mehr kann ich noch nicht sagen.«

»Todeszeitpunkt?«

»Genaueres erst nach der Obduktion. Vermutlich zwischen 17.30 und 21 Uhr gestern Abend.« Dabei deutete er mit dem Kinn auf die angezündete Leselampe neben dem Sessel. »Muss zumindest schon Spätnachmittag gewesen sein, das Licht war schon eingeschaltet.«

Emma wandte sich mit einem knappen »Vielen Dank, Doc« an James:

»Einbruchsspuren?«

»Nein, die Spurensicherung hat nichts dergleichen gefunden. Das Opfer muss den oder die Angreifer selber ins Haus gelassen haben.«

»Soso. Und was ist das da?«

James' Augen folgten Emmas Blick zu dem Schreibtisch im Raum. Die Schubladen waren weit aufgezogen, überall lagen Papiere, Prospekte, Rechnungen, Stifte und Akten herum. »Das passt nicht recht zu der übrigen Ordnung im Zimmer, findest du nicht?«

»Der Schreibtisch ist offenbar durchsucht worden, ja. Wir wissen noch nicht, ob was fehlt.«

»Wer hat ihn denn gefunden?«, fragte Emma. »Und wo ist die Ehefrau? Der Mann war doch verheiratet.« James hatte den bescheiden-dünnen Goldreif an Fitzpatricks linkem Ringfinger offenbar noch gar nicht wahrgenommen.

»Gefunden hat ihn die Nachbarin, eine Mrs Greenbloom, die kommt offenbar regelmäßig ins Haus, um zu putzen.«

»Und wo steckt die Dame jetzt?«

»In der Küche.«

Als Emma und James in die Küche kamen, saß Mrs Greenbloom mit einer weiblichen Streifenpolizistin am Küchentisch und trank Tee.

»... musste ja so kommen«, hörte Emma Mrs Greenbloom gerade noch sagen, als sie angesichts der Garda in Zivil schnell verstummte. Die Beamtin in Uniform nickte in die Runde und zog sich zurück.

»Guten Morgen. Ich bin Inspector Emma Vaughan, und das ist mein Kollege Sergeant James Quinn. Was musste ja so kommen?« Mrs Greenblooms rosige Wangen wurden bei diesen Worten noch röter, bis sie fast zu den Röschen auf ihrer Kittelschürze passten. Sie war dick und so klein, dass ihre Füßchen fast nicht vom Stuhl auf den Küchenfußboden reichten, wie Emma auffiel. Einen schweren Kerl wie Fitzpatrick hatte die nicht erdrosselt. Nicht mal von hinten.

»Ich komme zum Putzen, regelmäßig immer freitags, schon seitdem der Reverend und seine Frau von den Heiden zurück sind.«

»Von den Heiden?«, fragte Emma.

»Der Reverend war doch Missionar bei den Chinesen und so, bei den Heiden eben. Ist so vor zehn Jahren wieder nach Hause gekommen. Wichtiger Mann, der Reverend.«

»Und Sie haben ihn heute Morgen gefunden?«

»Ja, wie gesagt, ich bin zum Putzen rübergekommen, ich wohne doch nur ein paar Häuser weiter. Ich hab auch einen Schlüssel, der Reverend vertraut mir, er sagt immer: ›Liebe Mrs Greenbloom, Ihnen vertraue ich, Sie haben so ehrliche Augen.‹ ... Aber den Schlüssel hätt' ich ja gar nicht gebraucht, die Türe war offen heute Morgen.«

»Die Türe stand offen?«

»Nein, nicht so. Sie war zu. Aber abgeschlossen war sie nicht. Das ist ungewöhnlich, normalerweise schließt der Reverend abends immer alles ab, als würde er sich vor dem Teufel fürchten.« Mrs Greenbloom guckte wichtig in die Runde.

»Also, der Reihe nach«, mischte sich James nun ein, »wann genau sind Sie heute Morgen hierhergekommen? Und haben Sie irgendetwas angefasst?«

»Also so kurz vor sieben, die Fitzpatricks stehen früh auf, genau wie ich!«

»Apropos *die* Fitzpatricks – wo ist denn Mrs Fitzpatrick?«, wollte Emma wissen.

»Die ist in Belfast. Bei ihrer Schwester. Zum Einkaufen, glaube ich.«

Emma nickte James fast unmerklich zu, um ihm die Arbeitsanweisung zu kommunizieren: Treib die Lady auf! Bestell sie zum Interview!

James fuhr mit der Befragung fort: »Also, die Tür war nicht verschlossen, und dann sind Sie reingekommen.«

»Ja, ich hab nach dem Reverend gerufen, hab aber keine Antwort gekriegt. Dann bin ich in die Küche gegangen und hab wie immer den Kessel aufgesetzt. Der Mensch braucht ja erst mal eine Tasse Tee, bevor die Arbeit beginnen kann.«

»Und dann?«

»Da hab ich gemerkt, dass was nicht stimmt.«

»Aha«, sagte James und lächelte sein Verführerlächeln, worauf Mrs Greenbloom schon wieder ganz rosa anlief. Emma verdrehte innerlich nur die Augen, setzte James seine Grübchen doch ein wie eine Dienstwaffe, in voller Kenntnis ihrer Durchschlagskraft.

»Ja, der Reverend war ganz offensichtlich noch nicht auf. Denn sonst, wenn ich morgens komme, herrscht in der Küche schon Durcheinander. Kaffeekrümel und so. Der Reverend hat sich im Ausland das Kaffeetrinken angewöhnt, also ich weiß nicht, ich mag die dunkle Brühe ja nicht …«

»Und dann?«, unterbrach Emma, die langsam ungeduldig wurde.

»Ja, dann bin ich nach oben ins Schlafzimmer, um zu gucken, ob mit dem Reverend alles in Ordnung ist. Hab geklopft, aber keiner hat geantwortet. Da hab ich die Klinke runtergedrückt und gesehen: Das Bett ist unberührt! Da hab ich erst gedacht, der ist bestimmt nebenan …«

»Wie nebenan? Nebenan in einem anderen Zimmer?«

»Nein, nebenan bei Mrs Gory. Aber man soll ja als gute

Christin nichts Schlechtes sagen über Tote ... und schon gar nicht über den Reverend.« Mrs Greenbloom wurde diesmal blass:

»Aber sagen Sie bloß nichts zu Mrs Fitzpatrick, ja? Bitte, Mrs Vaughan.«

»Wer ist Mrs Gory?«, entgegnete Emma kühl.

»Das ist die Nachbarin auf der anderen Seite. Die ist nur halb so alt wie der Reverend. Und dauernd hier, besonders, wenn die Frau vom Reverend nicht da ist und ihr eigener Mann beim Arbeiten. Der hat einen Fahrdienst oder so was Ähnliches«, sprudelte es jetzt aus Mrs Greenblooms rosa Mündchen. »Der Reverend und die waren offenbar gut befreundet, wenn Sie wissen, was ich meine.«

Emma hatte sich mittlerweile in ihr Schicksal als Ermittlerin ergeben und blieb geduldig:

»Nein, ich weiß nicht, was Sie meinen.« Diesmal rollte James mit den Augen.

»Als ich wieder runter bin, habe ich im Studierzimmer Licht gesehen, die Tür stand halb offen. Und da bin ich rein, und da waren zwei Weingläser auf dem Tisch und so. Ja, und da war der Reverend.« Nun fing Mrs Greenbloom an zu weinen.

»Warum meinen Sie, dass Mrs Gory hier war? Haben Sie etwas beobachtet, was dafür spricht?«

»Nein, ich mein ja bloß ... Die war doch dauernd hier.«

»Haben Sie außer dem Teegeschirr hier in der Küche heute Morgen sonst noch was angefasst?«, fragte James.

»Nur das Telefon, um die Garda anzurufen.«

»Meinste wirklich, das war eine frustrierte Geliebte oder ein gehörnter Ehemann?«, fragte James, als die beiden wieder draußen vor dem Haus im Regen standen. Die Luft war so feucht, dass er Schwierigkeiten hatte, seine Zigarette anzuzünden. Der Himmel bestand aus grauen Schlieren, die aussahen wie die Ölflecken, die Emmas Auto auf allen Parkplätzen hinterließ. Emma nahm den Kampf mit dem widerspenstigen Regenschirm erst gar nicht wieder auf. Sollte es eben regnen.

»Der Alte war doch mindestens 70. In dem Alter noch eine Geliebte? Und dann als Pfarrer? Also, ich weiß nicht.«

»Fitzpatrick ist 75, sagt die Greenbloom. Bin mir nicht sicher, ob der Reverend den wütenden Ehemann einer Gespielin so ohne weiteres ins Haus gelassen hätte, wenn er ein schlechtes Gewissen ihm gegenüber hatte. Die Tür war laut Greenbloom unverschlossen. Aber sonst hat er das Haus immer verriegelt wie das Goldlager in Fort Knox. Das macht mich sowieso nachdenklich. Hast du die Sicherheitsvorrichtungen an den Fenstern gesehen? Der Mann muss vor irgendetwas Angst gehabt haben«, sagte Emma.

James blickte zurück zum Haus und nickte nachdenklich. Da klingelte Emmas Mobiltelefon.

»Ja, Sir, sofort, kein Problem, Sir.«

James schien schon an Emmas Ton zu erkennen, dass der Chef, Superintendent Paul Murry, am Apparat war.

»Na, hat dich der Alte zum Rapport gebeten?«

»Ja«, sagte Emma kurz angebunden, steckte das Telefon weg und imitierte ihren Chef: »… wichtiger Mann in Sligo. Sensibler Fall. Kirche nicht verärgern … Bla, bla, bla, kennst ihn ja!«

»Och nee, der Ärger könnte Murry beim Golfspielen stören. Oder vielleicht gehört ja ein Kumpel von Fitzpatrick zu seinem Club, oder die Köter kriegen Durchfall, wenn einer stirbt …«

Emma wusste natürlich genau, was ihr Partner meinte. Murry spielte für sein Leben gerne Golf, und wenn er gerade nicht den Schläger schwang, beschäftigte er sich mit seinen Irish Corgis. Auch war er dem Whiskey nicht abgeneigt. Eigentlich ein genialer Ermittler mit einem Ruf wie Donnerhall in Phoenix Park, der Polizeizentrale in Dublin, hatte er sich doch mit Mitte 50 in seine alte Heimat Sligo versetzen lassen, um sich dort in Ruhe seinen Bällen, Hunden und Schnapsflaschen zu widmen. Jede Störung durch einen Kriminalfall nahm er als persönliche Beleidigung.

»Ich fahr ins Büro und halte Murry das Händchen«, sagte Emma. »Du gehst Mrs Gory besuchen und fragst sie nach dem lieben Charles. Wir werden auch ihre Fingerabdrücke brauchen und die ihres Mannes. Die von der Greenbloom sowieso. Wenn du damit fertig bist ...«

»... frag ich auch die anderen Nachbarn, ob sie was gesehen oder gehört haben. Na klar.«

»Genau. Und wenn du damit fertig bist, müssen wir die Dame des Hauses auftreiben. Mrs Fitzpatrick ist ja angeblich in Belfast. Shoppen mit ihrer Schwester.«

»Aye, aye, Chefin!«

Februar 2004

»Kaitlin!«, und dann wieder »Kaitlin!«. Catherine war gerade dabei, im Altenheim Oak Gardens in Manchester das Frühstück zu verteilen, als sie Margaret rufen hörte. Die meisten Alten hier waren dement und dämmerten nur vor sich hin – auch als Folge von all den Medikamenten. Die sollten den Alzheimerpatienten die Ängste nehmen, beraubten sie aber auch aller anderen Emotionen. Na, vielleicht ist das gut so, dachte Catherine wie so oft, wenn sie ihren Job mal wieder kaum ertragen konnte. Sie, die sich immer eine richtige Familie gewünscht hätte, konnte nicht verstehen, dass so viele Menschen ihre Angehörigen einfach irgendwo abgaben und sich dann nie mehr blicken ließen. Sie mochte sich nicht vorstellen, was in den Alten vor sich ging: Alleine in einer fremden Umgebung, die sie täglich neu erfahren müssen, weil ihr Kurzzeitgedächtnis aufgegeben hatte und sie sich nicht daran erinnern konnten, wo genau sie nun gerade waren. Dabei war Oak Gardens ein gutes Haus, spezialisiert auf Demenz und wirklich bemüht, den alten Herrschaften die letzten Jahre so angenehm wie irgend möglich zu machen. Dennoch ging Catherine der penetrante Geruch nach Essen, Raumdeodorant, Desinfektionsmitteln, Depressionen und Urin an ihrem Arbeitsplatz ziemlich auf die Nerven.

Sie drückte die Tür zu Margarets Zimmer auf, die winzig kleine alte Dame war immerhin ein Lichtblick. Sie war schon gewaschen und fertig angezogen und saß jetzt auf ihrem Bett, wie ein runzliges altes Püppchen. Auf ihrem Nachttisch standen die Fotos ihrer Enkel. Der Umgebung nach zu schließen, wuchs ein Mädchen in Alpennähe auf und zwei blonde Jungs offenbar in Australien – zumindest waren die Fotos in einem Streichelzoo mit Kängurus entstanden. Ein paar alte Bilder in Schwarz-Weiß stammten irgendwo vom Land und aus einer anderen Zeit. Margaret war zwar komplett verwirrt, aber wenigstens redete sie gelegentlich noch mit Catherine, auch wenn es oft nur dummes Zeug war.

»Guten Morgen, Margaret!«

»Kaitlin!«, schallte es sofort zurück. Kaitlin war gerade Margarets Lieblingswort, sie wiederholte es 100-mal am

Tag, wie sich das Hirn vieler Demenzkranker überhaupt bei gewissen Begriffen und Namen festzufahren schien. Der verrückte englische King George soll in seinen Anfällen von Wahnsinn immer »Pfau!« gerufen haben. »Pfau!« Seltsam war nur, dass Margaret immer dann Kaitlin sagte, wenn Catherine zu ihr kam, es war fast, als würde Margaret sie mit diesem Namen rufen. Margaret sah ihr erwartungsvoll ins Gesicht: »Ich will nach Hause, Kaitlin, nach The Manors. Nach The Manors, zu Mami.«

»Ja, Margaret, aber jetzt gibt es erst mal Frühstück.« Catherine stellte ihr Tablett auf Margarets Tisch. »Ich hab leckeren Tee für Sie und Toast mit Honig, das mögen Sie doch so gerne!« Jetzt musste sie die alte Dame nur erst einmal dazu kriegen, von ihrem überhohen Krankenhausbett herunterzusteigen und sich an den kleinen Tisch in ihrem Zimmer zu setzen. Endlich saßen sich die zwei gegenüber, und Catherine schenkte Margaret Tee ein, mit drei Stück Zucker, wie immer. Margaret war zusammengeschrumpft wie ein kleines Vögelchen und aß entsprechend wenig. Doch alles, was süß war, schien ihr nach wie vor Vergnügen zu bereiten. Als Catherine gerade den Honig auf den schon fast kalten Toast schmierte, hob Margaret ihr Händchen und fasste nach Catherines dickem, kupferrotem Zopf. Sie streichelte ihr das Haar und sagte fast zärtlich: »Ach, Kaitlin!«

März 2005

Emma hielt in jeder Hand einen Kaffeebecher und fragte sich, warum der Kaffee in allen Polizeistationen dieser Welt gleich mies war. Zumindest war er das auf allen Wachen, in denen sie je gearbeitet hatte. Man trug perfekt normalen Kaffee und erstklassige Milch ins Büro, und dennoch kam, wie von böser Zauberhand regiert, regelmäßig diese fiese schwarze Brühe aus der Maschine. Musste am Wasser bei der Polizei liegen.

Auf dem Schild an der Tür ihres Chefs stand »Superintendent Paul Murr«. Das »y« von Murry hatte irgendein Witzbold schon vor Jahren abgekratzt.

»Sir, machen Sie doch bitte mal die Türe auf, ich hab die Hände voll«, rief Emma. »Sir!«

Da kam Emmas Kollege Patrick Sloan vorbei – katholisch bis in die Knochen und einer von Emmas Lieblingsfeinden. Klein, teigig, mit wässrigen blauen Augen, das farblose Haar vorne schon ganz dünn.

»Na, Frau Kollegin will sich wohl mit Kaffee beim Chef einschleimen? Wohl bekomm's!«

»Ach, Paddy, was ich selber denk und tu, trau ich allen anderen zu. Ich muss mich hier nicht einschleimen, meine Arbeit spricht für sich. Was du offenbar nicht von dir behaupten kannst. Ich bin einfach nur nett, aber das ist etwas, was du dir wohl nicht vorstellen kannst.«

Da ging ruckartig die Türe auf. Im zerkratzten Rahmen stand Murry, die Brille hoch auf die kahle Stirn geschoben, die spuckefarbenen Augen blinzelten kurzsichtig. »Was soll das denn hier? Eine Versammlung im Flur? Und was kann der Kollege Sloan sich nicht vorstellen?«

»Der kann sich gar nichts vorstellen«, sagte Emma und schob sich samt Kaffee an ihrem Chef vorbei in dessen Büro. »Ich soll Bericht erstatten in der Fitzpatrick-Angelegenheit und dachte, ich bring Ihnen einen Kaffee mit. Schmeckt zwar fürchterlich, aber immerhin ist er warm an diesem fiesen Morgen.«

Sloan zuckte mit den Schultern, sagte »Morgen, Chef« und zog von dannen, Murry schmiss die Tür ins Schloss.

»Na, Emma, dann legen Sie mal los. Was ist in Fitzpatrick House passiert?«

»Wieso heißt diese Hütte eigentlich Fitzpatrick House? Genauso wie der Tote übrigens.«

»Na, das ist kein Zufall, als Charles Fitzpatrick Dean in St. John's Cathedral wurde, hat er das halb verfallene Pfarrhaus wiederherstellen lassen. Das war ziemlich runtergekommen und musste entweder abgerissen oder renoviert werden. Er hat irgendwie das Geld dafür aufgetrieben, und zum Dank dafür hat es die Gemeinde in Fitzpatrick House umbenannt. Konnte ja keiner wissen, dass der sich das nach seiner Pensionierung als Alterssitz quasi unter den Nagel reißt. Keine Ahnung, wer das in der Church of Ireland genehmigt hat, der alte Fitzpatrick ist offenbar gut verdrahtet.« Murry nahm einen Schluck aus seinem Kaffeebecher und verzog das Gesicht.

»War gut verdrahtet, inzwischen hat er nur noch Spuren von einem Draht am Hals.«

»Na, Sie haben auch schon mal geschmackvoller gewitzelt, Frau Kollegin. Aber im Ernst: Erdrosselt?«

»Sieht so aus. Obduktion liegt noch nicht vor.«

»Und sonst?«

»Die Tür war nicht abgeschlossen, obwohl der Mann sonst sehr sicherheitsbewusst war, meinte die Putzfrau, die ihn gefunden hat. Und das stimmt, auch an allen Fenstern sind Schlösser. Der Schreibtisch wurde durchwühlt, aber was fehlt, wissen wir noch nicht. James versucht gerade, die Frau des Opfers aufzutreiben, die ist angeblich bei ihrer Schwester in Belfast zum Einkaufen. Die Putzfrau deutet an, dass Fitzpatrick ein Verhältnis mit der Nachbarin hatte. Auch dem gehen wir nach, aber an ein Eifersuchtsdrama glaub ich eigentlich nicht.«

»Soso, das Fleisch vom alten Fitzpatrick war also schwach ...«

»So klingt es, aber ich bin mir noch nicht sicher, wo der Klatsch aufhört und die Realität anfängt.«

»Nun, kriegen Sie es raus. Dafür werden Sie ja bezahlt. Von der so genannten Freundin dringt übrigens gefälligst nichts an die Presse. Das wäre ein Fest für die Katholiken, wenn ein protestantischer Kirchenmann in Sligo die Hosen nicht anbehalten kann. Und dann dafür erschlagen wird. Einen Skandal kann ich nicht gebrauchen! Ansonsten will ich jederzeit im Bild sein, Fitzpatrick war schließlich kein Nobody in der Gemeinde. Morgen um elf treffen wir uns hier im Präsidium, dann will ich wissen, was los ist. Bringen Sie James mit!« Und nach einer winzigen Pause: »Ach ja, und nehmen Sie diesen Kaffee wieder mit, oder wollen Sie mich auch noch umbringen?«

Emma wanderte lustlos in ihr Büro zurück. Darin hatten kaum zwei Kopf an Kopf gestellte abgeschabte Schreibtische plus je ein Bürostuhl und auf jeder Seite ein Aktenschrank Platz. Als Besuchersessel fungierte ein alter wackeliger Drehstuhl, der schon zu Zeiten von Präsident Kennedys Ermordung als antik durchgegangen wäre und der bei jeder Bewegung gequält vor sich hin quietschte. Auf dem Fensterbrett stand eine halbtote Yuccapalme mit unklarer Diagnose: War sie so traurig, weil in Sligo einfach nie die Sonne schien? Das war James' Theorie, er stammte nämlich aus Kerry im Süden der Insel, wo es angeblich viel wärmer war – oder lag es daran, dass James sie viel zu viel goss, das war Emmas Meinung, die selbst nie irgendwelche Pflanzen wässerte. Was vor allem daran lag, dass sie keine Pflanzen besaß. Lebendiges soll man nicht einsperren, fand sie, und dazu zählten aus ihrer Sicht auch Topfpflanzen. Grünzeug gehört nach draußen in die Wiese und soll sich selbst versorgen, war ihre Auffassung, dieses ganze Gemüse hatte im Haus einfach nichts zu suchen. Auf Emmas Seite war der Raum chaotisch. Die Schubladen des Aktenschranks standen offen, sie klemmten und gingen sowieso nicht mehr zu, weil zu viele Akten herausquollen. Ihr Schreibtisch war ein Verhau aus alten Zeitungen, Ausducken überfälliger, aber nur halb fertig geschriebener Berichte, dazwischen mehr oder weniger ausgetrunkene Kaffeebecher. Die Wand hinter ihr schmückten Kinderzeichnungen von Stevie. Die waren schon viele Jahre alt, aber Emma konnte sich nicht von ihnen trennen und schleppte sie von Büro zu Büro. Manche waren vom vielen Immer-wieder-neu-Aufhängen schon ganz ausgefranst an den Ecken.

Mit dem rechten Unterarm schob Emma achtlos die Papierstapel beiseite, um Platz für den jüngsten Kaffeebecher in ihrer Sammlung zu schaffen. Sie nestelte gerade nach zwei Tabletten, um dem konstanten Schmerz in ihrem Rücken endlich Paroli zu bieten, da klopfte es an die halboffene Tür. Hastig ließ sie die Medikamente im Papierchaos verschwinden. Es war Miles Munroe, ein kleiner spitznasiger Mann und Chef der Spurensicherung, den fast alle außer Emma nur die Laborratte nannten.

»Em, haste mal 'ne Minute?«

»Für dich immer, Miles. Komm rein! Gibt es schon was in der Fitzpatrick-Sache?«

»Nicht viel, fürchte ich.« Der Besucherstuhl quengelte vernehmlich, als Miles sich darauf niederließ.

»Oder nicht viel mehr, als du vor Ort sicher selber gesehen hast. Es gibt keine Einbruchsspuren, Fitzpatrick muss seinen Mörder selbst ins Haus gelassen haben. Im Büro sind Schreibtisch, Gläser, Weinflasche und Oberflächen offenbar abgewischt worden, wir haben bloß einen einzigen partiellen Fingerabdruck neben einer Steckdose gefunden. Den jagen wir jetzt durchs System, ob sich was ergibt. Und außerdem müssen wir ihn noch mit den Prints von der Putzfrau und ein paar Besuchern abgleichen, vielleicht stammt er ja auch von einem Familienmitglied oder so ...«

»James besorgt gerade die Fingerabdrücke von der Putzfrau und den Nachbarn. Für den Abgleich. Irgendwas Interessantes im Schreibtisch gefunden?«

»Nur den übliche Papierkram. Notizen, Briefe, Rechnungen und so weiter.«

Da klingelte Emmas Handy – Stevie. Weil der Junge sonst auf so viel verzichten musste, weil Emma ständig arbeitete, Wochenenddienste schob oder sonst wie Überstunden anhäufte, hatte sie es sich zur Gewohnheit gemacht, grundsätzlich dranzugehen, wenn Sohnemann was von ihr wollte.

»Miles, das ist mein Sohn, ich muss mal eben ...«

Als Emma das Gespräch mit Stevie beendete, war Miles schon wieder weg. Sie hatte ihn gar nicht gehen hören, trotz der Proteste des Besucherstuhls. Stevie wollte heute bei seinem Vater übernachten: »Du bist doch eh immer so lange im Büro.« Emma sah ihn förmlich vor sich, das Handy am Ohr, wie ihm das lange dunkle Haar ins Gesicht fiel. Es war Freitag, und Emma hatte eigentlich an einen gemütlichen Fernsehabend mit ihrem Sohn und an Pizza vom Italiener gedacht. Dennoch hatte sie eingewilligt – so konnte sie länger im Büro bleiben und endlich ein paar dieser blöden Berichte fertig machen. Mit einer steilen Falte zwischen den Augen schaltete sie ihren Computer ein.

Emma blickte erst wieder auf, als James hereinpolterte. Seine Büroseite war aufgeräumt. Sogar das traurig-braune Linoleum auf dem Boden wirkte auf seiner Seite irgendwie sauberer und weniger alt als auf ihrer. Seine Papiere lagen ordentlich in rechteckigen Körben, die mit »Posteingang« und »Postausgang« beschriftet waren. Und seine Kaffeetassen landeten wie durch Magie jeden Abend in der Gemeinschaftsküche, wo die Putzkolonne sie abspülte.

»Na, hast du es gemütlich in deinem Chaos, Emma?« James ließ sich in seinen Stuhl fallen und knallte die Füße auf den Tisch. »Mann, das war vielleicht ein Tag.«

»Hast du diese Gory aufgetrieben? Fingerabdrücke genommen? Alles im Labor abgeliefert?«

»Aye, aye, Sir, die Laborratte ist schon dran.«

»Ach komm, der arme Miles. Nenn ihn nicht so ...«

»Wo der doch so ein spitzes Näschen hat und es auch noch überall reinsteckt, um herumzuschnüffeln, nee, Laborratte ist genau der richtige Name für den.«

»Also los, erzähl!«

»Die Gory sagt, sie war gestern Abend die ganze Zeit zu Hause, hat ferngesehen, zusammen mit ihrem Gatten. Der kann das auch bestätigen, sagt sie, aber ihn habe ich noch nicht aufgetrieben. Da müssen wir heute Abend wohl noch mal hin.«

»Und Mrs Fitzpatrick?«

»Mit der habe ich auch noch nicht gesprochen, Handy hat die Dame nicht, neumodisches Zeug sei das, findet sie. Hat mir ihre Schwester erzählt, mit der hab ich nämlich telefoniert. Hab aber noch nicht gesagt, worum es geht, dachte, wir reden erst mal mit der Missus.«

»Ja, und wo ist die Gute?«

»Im Zug, zurück nach Sligo.«

»Und weiß von nix?«

»Nö, woher auch?« James musste grinsen.

»Ach du meine Güte, die kannst du doch nicht einfach so nach Hause rennen lassen und dann steht sie da vor einem Polizeisiegel und kommt nicht in ihr eigenes Haus!«

»Wir können Sie ja vom Zug abholen«, sagt James und lächelte Emma an. »Er kommt um 16.10 Uhr an.«

»Na, dann mal los, das ist in 25 Minuten!«

Eigentlich hätte sie mal wieder sauer auf James und seinen nonchalanten Umgang mit der Situation sein müssen, aber im Grunde war Emma froh, dass sie den Computer wieder ausmachen konnte. Sie war ja schließlich nicht Polizistin geworden, um Aktendeckel zu füllen. Zumindest redete sie sich das ein. Faktisch war sie nämlich nie sauer auf James, dafür mochte sie ihn viel zu gerne. Denn immer, wenn es drauf ankam, stand der auch seinen Mann, was man von einigen anderen Kollegen wie Sloan nicht gerade behaupten konnte. Und Teamgeist war am Ende wichtiger als irgendwelche Vorschriften.

Emma fröstelte im Frühlingswind. Sligos Bahnhof war eine Symphonie in Grau: graues Steingebäude, graue Plattform, graue Schienenstränge, graues Licht. Von außen sah er so abweisend aus, dass viele Touristen es für das alte Gefängnis der Stadt hielten. Gleich wurde es schon wieder dunkel, aber wenigstens regnete es mal nicht. James wirkte von all dem ohnehin unbeteiligt. Er kaute schon wieder auf einer nicht angezündeten Zigarette.

»Hörst du nun endlich auf mit der Qualmerei oder nicht?«, fragte Emma und zog die Lederjacke enger um sich.

»Hab doch schon aufgehört. Das Ding brennt doch nicht.«

»Hm. Aber warum hast du dann noch Kippen, wenn du nicht mehr rauchst?«

»Och, ich hab auch noch 'ne Angel, dabei war ich schon Jahre nicht mehr auf dem Lough Gill ... Und du hast ja auch immer noch deine Pillen, die du angeblich nicht mehr nimmst.«

Emma wechselte eilig das Thema: »James, du hast 'nen Knall. Aber mal im Ernst. Wenn die gleich aus dem Zug aussteigt ... Willst du ihr hier auf dem Bahnsteig sagen, dass ihr Mann tot ist? Oder fahren wir sie nach Hause und lassen sie die ganze Zeit rätseln, warum sie die Polizei vom Zug abholt? Das ist doch alles Kacke!«

»Ach was, Chefin, sag's ihr gleich. Alles andere ist noch schlimmer.«

»Wissen wir denn, wie die Dame aussieht?«

»Nö, aber lass mal. Eine Pfarrersgattin erkenn ich auch so.« James grinste mal wieder, und Emma fühlte sich durchschaut. James wusste zu genau, dass er Emma mit dem Thema wunderbar aufziehen konnte. Kletterte sie doch in Sachen Religion einfach auf jede Palme, die er ihr hinstellte. Am liebsten hätte Emma ihm jetzt eine geschallert, aber erstens ging das nicht und zweitens fuhr gerade der Zug ein.

James hatte recht. Irgendwie war Jeane Fitzpatrick nicht zu übersehen. So kerzengerade aufgerichtet, dass sie größer wirkte als ihre vielleicht 165 Zentimeter. Das graue

Haar sorgfältig onduliert und mittels Haarspray zu einem Helm gesprüht, dem auch der Wind in Nordwestirland nichts anhaben konnte. Praktische Schuhe, beiger einreihig geknöpfter Mantel über einem gewaltigen Balkon, strenge Züge, erfüllt von der eigenen Bedeutung. Kleines Übernacht-Köfferchen auf Rollen. Das Einzige, was zu diesem praktisch veranlagten, verantwortungsbewussten Pfeiler der protestantischen Gemeinde in Sligo nicht passte, war der pinkfarbene Lippenstift. Der wirkte in ihrem Gesicht wie von fremder Hand hineingemalt. Vermutlich hatte die Schwester sie beim Shopping zu dieser Farbwahl überredet.

»Guten Tag, sind Sie Jeane Fitzpatrick?«
»Ja, und mit wem habe ich das Vergnügen, wenn ich fragen darf?«, kam eine überraschend junge und feste Stimme zurück.
»Ich bin Inspector Emma Vaughan, und das ist mein Kollege Sergeant James Quinn«, sagte Emma, den Dienstausweis fest in der Hand. »Wir müssen mit Ihnen reden. Sollen wir das gleich hier auf dem Bahnsteig, oder sollen wir Sie lieber erst nach Hause fahren?«
»Polizei! Ist was passiert?«
»Ich fürchte schon. Ihr Mann ist heute Morgen tot aufgefunden worden, Mrs Fitzpatrick. Das tut uns sehr leid.«
Jeane stellte ihren Koffer ab und schien sich innerlich aufzurichten: »Charles? Tot aufgefunden? Reden Sie doch kein dummes Zeug! Charles war bei bester Gesundheit, als ich gestern Morgen hier in den Zug nach Belfast gestiegen bin. Das muss alles ein Missverständnis sein.«
»Ich fürchte nein. Ihre Putzfrau, Mrs Greenbloom, hat ihn heute Morgen in seinem Studierzimmer tot aufgefun-

den«, bekräftigte Emma. Jeane taumelte leicht, James fasste ihren Ellenbogen, um sie zu stützen.

»Madam, wir bringen Sie jetzt erst mal nach Hause, dann sehen wir weiter.«

Jeane ließ sich wie betäubt zum Auto führen.

»Kein Streifenwagen?«, fragte sie, als sie Emmas wenig beeindruckenden Peugeot sah.

»Nein, wir dachten, Sie wollen bestimmt nicht in der grünen Minna durch die Nachbarschaft gefahren werden.« Jeane nickte matt. Wie erstarrt blieb sie sitzen, und erst als sie vor Fitzpatrick House standen und James das Polizeisiegel an der Tür aufbrach, kam wieder Bewegung in sie.

Jeane schaltete wie in Trance das Licht im langen Flur an, dann schaute sie missbilligend auf das graue Puder zum Auffinden von Fingerabdrücken, das die Spurensicherung überall hinterlassen hatte.

»Das waren wir«, sagte James entschuldigend, »es musste sein.«

»Schon gut, ich verstehe«, sagte Jeane. »Wo haben Sie ihn denn gefunden?«

»Im Studierzimmer.«

Jeane, die noch immer in ihrem zugeknöpften, beigen Mantel dastand, ging darauf zu, blieb im Türrahmen stehen, betrachtete den Raum und die Unordnung um den Schreibtisch herum. »Wo ist mein Mann?«

»In der Obduktion.«

»Möchten Sie einen Tee?«, fragte Jeane.

Ungewöhnlich, dachte sich Emma. Ihr Mann wird vom Pathologen aufgeschnitten, und sie denkt an Tee.

»Nein danke, im Moment nicht, aber lassen Sie uns doch zum Reden in die Küche gehen.« Da standen noch die Tassen vom Frühstück herum. Mechanisch räumte Jeane sie in die Spüle. »Aber setzen Sie sich doch.«

Emma schilderte kurz und neutral den Anruf der Greenbloom vom frühen Morgen und das Eintreffen der Polizei.

»Ihr Mann ist erdrosselt worden. Er muss seinen Mörder selber ins Haus gelassen haben, denn die Tür ist nicht aufgebrochen worden.« Jeane tupfte sich mit einem Kleenex an den Augen herum.

»Mrs Fitzpatrick – konnten Sie auf den ersten Blick schon sehen, ob im Büro Ihres Mannes etwas fehlt?«

»Mich wundert, dass das Kreuz noch da ist. Das ist eine wertvolle Schnitzarbeit aus unserer Zeit in Deutschland.«

»Und sonst?«

»Ich muss erst mal genau gucken, aber auf den ersten Blick fehlt nur das Radio.«

»Das Radio?«, hakte Emma nach.

»Ja, Sie wissen schon, so ein kleines Transistorradio. Mit dem hat Charles immer Cricket- und Rugby-Kommentare gehört und die Nachrichten, die sowieso. Als junger Mann hat er viel Rugby gespielt, recht gut sogar … Ich allerdings mach mir nichts aus Sport …« Jeanes Stimme wurde immer leiser.

»Und das ist weg?«

»Ja, das ist das Einzige, was ich auf Anhieb sagen kann. Dieses Radio stand immer neben seinem Ledersessel, also auf so einem kleinen Beistelltisch daneben.«

»Sieht der Schreibtisch denn immer so aus?«

»Nein, um Gottes willen, das würde Charles nicht dulden. Er ist sehr ordentlich. Oder war sehr ordentlich …« Ihre Stimme versagte.

»Haben Sie eine Idee, warum der Schreibtisch heute so durcheinander ist? Könnte Ihr Mann etwas gesucht haben? Oder ein Einbrecher? Befand sich etwas Wertvolles darin?«

»Nein, höchstens Briefmarken. Ich hab keine Ahnung, was jemand in Charles' Schreibtisch zu finden gehofft hat.«

»Hatte Charles Feinde?«, legte Emma nach. »Wer könnte ihm das angetan haben?«

»Feinde? Dazu war Charles viel zu schlau. Er hat es vermieden, sich Feinde zu machen. Doch seitdem Philipp tot ist, hat er auch kaum noch Freunde.«

»Wer ist Philipp?«, wollte Emma wissen.

»Philipp Blois, der Bischof. Sein ehemaliger Mentor und Freund, durch den ist er damals in die Armee gekommen.«

»Sie meinen den Anglican Archbishop of Armagh? Den Bischof?«, hakte James nach.

»Ja, genau den. Den Kopf der protestantischen Kirche Irlands. Mein Mann und Philipp kannten sich schon seit Jahrzehnten.«

Emma interessierte sich jedoch für etwas ganz anderes: »Armee? Mrs Greenbloom hat was von Heiden und Missionarsarbeit erzählt.«

»Ach, das ist einfacher, als zu erzählen, dass Charles sein Leben in der britischen Armee als Soldatenpastor verbracht hat. Wir waren überall mal stationiert. Auch lange in Deutschland. Eine unserer Töchter ist in Herford geboren.«

»Wie viele Kinder haben Sie denn?«

»Drei, na ja, eigentlich nur noch zwei. Meine Töchter. Mein Sohn Ron ist vor ein paar Jahren an einem Hirntumor gestorben. Sein Vater hat nie ein gutes Haar an dem Jungen gelassen, kein Wunder, dass er am Ende krank geworden ist … Ich hab immer gebettelt: Lass den Jungen zufrieden, aber geholfen hat es nichts …«

Jetzt endlich fing Jeane an zu weinen. Die trauernde Witwe spielte sie nur, um den gesellschaftlichen Gepflogenheiten Genüge zu tun, das spürte Emma, doch der Kummer um den Sohn war echt.

»Ich muss den Mädchen ja überhaupt noch Bescheid sagen, die wissen ja noch gar nichts ...«

»Wo sind Ihre Mädchen denn?«

»Jane ist in Dromore West, hier im County Sligo, mein Mann ist dort aufgewachsen. Da renoviert sie gerade den alten Kasten von Haus! Das ist von jeher eigentlich der Familiensitz. Alice ist nach Australien ausgewandert. Brisbane. Kein Wunder, dass Alice immer Fernweh hat, ihr Vater hat uns ja auch um die halbe Welt geschleppt.«

»Das klingt, als hätten Sie Ihre Auslandsaufenthalte nicht besonders genossen?«

»Genossen? Ach was. China war schrecklich. Wenn ich das gewusst hätte, hätte ich Charles niemals geheiratet. Dieser Dreck! Diese Armut! Und nur grüner Tee, ungenießbar! In Malta war es mir zu heiß! Ich vertrage keine Hitze. Und überall die Fliegen! Und die Winter in Deutschland können grässlich kalt sein. Ich wollte eigentlich immer nur in Irland bleiben, mich um meinen Garten kümmern. Doch Rosen wachsen nicht in der Hitze – und in der Kälte auch nicht. Aber Charles ... Ständig mussten wir woanders hin. Und die Kinder immer mit. Und ich sollte immer in diesen elenden Kasernen hausen. Ich habe das gehasst. Ich wollte eigentlich immer nur möglichst nah bei Belfast leben, wo ich geboren bin.«

Emma dachte sich im Stillen: Belfast? In den 80er und 90er Jahren? Ein protestantischer Soldatenpfarrer bei der britischen Armee lässt sich in Belfast nieder? Wenn das rausgekommen wäre, hätte die IRA ein blutiges Fest ge-

feiert. Ihr hättet kaum ungefährdet aus dem Haus gehen können und vor jedem Wegfahren das Auto nach Sprengstoff untersuchen müssen. Jeden Tag in den Nachrichten hättet ihr von Sprengstoffanschlägen, ermordeten Polizeibeamten der Royal Ulster Constabulary, erschossenen britischen Soldaten und den zivilen Opfern der Unruhen gehört. Sei bloß froh, dass dir dein Alter das erspart hat. Belfast als Sehnsuchtsort – so was hab ich ja noch nie gehört! Laut sagte sie:
»Und warum dann jetzt Sligo?«
»Wie gesagt, mein Mann stammt aus Dromore West, nicht weit von hier, und Charles hat immer bestimmt, wo wir leben. Außerdem wäre Belfast wohl zu gefährlich gewesen.«
Emmas und James' Blicke kreuzten sich, da mussten sie nicht nachfragen. Offensichtlich war die Dame also doch nicht komplett verrückt.
»Für heute ist es genug, Mrs Fitzpatrick«, sagte Emma. »Können wir jemanden anrufen, damit Sie heute Abend nicht alleine sein müssen?«
»Ist schon gut, ich rufe die Mädchen an. Jane kommt sicher vorbei.«
»Okay, wir werden uns auch bei Ihren Töchtern melden. Routinesache. Wir sehen uns morgen wieder – aber wenn Ihnen noch etwas einfällt oder im Haus auffällt, rufen Sie mich an, jederzeit!« Damit drückte sie Jeane ihre Visitenkarte in die Hand.

Draußen war es dunkel, und es nieselte. »Komm, ich fahr dich nach Hause, James.«
»Och, ich hatte gehofft, wir gehen nachher noch in den Pub. Den Fall besprechen? Morgen ist doch Samstag ...«

Wieder waren James' Grübchen im Einsatz. In Emmas Magen begann etwas zu flattern, dann besann sie sich.

»Nein, ich muss noch zurück auf die Wache. Wenn ich nicht bis Montag mit meinen Berichten rüberkomme, reißt mir Murry den Kopf ab.«

»Ach was, Murry merkt doch gar nicht, ob du Berichte schreibst oder nicht, der ist viel zu beschäftigt mit seinen Golfmagazinen. Und mal im Ernst: Ich gehe noch zu den Gorys rüber und hör mir an, wo Madame gestern Abend gewesen ist.«

»Da können wir dann morgen drüber reden ... Ich bin um neun auf der Wache, um elf haben wir einen Termin mit Murry. Er sagt, er will dann wissen, was los ist.«

»Scheiße, schon wieder ein Wochenende im Eimer«, maulte James. »Ich hab schon 150 Überstunden dieses Jahr.«

»Hast du schon mal einen Mord erlebt, nach dem du das Wochenende freihast? Also ich nicht.«

»Dieser Job fängt an, mir auf den Keks zu gehen, ich wollte mit den Jungs zum Angeln ...«

»Sag mal, eine trauernde Witwe sieht anders aus, oder?«, wechselte Emma das Thema.

»Na ja, die waren wohl über drei Dekaden lang verheiratet. Die Lady hatte ganz offensichtlich schon vor 25 Jahren genug von ihrem Pfarrer.«

»Ja, das ist ziemlich offensichtlich. Aber ob sie ihn deswegen gleich umbringt? Kraft genug hätte Jeane, sie ist fit für ihr Alter. Aber warum? Und warum jetzt und nicht schon vor 20 Jahren?«

»Keine Ahnung, vielleicht hat sie das mit der Gory von nebenan rausgekriegt?«

»Wie hätte sie das denn bewerkstelligen können? Belfast bis Sligo und zurück sind ein paar Stunden Fahrt. Der Mord passierte am frühen Abend ...«

James nickte: »Yep, das hätte die Schwester wohl bemerkt. Ich ruf die morgen früh mal an und klär das Alibi.«

»Es sei denn, Schwesterherz steckt mit drin. Eine zweite Bestätigung, dass Jeane tatsächlich in Belfast war und da auch blieb, wäre also gut.«

James verzog das Gesicht. Er war schon fast im Weggehen, mit der unvermeidlichen Zigarette im Mundwinkel, da drehte er sich noch mal zu ihr um und drückte ihr einen rauchgeschwängerten Kuss auf die Backe. Dann war er in der Nacht verschwunden.

Emma musste lächeln und kramte in ihrer unergründlichen schwarzen Ledertasche nach dem Autoschlüssel.

James ging die St. James Street hinunter, bis er vor der leuchtend blau gestrichenen Haustür der Gorys stand. Unten ein Fenster und eine Tür, oben zwei Fenster, darüber das Dach mit Gaube – typisch für untere Mittelklasse in Sligo, dachte sich James, der selbst ein stolzes Arbeiterkind erster Ordnung war, und klopfte entschlossen an die Tür.

Er musste noch mal klopfen, bis endlich die Tür aufging. Im Rahmen stand ein Mann in Socken, Jeans und Unterhemd. Das Outfit passte zu seinem Bierbauch. Die grauen Haare auf seiner Brust waren dichter als die im Haarkranz rund um seinen Kopf.

»Ja? Was gibt's?«

»Guten Tag, ich bin von der Garda. Mein Name ist James Quinn. Sind Sie Mr Gory?«

»John Gory, ganz recht, das hier ist mein Haus. Was wollt ihr denn noch?«

»Charles Fitzpatrick ist heute Morgen tot aufgefunden worden, und wir reden jetzt mit allen Nachbarn.«

»Ich weiß, Ihre Kollegen waren schon da und haben Fingerabdrücke von mir und meiner Frau genommen – um uns aus dem Täterkreis auszuschließen, haben sie gesagt. Ich fand das ganz schön unverschämt ... Täterkreis. Hat man so was schon gehört?«

»Darf ich reinkommen, oder wollen Sie das auf der Straße diskutieren?«, fragte James.

»Na, dann kommen Sie mal. Aber machen Sie schnell, heute Abend kommt ein Fußballspiel im Fernsehen. Das lass ich mir nicht versauen, nicht mal von den Bullen.«

James wurde in ein enges Wohnzimmer geführt, das viel zu voll gestellt war. Zwei dick gepolsterte Sofas, Sessel, Schrankwand, Riesenfernseher. Dazu Kissen, Kerzenständer, Untersetzer, Nippes – das Übliche, dachte sich James. Irische Arbeiterklassekinder, die es dank dem Wirtschaftswunder des keltischen Tigers in die Mittelklasse geschafft hatten und jetzt versuchten, ihr Haus aussehen zu lassen, wie sie sich bürgerliches Wohnen vorstellten. Er schüttelte sich innerlich.

Auf dem Sofa saß eine blondierte Frau mit verschmiertem Make-up und starrte in den laufenden Fernseher, bei dem der Ton abgestellt war. Ganz offensichtlich hatte sie geweint. »Meine Frau, Sue«, sagte Gory, »bitte nehmen Sie Platz«, zu James gewandt – und zu ihr: »Schon wieder Polizei. Will mit uns reden.«

James stellte sich vor und fiel gleich mit der Tür ins Haus:

»Mrs Gory, Sie sind mit den Fitzpatricks befreundet?«

»Nicht mit der Kuh aus Belfast«, kam die Antwort. »Die hält sich für was Besseres. Aber mit Charles. Der ist nett, hat immer ein offenes Ohr und kann zuhören.« Die letzte Bemerkung war offenbar an ihren Mann gerichtet, als mehr oder weniger verhohlene Kritik. John Gory sah wirklich nicht so aus, als würde er gerne verheulten Blondinen zuhören, nicht mal, wenn er mit ihnen verheiratet war.

»Charles Fitzpatrick ist gestern Abend so um diese Zeit erdrosselt worden, und ich wüsste gerne, wo Sie zu diesem Zeitpunkt waren?«

»Sie spinnen wohl? Wozu brauchen wir Alibis? Wir haben dem alten Trottel nichts getan!« John war offenbar auf Krawall getrimmt.

»Regen Sie sich nicht auf. Reine Routine. Wir fragen das alle, die in jüngster Zeit Kontakt mit den Fitzpatricks hatten. Und den hatten Sie doch, oder?«, richtete James an Sue das Wort.

Die heulte schon wieder. »Ich kann es noch gar nicht glauben. Charles ist – war – so ein guter Freund.«

»Also, wo waren Sie gestern Abend, sagen wir zwischen fünf und neun?«

»Ich war in der Messe, so bis um sieben ... und dann war ich zu Hause. John kam zehn Minuten nach mir rein, ich hab gekocht. Donnerstags abends gibt es bei uns immer *bangers and mash* – Bratwurst mit Kartoffelbrei –, eines von Johns Lieblingsgerichten. Danach haben wir ferngesehen.«

»Sie sind protestantisch? Welche Kirche? Wer kann bestätigen, dass Sie in der Messe waren?«

»St. John's natürlich, gleich hier um die Ecke. Fragen Sie doch Reverend Alan, ich saß in der dritten Reihe links, er muss mich gesehen haben.« Sue gab sich verschnupft. Wie konnte die Garda nur an ihr als guter Christin zweifeln?

»Und Sie?« Diese Frage ging an John.

»Ich war im Geschäft. Ich habe einen Taxi- und Limousinendienst in der Bridge Street. Da war ich bis kurz vor sechs. Danach hier, Essen und Fernsehen, wie jeden Abend. Hat sie Ihnen doch schon gesagt.« Sein Kinn deutete auf seine Frau, die ihn ignorierte.

»Kann das irgendwer bestätigen?«

»Meine Fahrer natürlich. Zwischen fünf und sechs endet die Tagesschicht, und die Nachtfahrer übernehmen die Autos. Mit mindestens drei habe ich gesprochen, mit Troy sogar länger. Der war schon wieder zu spät, und ich hab ihm gesagt, dass ich ihn feuere, wenn das noch mal vorkommt. Ich geb Ihnen seine Telefonnummer.«

»Was haben Sie denn geguckt?«

»›Proof‹ natürlich, das Beste, was je an Fernsehen in Irland produziert wurde«, sagte John und grinste. »Ich liebe es, wie sich die Show diese korrupten Scheißkatholiken hier zur Brust nimmt. Versoffene Arschlöcher, die werden dieses Land noch ganz ruinieren, mit ihrer Bigotterie!«

»Fitzpatrick war Protestant wie Sie. Mochten Sie den?« James war hellhörig geworden.

»Nee, aber damit bin ich nicht alleine. Den mochte keiner, außer meiner dusseligen Ehefrau natürlich. Nicht mal seine eigene Alte. Jeane hatte den längst durchschaut. Vorne rum immer kolossal heilig, aber in Wirklichkeit hinter jedem Rock her. Missionar! Da lachen doch die Hühner. Würde mich nicht wundern, wenn die den in China rausgeschmissen hätten. So einen Heuchler halten nicht mal die Chinks aus!«

Sue heulte derweil leise in ihr verrotztes Taschentuch.

»War er auch hinter Ihrer Frau her?«

»Darauf können Sie wetten!«, sagte John. »Aber das hat die sich nicht getraut. Die weiß ganz genau, dass ich *sie* erschlagen würde, wenn sie mir Hörner aufsetzt. Aber sie lebt ja noch, wie Sie sehen.«

»Du Schwein!«, zischte es aus Sues Ecke. Sie stand auf und verließ Türe knallend den Raum. James fand sich wieder mal in seiner Haltung bestätigt, dass nach einer Hochzeit nichts mehr kommt, was der Mühe wert wäre, und guckte nur schweigend John an.

Gory grinste: »Kennen Sie den? Läuft ein Amerikaner in Belfast die Antrim Road runter. Kommt ihm ein IRA-Soldat mit Skimütze überm Gesicht und Waffe im Anschlag entgegen und brüllt ihn an: ›Bist du Katholik oder Protestant?‹, sagt der Ami: ›Weder noch, ich bin Jude!‹ Brüllt der IRA-Mann: ›Ja, aber bist du ein katholischer Jude oder ein protestantischer Jude?‹«

Listig grinste er James an, der die Provokation in Johns Augen gut erkennen konnte. Aber so einfach kriegte man James Quinn nicht auf die Palme.

»Ach du meine Güte, der hat aber einen Bart«, sagte er trocken. »Aber mal im Ernst. Sie haben ein Alibi für den fraglichen Zeitraum?«

John entspannte sich, musste er doch anerkennen, dass er hier ganz offensichtlich einen würdigen Gegner vor sich hatte, der sich nicht so schnell aus der Reserve locken ließ. Das war selten in Irland, wo Männer gerne, schnell und gründlich aus der Haut fuhren.

»Sag ich Ihnen doch, ich hab dem alten Trottel nix getan.«

Plötzlich war Johns Ton wieder versöhnlich: »Natürlich hat der an meiner Alten rumgebaggert. Die ist schließlich 30 Jahre jünger. Aber vermutlich nur noch aus Gewohnheit, vor 20 Jahren war der vermutlich noch ganz anders drauf. Sue hat das gutgetan. Wir sind seit 15 Jahren verheiratet, und ich bin weiß Gott nicht der romantische Typ. So ein bisschen Bewunderung von dem alten Kerl ging der doch runter wie Öl. Aber gelaufen ist da garantiert nichts, dafür war der Alte schon anderweitig zu beschäftigt.«

»Wie meinen Sie das?«

»Ich hab ihn gesehen«, sagte John da, »den alten Schwerenöter. Mit einer leicht zerdrückten Blondine, die schon bessere Zeiten gesehen hatte. Aber Charles war ja auch kein Jungspund mehr.«

»Wo haben Sie Charles Fitzpatrick gesehen? Und mit wem? Und wann war das?« James wollte es nun ganz genau wissen.

»Also, ich stand mit meinem Wagen am Flughafen von Knox, hab auf die Fluggäste von London Stansted gewartet. Ich war vorbestellt worden von so einer Trulle mit mächtig feinem englischem Akzent. Sollte so einen vornehmen Pinsel nach Classiebawn Castle fahren.«

»Das ist doch in Mullaghmore, oder? Gehört den englischen Royals?«

»Ja, genau, aber der Typ, den ich da kutschiert habe, hatte es nicht eben dicke. Der kam mit dem Billigflieger von Ryan Air. Und sein Gepäck war auch nicht der Rede wert. Der redete nur fein, aber ich würde mal sagen, der war ungefähr so adelig wie ich.« James und John mussten beide grinsen.

»Aber was hat das mit Fitzpatrick zu tun?«, wollte James wissen, der zumindest im Job kein Freund der irischen Neigung war, Geschichten möglichst lange und verworren zu erzählen. Dieser Teil des Nationalcharakters musste noch aus der Zeit vor der Erfindung der Elektrizität stammen, als man die langen Nächte im Winter irgendwie rumkriegen musste. Mit Reden und Gesang. Beides endlos. Wie um diese Theorie zu besiegeln, kratzte sich John nun erst mal theatralisch am Kopf.

»Ja, da hab ich ihn gesehen. Mit so 'ner Blonden, wie gesagt. Bin die Auffahrt hoch und hab den englischen Typen vor Classiebawn Castle abgesetzt und hab dann beschlossen, das nichtvorhandene Trinkgeld, das der Geizkragen mir nicht gegeben hat, ins Pier Head Hotel zu tragen.«

»Ja, das kenne ich, das ist unten an der Mole in Mullaghmore. Da kann man auf den Strand gucken und auf die Fischerboote. Und das Bier ist auch nicht übel.«

»Genau. Und wie ich da reinkomme, seh ich an einem Tisch zwei Köpfe zusammenstecken. Den kennste doch, hab ich mir gedacht. Und wie die zwei sich wieder auseinanderfalten, sehe ich: Das ist der olle Fitzpatrick von nebenan. Hab mich noch gewundert: In dem Alter noch rummachen, in einer Kneipe. In aller Öffentlichkeit. Der Mann war doch Pfarrer und alles.«

James konnte es kaum glauben und fragte daher nach: »Der Reverend Dean Charles Fitzpatrick saß in dem Pub am Pier in Mullaghmore in Gesellschaft einer Blondine, die er offenbar näher kannte?«

»Genau. Ziemlich näher, wenn du mich fragst. Als er mich gesehen hat, sind die zwei ganz schön auseinandergefahren. Das schlechte Gewissen hing im Raum wie Gestank.«

»Er hat Sie also auch gesehen?«

»Ja, mein Anblick hat ihn ziemlich erschreckt. Hatte offenbar noch was vor an dem Tag, der Alte, im Pier Hotel gibt's auch Zimmer zu mieten.« John lächelte schief.

»Wann war das?«

»Das kann ich dir ganz genau sagen, das war am 14. Februar, am Valentinstag. Ich hatte überhaupt keine Lust, nach Hause zu fahren, denn egal, was ich mir für Sue ausdenke, sie ist immer enttäuscht ...« Ein Schatten huschte über Johns Miene.

Doch James hatte jetzt wirklich keine Zeit für Eheberatung: »Und wer war die Frau?«

»Keine Ahnung, 'ne Blondine, wie gesagt. Auch nicht mehr die Jüngste. Ich hab die Frau nie wiedergesehen.«

Kapitel 3

Das gute Herz

Juni 1965

Sie konnte es immer noch nicht fassen. Hierher hatten sie sie also geschickt. Sie erinnerte sich gut an die kalten Augen ihrer Mutter und die Wut im Gesicht ihres Bruders.

»Du Schlampe! Du bringst Schande über uns!«, hatte er gebrüllt. »Über das ganze Dorf! An meine Karriere hast du wohl gar nicht gedacht, du blöde Schnepfe! Kannst wohl die Beine nicht zusammenhalten? Hure!« Dann hatte er ihr eine geknallt. Aber das war fast noch besser als die schneidende Stimme ihrer Mutter:

»Genug jetzt! Kind, du wirst gehen und erst wiederkommen, wenn du das da« – kleine wedelnde Geste in Richtung ihres Bauchs – »losgeworden bist. Du wirst Rücksicht auf deine Familie nehmen und tun, was man dir sagt. Dein Bruder wird dich unterbringen.«

»Aber ich kann doch nichts …«, hatte sie versucht zu erklären. Doch ihre Mutter war ihr über den Mund gefahren:

»Schluss! Ich will deine Entschuldigungen nicht hören. Geh mir aus den Augen und bete um Vergebung!«

Nun stand sie also hier in der Wiese hinter dem Haus. Sein Hass lag auf der ganzen Fahrt wie eine dunkle Wolke zwischen ihnen und raubte ihr die Worte. Er hatte ohnehin nicht viel mit ihr gesprochen auf der Fahrt. Ihr Bruder hatte ihr lediglich gedroht:

»Dein Leben hast du schon versaut, wenn du mich da hineinziehst und mir meinen Ruf und meine Karriere auch noch verdirbst, wirst du es bereuen! Ich sorge dafür, dass du zu Hause rausfliegst! Dann kannst du schauen, wo du bleibst!« Bei der Ankunft hatte er sie fast aus dem Wagen geworfen, genauso wie ihre kleine Tasche. So eilig hatte er es gehabt, sie loszuwerden. Dann war er grußlos davongebraust.

Jetzt summten die Bienen in dem fast hüfthohen Gras, und die Amseln sangen, als wäre alles in Ordnung. Aber an diesem Ort, an diesem Haus war nichts in Ordnung. Jeden Tag hörte sie die Mädchen schreien, wenn sie ohne Hebamme oder Arzt ihre Kinder zur Welt brachten, nur mit Hilfe der Schwestern vom *Bon Cœur*. Aber diese Schwestern verdienten ihren Namen nicht, denn von gutem Herzen konnte keine Rede sein. Nicht einmal von der simpelsten Barmherzigkeit. Viele der jungen Frauen, manche selber fast noch Kinder, starben bei der Geburt – der elend große Friedhof neben der kleinen Kapelle ein paar hundert Meter weiter war schweigender Zeuge ihrer schreiend verbrachten letzten Stunden. Ständig hörte sie das Brüllen im Kreißsaal. Bald war sie auch dran, trotz der Wärme fröstelte es sie, und sie legte schützend ihre Arme um den sich rundenden Bauch. Es konnte jetzt nicht mehr lange dauern.

Die anderen waren in derselben Situation wie sie. Unverheiratet, schwanger, beschimpft von ihren Familien, geprügelt, ausgestoßen. Und im *Bon Cœur* gelandet, einem Heim für unverheiratete Mütter und ihre Kinder. Nur dass diese Einrichtung mit einem »Heim« im eigentlichen Sinn nichts zu tun hatte. Die Einrichtung war zutiefst puritanisch, spärlich, fast so armselig wie die Verpflegung. Und die jungen Frauen mussten ständig auf den Knien liegen, entweder um zu beten oder um die Böden zu schrubben. Was mit ihren dicken Bäuchen gar nicht so einfach war.

Immer wieder starb eines der Neugeborenen, was mit ihren Leichen passierte, wusste sie nicht, die verschwanden einfach. Es gab Gerüchte, dass die Schwestern die »Kinder der Sünde«, wie sie sie nannten, einfach in den Abwassertank warfen und dann den Deckel darauf wieder fest verschlossen. Und nicht nur die toten Babys lösten sich wie in Luft auf. Oft kam auch ein Auto, viele mit Kennzeichen aus England, und dann wurde ein Kind ausgesucht und zur Adoption mit über die Irische See genommen. Nachts hörte sie dann, wie sich deren Mütter in den Schlaf weinten. Ein Schluchzer kam aus ihrem Hals – was sollte nur aus ihr werden? Was aus dem Baby?

März 2005

Emma hatte schlecht geschlafen. In bösen Träumen jagten sie Männer in dunklen Kutten endlos lange Gänge hinab, Treppen hinauf und wieder hinunter. Die Verfolger waren ihr nicht näher gekommen, hatten aber auch keine Ermüdungserscheinungen gezeigt. Es war, als müsste sie ewig diese Flure entlanglaufen, ohne Pause, ohne Rast und Ruhe, denn das Böse würde für immer hinter ihr her sein. Emma war schweißgebadet aufgewacht, ihr Puls raste. Und der nur allzu bekannte Schmerz stieg in ihr hoch. Wo waren nur ihre verdammten Tabletten? Sie wühlte in ihrem Nachttisch. Na endlich! Mit einem Schluck Wasser aus dem Glas, das immer neben ihrem Bett stand, spülte sie zwei runter.

Sofort ging es ihr besser. Doch sie hatte nicht mehr viele der kleinen Helfer. Und ihr Arzt, Dr. Egerton, wurde immer zögerlicher mit den Rezepten. Emma konnte seine Proteste jetzt schon hören: »Emma, Sie nehmen das Zeug schon viel zu lange! Schmerzmittel sind keine Lollipops! Emma, Sie müssen die Dosis reduzieren!« Wenn der wüsste, dass ihr auch der Pathologe McManus immer mal wieder ein Rezept gab, wenn sie ein bisschen mit ihm flirtete … Dieser blöde Egerton hatte ja keine Ahnung, wie sich ihr Rücken anfühlte. Ihr Becken. Und ihre Beine, wenn der Schmerz sich nach unten ausbreitete. Und dazu das Gefühl der Panik, dass sie vor lauter Schmerzen ihren Job nicht mehr machen könnte.

Emma brummte der Kopf. Bestimmt hatte sie gestern Abend einfach nur zu viel getrunken. Am liebsten hätte sie weitergeschlafen – tief und traumlos. Stattdessen ging ihr James im Kopf herum. Das passierte öfter in letzter Zeit und genau genommen viel zu viel. Was willst du mit einem fünf Jahre jüngeren Mann? Noch dazu ein Katholik? Warum sich noch mal auf die Liebe einlassen? Die Idee von einem Neustart ist doch bloß Kitsch, sagte sich Emma. Ich würde lediglich das eine Problem gegen ein anderes tauschen.

Nur gut, dass sie nicht mit James in den Pub gegangen war. Stattdessen war er zu den Gorys marschiert, und sie war ins Büro gefahren und hatte sich an ihre leidigen Berichte gesetzt. Als sie so gegen neun nach Hause kam, stand das Frühstücksgeschirr noch immer unberührt in der Küche. Stevie hatte sich offenbar nicht die Mühe gemacht, nach der Schule nach Hause zu kommen, und wenn doch, hatte er nicht aufgeräumt. Vermutlich war er gleich zu seinem Vater abgerauscht. Emma hatte den Verhau in der Küche ignoriert, sich einen Jameson eingeschenkt und damit aufs Sofa fallen lassen. Sie hatte die goldene Flüssigkeit lange in ihrem Mund herumschwappen lassen. Emma liebte den Geschmack nach Torffeuer und Moor. Aus dem einen Whiskey wurden drei. Oder auch vier. Was soll der irische Dichter Oscar Wilde angeblich gesagt haben? »Alkohol ist die Ursache und Lösung aller Probleme.« In ausreichendem Maße genossen, bewirkte er jedenfalls alle Symptome der Trunkenheit. Dann war sie wohl mit Schnaps statt Abendessen im Bauch eingeschlafen und um halb drei Uhr morgens durchgefroren vor dem flackernden Bildschirm wieder aufgewacht. Irgendwie war sie ins wärmende Bett gekrochen.

Jetzt quälte sie sich unter der Decke hervor, lief schlafwandlerisch ins Bad und ließ die heiße Dusche auf ihren schmerzenden Rücken prasseln. Es dauerte eine Weile, bis sie die Kraft fand, sich in ihre Montur zu werfen. Emma mochte weder Schmuck noch Make up und schon gar nicht das hier offenbar obligatorische keltische Kreuz um den Hals. Dafür trug sie grundsätzlich Jeans. Kombiniert mit einem schier unerschöpflichen Vorrat an weißen Blusen, Boots und ihrer schwarzen Lederjacke, quasi ihr Markenzeichen. Aus ihrer Sicht ein Outfit, in dem eine Polizistin für so ziemlich alles gerüstet war. Vom totgespritzten Junkie in einer Pub-Toilette über die verprügelte Hausfrau bis hin zum Meeting mit dem Polizeichef in Dublin.

Nachdem sie in der Küche den Abwasch erledigt hatte, hinterließ sie einen Zettel für Stevie: »Sorry! Bin im Büro!« und legte 20 Euro dazu auf den Tisch. Erfahrungsgemäß würde er den heutigen Samstag mit seinen Kumpels abhängen und zum Abendessen vermutlich wieder zu seinem Vater fahren.

Um neun stand sie in der Teeküche der Wache und wartete, bis die Kaffeemaschine fertig geblubbert hatte, als sie vertraute Schritte im Flur vernahm. Wenig später tauchten James' verstrubbelte Locken im Türrahmen auf.

»Du warst ganz offensichtlich doch noch im Pub, ganz taufrisch siehst du jedenfalls nicht aus.« Emma musste lächeln. Was hatte dieser Kerl nur an sich?

»Ach, schon wieder kein Guten-Morgen-Gruß und stattdessen Kritik? Chefin, du siehst selber aus wie Dünnbier mit Spucke.«

»Moin, moin, und hab dich nicht so. Willste auch einen Kaffee?«, fragte Emma. Von der einsamen Trinkerei auf dem Sofa gestern Nacht und ihren krausen Ideen am Morgen musste James ja nicht unbedingt erfahren. Doch er war schon Richtung Büro weitergezogen und hinterließ nur einen zarten Duft nach Rasierwasser und Zigarettenrauch.

Als sie wenig später einen Kaffeebecher vor ihm abstellte, hob er den Kopf von den Tageszeitungen und schimpfte: »Das Bier wird auch immer mieser. Vor zehn Jahren habe ich davon längst nicht solche Kopfschmerzen gekriegt.«

»Ach, du meine Güte, das ist nicht das Bier, das ist das Alter. Gib mir mal die Zeitungen. Was haben die Dreckschleudern denn diesmal so ausgegraben?« Wortlos reichte ihr James die zwei Blätter rüber. Der »Irish Independent« war wie immer laut und titelte: »Mann Gottes ermordet!« Dazu ein offiziell aussehendes Foto von Fitzpatrick, das die Journalisten von der Church of Ireland bekommen haben mussten. Emma überflog den kurzen, ziemlich aufgebauschten Text, aus dem hervorging, dass der Journalist mit Murry gesprochen und der ihn kurz abgefertigt hatte. Die »Irish Times« wusste auch nicht viel mehr, aber immerhin hatten sie am Vorabend offenbar noch kurz Jeane an die Strippe gekriegt. Deren Kommentar war aber offenbar ähnlich ausgefallen wie der von Murry:

»Der Tod meines Gatten ist mir völlig unverständlich. Mein Mann war ein Mann des Glaubens und der Familie. Er hatte keine Feinde!«

Na, irgendwen musste er ja wohl geärgert haben! Emma kräuselte ironisch die Lippen, setzte sich an ihren Tisch und fuhr schweigend den Computer hoch. Kurz darauf studierte sie ihre E-Mails. »Du, Miles hat offenbar auch lang gearbeitet gestern. Er hat mir den Zwischenstand seiner Ergebnisse gemailt.« Sofort sah James deutlich wacher aus.

»Und, was sagt die Laborratte?«

Emma ließ sich Zeit mit ihrer Antwort: »Nicht viel. Sie haben einen Teilabdruck eines Fingers neben der Steckdose gefunden. Alles andere war sauber abgewischt. Doch der Teilabdruck hilft uns nicht weiter. Es ist nichts im System. Der Mensch, der ihn hinterlassen hat, wurde nirgendwo erkennungsdienstlich erfasst.«

»Na ja, ein Unschuldslamm bringt ja keine Leute um. Vielleicht ein kühler Profi, der einfach keine Fehler macht?«

Emma legte nachdenklich die Stirn in Falten: »Kann schon sein, aber ein Profi hinterlässt auch keine halben Fingerabdrücke.«

»Wo genau haben die Kollegen den denn gefunden?«

»An der Steckdose«, antwortete Emma. »Neben der Tür, gleich bei dem Sessel, in dem wir das Opfer gefunden haben. Die Stehlampe war genau daneben eingesteckt. So ein Doppelstecker, du weißt schon.«

»Ein Einbrecher?«

»Na, ich weiß nicht. Das wertvolle Kreuz hängt noch da ... Und im zerwühlten Schreibtisch waren laut Jeane an Wertsachen nur Briefmarken. Wenn das einfach ein Raubmord war, dann ein monumental erfolgloser.«

»Und das Einzige, was offenbar fehlt, ist ein kleines Transistorradio? Glaubst du, das hängt zusammen?« James sah sie nachdenklich an.

»Wie meinst du das? Was hängt womit zusammen?«

»Na ja, der Mörder packt das Radio auf dem Tischchen neben dem Opfer, zieht den Stecker raus, legt ihm das Kabel um den Hals und zieht zu. Danach nahm der Täter die Mordwaffe – das Radio plus Stromkabel – an sich, zog sich Handschuhe an und hat alles abgewischt. Die Gegend rund um die Steckdose hat er dabei vergessen, daher der Teilabdruck. Dann verließ unser Mörder das Haus, zog die Tür ins Schloss und verschwand in der Dunkelheit. Fertig.«

»Ja, so könnte es gewesen sein. Aber warum hat Fitzpatrick seinen Feind überhaupt ins Haus gelassen? Er muss den Täter gekannt haben, vielleicht hat er ihn sogar erwartet. Der Rotwein mit den beiden Gläsern war ja sicher kein Zufall.«

Nach ein paar Minuten gedankenschweren Schweigens berichtete James vom Vorabend und dem Gespräch mit den Gorys.

»Sie war in der Kirche, er beim Arbeiten, danach waren beide zu Hause. Pfarrer und Mitarbeiter können den ersten Teil des Abends angeblich bestätigen, für die Zeit danach geben sie sich gegenseitig ein Alibi. Haben angeblich zusammen *Proof* geguckt.«

»Und? Was hältst du von den beiden?«

»Sie ist leicht hysterisch und hat offenbar versucht, ihren ziemlich gelangweilten Mann mit Fitzpatrick eifersüchtig zu machen. Mit mäßigem Erfolg. Der ist ein typischer irischer Arbeiterklasse-Macho mit großer Klappe und nicht viel dahinter. Er jedenfalls glaubt nicht, dass seine Madame mit dem alten Mann von nebenan was hatte. Viel ist da nicht zu holen, ich glaub einfach nicht, dass einer von den beiden etwas mit der Sache zu tun hat.«

»Die Gory hatte also wirklich nichts mit Fitzpatrick?«

»Es klingt so, als hätte sie ihn regelmäßig besucht und ihm die Ohren voll gejammert. Gestern heulte sie rum und sagte ›Charles ist so ein guter Zuhörer‹ und so weiter. Ob da mehr war, kann ich nicht sagen. Aber John Gory meint, Fitzpatrick sei ohnehin anderweitig viel zu beschäftigt gewesen.« James grinste schief.

»Was soll das denn heißen?« Emma war jetzt neugierig geworden. James holte tief Luft und berichtete die ganze schmierige Geschichte.

Emma konnte es kaum glauben: »Der Mann ist Pfarrer und trifft sich am Valentinstag in der Hafenkneipe von Mullaghmore mit einer Freundin? Und seine Jeane sitzt zu Hause? Das war mir ja ein Kerlchen!«

James zuckte nur mit den Schultern. »Meine Haltung zum heiligen Sakrament der Ehe kennst du. Wir Bullen wären nur halb so beschäftigt damit, Morde aufzuklären, wenn die Leute diese doofe Heirater ei nur einfach sein ließen ...« Er beendete den Satz nicht und wurde rot. Emma musste lächeln. Offenbar war ihm plötzlich wieder eingefallen, dass seine Chefin ja geschieden war und vermutlich auch keine glorreichen Erinnerungen an die Ehe hegte. Sensibel geht anders. Emma beendete die Sentimentalitäten dann auch ziemlich trocken: »Na gut, dann sieh mal zu, dass du die Alibis der Gorys bestätigt kriegst und das von Jeane am besten gleich mit. Ruf doch noch mal bei der Schwester in Belfast an – und frag auch, ob es noch einen weiteren Zeugen dafür gibt, dass Jeane zum fraglichen Zeitpunkt wirklich Shoppen war. Vielleicht erinnert sich ja eine Verkäuferin an die alten Mädchen. Ich werde mich mit der Frage beschäftigen, wen Fitzpatrick da in der Mangel hatte und wem das Kummer bereitet haben könnte.«

Als James zum Hörer griff, klingelte Emmas Telefon.
»Hey, Laura hier, wie geht's dir? Und wichtiger noch: Was machen wir heute Abend?!«
Herrje, das hatte sie fast vergessen. Für heute Abend war sie mit Laura McDern verabredet. Sie hatte nicht gerade viele Freundinnen, aber Laura war eine treue Seele, obwohl Emma auch sie berufsbedingt schon oft versetzt hatte. Laura führte eine Anwaltskanzlei in Ballysadare, nicht weit von Sligo, und Emma schätzte ihre Intelligenz und ihren Humor.
»Hallo, Laura, mir geht's gut! Aber woher weißt du denn, dass ich am Samstag im Büro zu erreichen bin?«
»Kunststück! Ich hab zum Frühstück die Zeitungen gelesen und gesehen, dass es den alten Fitzpatrick erwischt hat. Du bist in der Mordkommission ... Der Rest sollte für eine Anwältin nicht schwer zu kombinieren sein.« Laura lachte ihr dunkles Lachen, und Emma wurde es ganz warm ums Herz. Sie entgegnete: »Okay, Sherlock, deine Kombinationsgabe ist ja sensationell. Dann lass mich mal wissen, was du heute Abend machen willst?«
»Warum treffen wir uns nicht im Hargadons in der O'Connell Street? Wir trinken einen in der Bar, und wenn

wir Hunger kriegen ... Die können auch kochen.« Emma war das nur recht, der traditionsreiche Laden in der O'Connell Street war eine ihrer Lieblingskneipen: »Okay, ich bin so um halb sieben da!«

Februar 2004

Margaret war heute ganz aufgeregt. Sie zwitscherte »Kaitlin!«, und immer wieder »Kaitlin!«. Es war, als würde sie spüren, dass heute ein besonderer Tag war. Ihr Sohn Bill mit Frau und Tochter sollten zu Besuch kommen. Dieser Teil der Familie lebte in der Schweiz, und Catherine war Bill bislang noch nicht begegnet. »Margaret, heute kommt Bill. Bill, Ihr Sohn? Erinnern Sie sich?«

Margaret lächelte und murmelte: »Bill? Ist das der Pfarrer in Dromore? So ein netter Mann.«

»Ein netter Mann ist das schon, Margaret. Aber dieser Bill ist Ihr Sohn. Er kommt aus der Schweiz. Und bringt seine Tochter mit, Ihre Enkelin.« Catherine griff nach dem Foto auf Margarets Nachttisch – im Hintergrund waren Berge zu sehen. »Margaret, gucken Sie mal, sind sie das? Sind das Bill und seine Familie?« Doch Margaret hatte den Faden verloren und zitierte ein Gedicht aus alten Tagen:

»I will arise and go now, and go to Innisfree,
And a small cabin build there, of clay and wattles made;
Nine bean-rows will I have there, a hive for the honey-bee,
And live alone in the bee-loud glade ...«

Plötzlich klang Margaret, die sonst mit einem so gepflegten Akzent Queens English sprach, wieder ganz irisch. Und ganz jung.

»Das ist aber schön, Margaret. Ist das irisch?«

»Yeats, das ist von Yeats. Aber das weißt du doch, Kaitlin.«

März 2005

Um elf versammelten sich alle bei Murry im Büro, denn er mochte den kleinen, muffigen Konferenzraum nicht, der dem Local Detective Unit zur Verfügung stand, und zitierte sein Team meistens in sein eigenes Zimmer. Natürlich war dort zu wenig Platz, denn Miles Monroe von der Forensik war ebenso erschienen wie der Pathologe McManus. Außerdem Dave Lovelock, ein junger Kollege, den Emma noch nicht recht einschätzen konnte. James lehnte an der Wand. Moderne Konferenzräume waren in Sligo Mangelware, und die »Incident Rooms« mit den Fotowänden als Teamarbeitsplatz mit allen fallrelevanten Details, die die US-Cops bevölkerten, wenn man den amerikanischen Krimiserien im Fernsehen glauben durfte, gab es auf der Wache in Sligo nicht. Sie mussten schon froh sein, dass ihnen Dublin die eigene Forensik noch nicht dichtgemacht hatte, auch wenn die meist nur aus Miles und seinen Laborassistenten bestand. Die Schließung seiner Abteilung wurde jedes Jahr von neuem angedroht – aus Kostengründen. Aber was es kosten würde, die Kriminaltechniker zu zentralisieren und sie dann von Dublin aus auf die Dreistundenfahrt nach Sligo zu schicken, darüber dachten die Pfennigfuchser in der Hauptstadt offenbar nicht nach. Alles Bürokraten. Emma konnte diese Sesselpupser nicht ausstehen.

»Guten Morgen!«, weckte Murry sie aus ihren düsteren Gedanken. »Emma, ich bitte um Ihren Bericht.«

Emma erläuterte, was sie bis jetzt als gesichert annehmen konnte, Miles Monroe berichtete kurz von dem halben Fingerabdruck, den er nicht zuordnen konnte. Dr. McManus hatte auch nicht viel mehr, er wollte den Todeszeitraum auch jetzt nicht genauer einschränken. Selbst bei bekannter Umgebungstemperatur und Körpertemperatur der Leiche beim Auffinden könnte er nichts Genaueres sagen, er blieb dabei: zwischen halb sechs und neun Uhr abends. Sonst habe er nichts, nicht mal Hautreste unter den Nägeln des Opfers und daher auch keine DNA des Täters. Vermutlich sei Fitzpatrick von hinten erdrosselt worden und konnte sich nicht wehren.

Dann ging das Wort an James. Der berichtete von seinem Anruf in Belfast bei Mrs Fitzpatricks Schwester. »Sie bestätigt, dass Jeane zum fraglichen Zeitpunkt am Donnerstagabend bei ihr in Belfast war. Sie ist mittags mit dem Zug gekommen, die beiden Damen haben Tee getrunken und sind dann einkaufen gegangen. Jeane hat sich einen Rock gekauft. Um vier hatte Jeane einen Termin beim Friseur. Den hab ich auch angerufen; er hat bestätigt, dass er einer Jeane Fitzpatrick am Donnerstag die Haare geschnitten hat.«

»Ist das alles, Quinn?« Murry sah nicht besonders glücklich aus und schob sich seine Brille unwillig auf die Glatze.

»Na ja, die Schwester tratscht gerne und hat mir nur zu bereitwillig erzählt, dass Charles nicht gerade ein Bilderbuch-Ehemann war. Anscheinend hat er dauernd seine Pfoten unter irgendwelche Röcke gesteckt. Jeane war todunglücklich mit dem Mann, zudem er sie ja auch um die halbe Welt geschleppt hat. Sie muss ewig Heimweh nach Irland gehabt haben. Im Ausland war es ihr entweder zu heiß oder zu kalt, und außerdem mag sie keine Heiden, sagt die Schwester. Auch gibt sie Charles offenbar die Schuld am Tod ihres Sohnes Ron. Den hat sein Vater nie wirklich ernst genommen und ihn immer nur kritisiert.«

»Woran ist der denn gestorben?«, unterbrach Murry.

»Ein Gehirntumor, sagt zumindest Jeanes Schwester. Was die mutierten Zellen in Rons Kopf allerdings mit väterlicher Kritik zu tun haben sollen, will mir nicht ganz einleuchten.«

»Viele Leute glauben, dass Krebs auch von Stress mit ausgelöst wird. Dass Ärger und Unglück das Immunsystem so schwächen, dass die Leute krank werden und Krebs kriegen«, mischte sich jetzt McManus ein. »Vielleicht meint die Frau, dass ihr Mann seinen Sohn so indirekt umgebracht hat. Medizinisch gesehen ist das natürlich Unsinn.«

»Juristisch betrachtet auch. Wann ist der junge Mann denn gestorben?«, wollte Murry wissen. James zückte seinen Notizblock und blätterte in seinen Aufzeichnungen.

»So vor vier Jahren, ungefähr, meint die Schwester.«

»Na, wenn das das Motiv wäre, hätte Jeane ihren Mann ja schon vor vier Jahren attackiert und nicht erst jetzt«, meinte Emma. »Wieso überhaupt jetzt?«

Murry sah aus, als hätte er sich an seinem bitteren Kaffee verschluckt:

»Also, um das jetzt mal zusammenzufassen: Die wertvollen ersten 24 Stunden nach einem Mord sind bald um, und wir haben nichts, gar nichts. Keine Zeugen, die Nachbarn haben nichts gesehen und nichts gehört, und sonst hat sich auch keiner gemeldet. Auch gibt es keine Spuren, abgesehen von einem halben Fingerabdruck, der nirgendwohin führt, und Würgespuren am Hals des Opfers. Es gibt keine Hautreste oder DNA unter den Fingernägeln des Opfers, weil der Täter wohl hinter dem Sessel stand und Fitzpatrick überrascht hat. Und das Allerschlimmste: Wir haben auch kein Motiv.« Er blickte schweigend in die Runde, doch die Anwesenden waren alle irgendwie damit beschäftigt, ihre Hände, Schuhe oder die zerkratzte Oberfläche von Murrys Schreibtisch zu studieren.

»Na ja«, meldete sich Emma noch mal zu Wort. »Einer der Nachbarn will Fitzpatrick mit einer Blondine im Pub in Mullaghmore gesehen haben. Und das sah nicht so aus, als hätte es sich um ein geistliches Beratungsgespräch gehandelt. Ich werde dem nachgehen, vielleicht finden wir das Motiv ja in Fitzpatricks Hosen.«

Murry schaute gereizt hoch. Ein Skandal wäre das Letzte, was er jetzt gebrauchen könnte, fing doch bald die Golfsaison an. »Tun Sie das, Emma, aber bitte diskret. Ich will nichts von Ihren voreiligen Schlüssen in der Zeitung lesen!«

Emma nickte.

Murry fuhr fort: »Also, ich habe jetzt Lovelock abgestellt, damit er Vaughan und Quinn zur Seite steht.«

»Gute Idee, Chef«, sagte Emma. »Wir müssen den Radius vergrößern: Hat jemand in Zügen oder Bussen von und nach Sligo irgendwas Auffälliges beobachtet? Was ist mit CCTV, den Überwachungskameras auf Bahnhöfen und an Kreuzungen? Sligo ist zwar nicht London, aber irgendwer muss doch irgendwo irgendwas beobachtet haben. Ein Mord passiert doch nicht einfach so. Auch wäre es gut, wenn uns Dave dabei helfen könnte, den Inhalt von Fitzpatricks Schreibtisch zu analysieren: Mit wem hat er korrespondiert? Was gab es in seinem Leben, von dem vielleicht nicht mal seine Frau etwas wusste? Und die Telefonverbindungen der letzten Wochen von und nach Fitzpatrick House müssen auch ausgewertet werden.«

Juli 1965

Sie lag schon seit 18 Stunden in den Wehen und war so erschöpft, dass sie nicht mal mehr schreien konnte. Das Baby steckte offenbar fest, wollte und wollte einfach nicht heraus. Die meiste Zeit war sie allein, gelegentlich schaute Schwester Magdalena nach ihr. Die anderen nannten sie »die Metzgerin«, weil so viele Babys ihre Geburtshilfe nicht überlebten.

»Das hast du jetzt davon, dass du die Beine nicht zusammenhalten kannst, du kleine Schlampe«, hatte sie zu ihr gesagt.

Draußen war Sommer, aber hier im Kreißsaal war es kühl. Wenn man die kleine, weiß gekalkte Kammer überhaupt so bezeichnen konnte. Eine Gefängniszelle wäre auch nicht abweisender gewesen. Es gab auch nur eine Pritsche und ein Kreuz an der Wand. Die Stunden dehnten sich endlos, nur unterbrochen von Wellen des Schmerzes. »Lass dich fallen in den Schmerz«, hatte die Metzgerin gesagt, »damit tust du Buße für deine Sünden.« Am liebsten wollte sie sterben und ihr Baby mitnehmen. Dann wäre endlich Ruhe. Kein Geschrei mehr, keine anklagenden Augen. Keine Predigten. Aber sie wollte Schwester Magdalena nicht gewinnen lassen. Ihr Kind sollte leben. Es konnte doch nichts dafür. Bei der nächsten Wehe nahm sie ihre letzte Kraft zusammen und presste und presste und presste. Endlich drückte sich der Kopf des kleinen Wesens heraus; irgendetwas riss in ihr. Der Schmerz war überwältigend. Als sie wieder zu Verstand kam, wimmerte ein Kind zwischen ihren Beinen. Ein Mädchen. Der rötliche Flaum auf ihrem Kopf war ganz blutverschmiert.

Februar 2004

Margaret sah süß aus in ihrer neuen Strickjacke, das runzelige Gesichtchen mit der inzwischen übergroß wirkenden Brille wirkte freudig erregt. Offenbar hatte irgendein Teil ihres löcherigen Gehirns verstanden, dass heute Besuch kommen sollte. Catherine hatte ihr längst die frisch gewaschenen Haare gekämmt und sie in ihren Lieblingssessel im Wohnzimmer gesetzt. Da saß sie nun und guckte Arthur aus Zimmer Nummer drei dabei zu, wie er seine Kreise zog. Arthur war komplett dement, aber körperlich immer noch kräftig, dafür hatte ein langes Farmerleben gesorgt. Er verbrachte seine alten Tage damit, durchs Haus zu wandern. Das war rechteckig um ein Atrium herum angelegt, und alte Menschen mit viel Unruhe im Leib wie Arthur konnten stundenlang im Kreis gehen. Viele waren aufgeregt, wussten nicht, wo sie waren, wollten einfach nur nach Hause. Deswegen waren auch alle Türen nach draußen mit einem Code gesichert. Wäre es anders gewesen, würden sich die Heimbewohner irgendwann auf der Straße mitten im Verkehr wiederfinden. Eine clevere Praktikantin war vor ein paar Jahren überdies mit der Idee gekommen, in einer stillen Ecke des Gangs eine Art Bushaltestelle einzurichten, komplett mit Schild, Bänkchen und Fahrplan. Nun saßen die Demenzkranken mit Wanderlust oft dort, so, als warteten sie auf den Bus nach Hause. Nach einer Weile hatten sie den Bus dann auch wieder vergessen und ließen sich vom Pflegepersonal entspannter zurück in ihre Zimmer bringen.

Plötzlich stand Bill Sargent im Raum, mit seiner Frau und einem kleinen blonden Mädchen. Catherine wusste aus Erfahrung, dass viele Menschen geschockt reagierten, wenn sie ihre dementen Eltern nach einer Weile wiedersahen, und stand insgeheim bereit, um helfend und ablenkend einzugreifen. Doch Bill ließ sich nichts anmerken. Er setzte sich neben seine Mutter und nahm ihre Hand: »Hallo, Mami, ich bin's, Bill.«

Catherine gesellte sich zu ihnen: »Hallo, darf ich mich vorstellen, ich bin Catherine ...« Bill hatte sich aufgerichtet und guckte ihr ins Gesicht. Da entgleisten Catherine fast die Züge: Es war, als würde sie eine männliche Ausgabe von sich selbst sehen. Bill hatte zwar kein rotes, sondern dickes dunkelbraunes Haar, aber dafür dieselben grünbraunen Augen wie Catherine, dasselbe entschlossene Kinn und denselben stark geschwungenen, sensitiven Mund. Bill jedoch schien nichts zu bemerken, und Catherine fragte sich schon, ob sie vielleicht langsam verrückt wurde. Solche Zufälle gab es einfach nicht.

Bill blickte ihr fragend ins Gesicht und sagte:

»Geht es Ihnen gut?«

»Ja, ja, mir ist nur gerade etwas schwindelig!«

Bill guckte fragend, zog sich aber dann in die Gefilde der Höflichkeit zurück und sagte:

»Guten Tag, ich bin Bill, Margarets Sohn. Darf ich Ihnen meine Frau Paula und meine Tochter Isabelle vorstellen? Wir leben in der Schweiz, in Chur.«

Margaret lachte dazu und sagte immer wieder: »Kaitlin! Kaitlin!«

»Mami, nicht Kaitlin, das sind Paula und Isabelle, meine Frau und deine Enkelin. Ich hatte dir doch Fotos von uns geschickt ...«

Catherine zog sich diskret zurück, vordergründig, um das Familientreffen nicht zu stören; tatsächlich, um ihr inneres Gleichgewicht wiederzufinden. Sie flüchtete sich auf die Personaltoilette und stand dort endlos vor dem Spiegel, starrte sich ins Gesicht und flüsterte ahnungsvoll: »Kaitlin!«

März 2005

Emma brachte den Samstagnachmittag damit zu, mit Dave Lovelock zusammen auszuarbeiten, welche Aufgaben er übernehmen sollte: CCTV-Kameras in der Gegend um Fitzpatrick House ausfindig machen und die Aufnahmen zwischen 17.30 und 21 Uhr am Donnerstagabend sichten. Zum Bahnhof gehen, Bus- und Bahnpersonal aufsuchen – war irgendjemandem an dem Abend etwas aufgefallen? Mit James klären, welche Nachbarn schon befragt worden waren, dann den Kreis größer ziehen und weiterfragen. Die Telefongesellschaft alarmieren und alle Verbindungen von und nach Fitzpatrick House analysieren.

»Such nach ungewöhnlichen, selten angewählten Nummern. Nach Verbindungen, die nicht regelmäßig auftauchen.«

Dave stöhnte.

»Polizeiarbeit ist vor allem Fleißarbeit, du schaffst das schon«, entließ ihn Emma in sein arbeitsreiches Wochenende und machte sich selbst daran, Fitzpatricks Chef aufzutreiben. Nicht den lieben Gott, sondern den Archbishop of Armagh, den obersten Chef der Church of Ireland im Norden der Insel. Der letzte Amtsinhaber, Charles' alter Freund und Mentor, ein gewisser Philipp Blois, war inzwischen verstorben, der neue hieß Robert Eames. Doch weder mit Charme noch mit verhaltenen Drohungen gelang es ihr, den Bischof ans Telefon zu kriegen, lediglich sein Assistent, ein Reverend Mulligan, war bereit, mit ihr zu sprechen. Er war einsilbig geblieben, hatte aber schließlich eingewilligt, Emma am Sonntag um zwölf – nach der Messe – in Armagh zu treffen.

»Ich weiß aber nicht, wie viel ich zur Aufklärung Ihres Falls beitragen kann«, hatte er gesagt. »Charles Fitzpatricks Tod ist natürlich ein großer Verlust für die Church of Ireland. Aber Charles war auch Soldat, und seitdem Bischof Blois tot ist, haben ihn seine Kameraden in der Armee vermutlich besser gekannt als wir hier im Bistum.«

Was machte eigentlich ein Armeepfarrer? Das Internet gab nicht viel her, außer Gelaber vom »Schwert des Herrn«. Emma schnaubte widerwillig in ihren Bildschirm. Sie konnte mit Gottesmännern aller Couleur nicht viel anfangen, aber Soldatenpfarrer waren für sie der Gipfel der Heuchelei. Im Namen des Herrn in den Krieg ziehen? Die Waffe im Anschlag mit dem Segen der Kirche? Was war eigentlich aus dem Gebot »Du sollst nicht töten« geworden? In Emmas Welt konnte ein Mann entweder Soldat sein oder Pfarrer, beides zugleich ging nicht.

Ihr gegenüber brütete James über seinen Unterlagen.

»James, wer ist eigentlich in der britischen Armee für Soldatenpastoren zuständig? Laut Wikipedia werden die übrigens *Padres* genannt – und es gibt sie in allen Konfessionen. Juden, Presbyterianer, Katholiken, Methodisten. Ich frage mich, ob die auch Buddhisten haben, die dann in einer gelb gefärbten Uniform herumlaufen?«

»Tragen die denn überhaupt Uniform? Ich bin mir nicht mal sicher, dass die einen militärischen Rang haben.«

Emma studierte ihren Bildschirm: »Hier steht, dass

die sogar Colonel, Brigadier und Major-General werden können. Ich finde das völlig verlogen. Einerseits die Zehn Gebote und dann Gewalt absegnen – das passt für mich zusammen wie Würstchen und Vanillesoße.«

»Aber wieso? Soldaten brauchen doch auch Seelsorge. Gerade wenn es brenzlig wird.«

Emma wischte James' Argument vom Tisch. Wer Krieg spielen wollte, hatte in ihren Augen keinen Anspruch auf Absolution. Erst recht nicht, wenn die quasi automatisch von der Armee mitgeliefert wurde. Viel spannender fand sie einen anderen Aspekt:

»Aber was, meinst du, würde die IRA zu so was sagen? In Sligo geboren und protestantisch! Pfarrer bei dem anderen Verein zu werden, ist aus Sicht der katholischen Mehrheit ja schon schlimm genug. Aber dann auch noch bei den Militärs der Besatzer anheuern und als Soldatenpfarrer in der britischen Armee herumlaufen? Eine Todsünde. Wundert mich fast, dass die Republikaner den nicht schon lange erledigt haben.«

»Da hast du recht. Meinst du, davor hatte er Angst? Hat er deswegen sein Haus so verbarrikadiert?«

»Keine Ahnung, da müssen wir wohl mal mit Jeane drüber reden. Jedenfalls verstehe ich jetzt, warum die immer einen auf Heiden bekehren und Missionarsarbeit gemacht haben – alles eine Riesenschwindelei, damit nicht bekannt wird, dass Fitzpatrick mit den Briten unter der Decke steckt. Schönes Lügengebäude, Your Reverence!«

Wer, zum Teufel, war dieser Fitzpatrick eigentlich wirklich gewesen?

Kapitel 4

Hargadons

Als Emma nach Hause kam, dröhnte U2 aus Stevies Zimmer im ersten Stock, Emmas Zettel lag noch auf dem Küchentisch, nur die 20 Euro waren verschwunden. Sie ging nach oben, klopfte. Keine Anwort. »Stevie?«

»Hi, Mum«, Stevie steckte den Kopf aus einem schmalen Spalt zwischen Tür und Wand. »Ich hab Besuch!«

Emma reckte sich und sah dunkle Locken ... Offenbar ein Mädchen! Insgeheim freute sie sich für Stevie. Erste Liebe, wie süß!

»Oh, ja, äh, ich wollte euch nicht stören. Hatte auch nicht erwartet, dass du zu Hause bist, ich dachte, du bist bei deinem Vater.«

Stevie grinste nur.

»Junge, ich hab 'nen Mord am Hals, ich bin dieses Wochenende saumäßig unter Druck. Kannst du bei deinem Vater bleiben, bis ich wieder Land sehe?« Emma biss sich vor schlechtem Gewissen auf die Lippen, ihr Verhalten war nicht gerade ein Kapitel aus dem Buch »Ideale Erziehungstechniken«.

Stevie nickte: »Ist schon okay.«

»Also, ich geh heute Abend mit Laura zum Essen. Soll ich dir was kochen?«

»Nö, ich geh nachher noch mit Sophie ins Kino. Ich mach mir dann bei Dad ein Sandwich. Bis dann!«

»Sonntagabend bin ich aber wirklich zu Hause. Versprochen! Ich könnte einen Braten machen ...«

Aber Stevie war schon wieder im Lärm seines Zimmers verschwunden. Der Bengel wurde tatsächlich erwachsen und hatte offenbar ein Mädchen genug beeindruckt, um seine Freundin zu werden. Ob sein Vater mit ihm über Verhütung geredet hatte? Noch ein Thema, das Emma abklären musste – als ob sie nicht schon genug zu tun hätte.

Es war schon Viertel vor sieben, als Emma endlich vor dem Hargadons ankam. Vor dem Pub stand eine Tafel. Für gewöhnlich wurden darauf die Tagesgerichte angeboten, heute stand da: »Bier ist aus Hopfen. Hopfen ist eine Pflanze, also gesund. Genau genommen ist Bier also Salat.« Und dahinter, in Klammern »(Gern geschehen!)«. Das geht ja gut los, dachte sich Emma, als sie die Tür zu dem überheizten Raum aufdrückte. Der Lärm der Gäste flutete über sie hinweg. Jedes Mal, wenn sie hier reinkam, musste sie an Jim Brady's Pub in der Maiden Lane in New York denken, in dem sie damals Paul kennengelernt hatte. Die Bude hatte mit einem echten Irish Pub allerdings nicht viel zu tun. Viel zu aufgebrezelt, überall irische Fahnen, Illustrationen von Leprechauns – der irischen Version des Kobolds – und vierblättrigen Kleeblättern. Mit so einem Kitsch hielt sich ein echter irischer Wirt in Sligo nicht lange auf. Dunkles Holz und ein paar alte Krüge waren hier genug Dekoration. Die Kundschaft des Hargadons bevorzugte eher dunkle Nischen, und ansonsten ging es hier um kaltes Bier und heiße Fritten. Und im Gegensatz zu den meisten anderen irischen Pubs, in denen man normalerweise nur vier Kriterien für vergorenen Rebensaft kannte – weiß, rot, sauer und süß –, gab es hier auch ein vernünftiges Angebot an Wein. Also alles ganz unaufgeregt und schnörkellos, so wie Emma es mochte.

Laura stand schon am Tresen und trank ein Guinness. Das passte irgendwie zu der kleinen Frau mit dem runden Gesicht und dem übergroßen Mund. Emma fragte sich insgeheim seit Jahren, ob Lauras Mund so breit war, weil sie so viel lachte – oder ob sie so viel lachte, weil ihre Physiognomie einfach dazu einlud. Was am Ende auch egal war, denn Emma genoss Lauras Freundschaft. Die Anwältin war blitzgescheit und mit einem frechen Mundwerk und dem typisch irischen Sinn für Humor gesegnet. Sie riss Witze über alles und jeden, wurde dabei aber nie bösartig. Für eine Anwältin war sie überdies ziemlich gelassen – sie urteilte nicht vorschnell über andere. Oder wenn sie es tat, behielt sie ihre Meinung für sich. Auch trug sie ihren Katholizismus nicht vor sich her wie ein Ewiges Licht.

»Na, wie isses? Hast du deinen Mann in der Garderobe abgegeben?«, begrüßte Emma ihre Freundin. Dann bestellte sie sich ein kleines Glas trockenen Roten, denn das bittere irische Bier war nichts für sie. Außerdem saß Emma die Whiskey-Orgie vom Vorabend noch in den Knochen.

»Michael hat Nachtdienst, den sehe ich erst morgen früh«, antwortete Laura. Ihr Mann arbeitete als Chirurg im General Hospital in Sligo und musste samstagnachts oft die Nasen wieder gerade rücken, die bei Kneipenschlägereien Schaden nahmen. »Das heißt sturmfreie Bude!«

»Na ja, ich will es heute nicht übertreiben, ich hab diesen Fitzpatrick-Fall am Hals. Einen Kater brauch ich dazu so dringend wie ein Loch im Kopf. Murry macht auch so schon Druck genug. Außerdem hat Stevie 'ne Freundin, und ich hab keine Ahnung, wie ich mit ihm über Verhütung reden soll!«

»Ach, da mach dir mal keinen Kopf, die wissen doch heute eh schon alles. Die Kids haben im Internet schon mehr Porno gesehen, als wir je erleben werden. Und wenn nicht, kauf ihm einen *Playboy*.«

»Wenigstens ist der Verkauf von Kondomen in Irland inzwischen legal«, stöhnte Emma, die das Thema gar nicht witzig fand.

Als die beiden Frauen sich wenig später zum Essen an einen Tisch setzten, kam das Thema wieder auf Fitzpatrick.

»Ich hab einen Toten, aber keine Zeugen, keine Spuren und vor allem kein Motiv«, jammerte Emma.

»Weißt du eigentlich, dass ich den kannte?«

Emma guckte von ihrem Steak hoch: »Wen, Fitzpatrick?«

»Die ganze Familie ist Klient bei mir. Seit vielen Jahren. Schon die Eltern haben sich von meinem Vater beraten lassen. Eigentlich darf ich darüber nicht reden. Du weißt schon, Anwälte müssen die Klappe halten ...«

Die McDerns waren Sligo-Urgestein, und Laura hatte die Kanzlei ihres inzwischen verstorbenen Vaters übernommen.

»Ach Laura, reg dich ab. Ich muss einen Mordfall klären, also, wenn du was weißt, dann raus damit.«

»Was weißt *du* denn über die Fitzpatricks?«, fragte Laura zurück.

»Nicht viel. Drei Kinder, der Sohn bereits verstorben. Mutter Jeane unglücklich, aber pflichtbewusst. Das Opfer selbst ein Pfeiler der Gemeinde – auch wenn er kein guter Ehemann war.«

Laura nickte. »Die Fitzpatricks stammen aus Dromore

West. Sie haben da ein 200 Jahre altes Anwesen und viel Land dazu. *The Manors.* Wunderschön gelegen, auf einem Hügel über dem Meer.«

»Als wir ihn gefunden haben, hatte Fitzpatrick einen Siegelring am kleinen Finger. Geht die Familiengeschichte etwa bis zu den Normannen zurück?«

»I wo, das Siegel in dem Siegelring ist eine kalte Platte, *The Manors* hat seit Jahrhunderten keinen Adel mehr gesehen. Die Fitzpatricks haben es ohne blaues Blut, aber mit Intelligenz und Fleiß zu einigem Wohlstand gebracht. Besonders Charles' Vater, Gerald Scott Fitzpatrick, hatte das Talent, Geschäftschancen zu erkennen und zu ergreifen. Mein Vater hat ihn immer einen schlauen Fuchs genannt. Besonders, weil Gerald Scott schon in den 30er Jahren das Herrenhaus gekauft hat. Weißt du, was *The Manors* heute wert ist? Ein Vermögen! Gerald Scott war es auch, der im Dorf das Versammlungshaus für die protestantische Gemeinde gebaut hat. Fitzpatrick Hall steht heute noch. Die Familie ist von jeher bigott protestantisch. Es wird kein Alkohol getrunken, die Sippe verachtet die katholische Mehrheit in Irland, vor allem wegen der Sauferei, aber auch wegen ihrer Armut und ihres Kinderreichtums.«

»Also ein richtiger Patriarch und ein selbstgerechtes Arschloch.« Emma verzog angewidert das Gesicht.

»Na ja, ganz sicher bin ich mir da nicht. Wenn ich den alten Geschichten meines Vaters Glauben schenken darf, hatte vor allem Maddie die Hosen an in dem Verein, Gerald Scotts Frau. Sie war übrigens auch die erste Frau mit einem Auto im County. Die muss hier über die Landstraßen gefegt sein wie ein Derwisch. Mein Vater meinte, dass sie die Familie mit unbeugsamem Willen regiert hat. Es gibt Gerüchte, dass sie ihrem Sohn Ian verboten hat, seine große Liebe zu heiraten, und dass der deswegen immer ledig geblieben ist.«

»War wohl nicht protestantisch genug, die Kleine?«

»Nein, aber wohl ein uneheliches Kind, also in Schande geboren, wie man damals sagte.«

»Nicht gut genug für die Fitzpatricks auf The Manors.« Emma hob ihr Glas, wie um zu prosten: »Ein Hoch auf die guten Christenmenschen von Dromore West!«

»Ach komm, du mit deinen New Yorker Moralvorstellungen. Du kapierst Irland immer noch nicht, auch nicht nach all der Zeit hier. Die Verhältnisse sind hier einfach anders – und in den 60er Jahren traf das noch mehr zu«, versuchte Laura zu erklären.

»Ich werde dieses Land nie verstehen, ganz einfach, weil ich Religion nicht kapiere. Wieso soll Glaube alleine schon ein Ticket in den Himmel sein? Das heißt doch letztlich nur, dass du dann selig wirst, wenn du in der Lage bist, deinen Verstand und deine Erfahrungen einfach auszuschalten und Vorstellungen zu akzeptieren, die dein Intellekt schlicht als albern abtun muss. Ich hab ein Problem mit dieser intellektuellen Unterwürfigkeit, sie erinnert mich einfach zu sehr an das, was alle anderen Ideologien und Diktatoren von den Menschen fordern. Hirn ausschalten, Dogmen akzeptieren; fertig.«

Laura hatte keine Lust, sich wieder mal auf einen theologischen Diskurs einzulassen, wusste sie doch aus Erfahrung, dass man damit bei Emma nicht weit kam. Also wechselte sie das Thema: »Glaubst du denn, dass der Fitzpatrick-Mord gegen die Kirche gerichtet ist?«

»Ich habe keine Ahnung, das ist ja das Problem. Aber erzähl doch weiter, was du über die Familie weißt. Wie viele Kinder hatten Gerald Scott und Maddie denn?«

»Also, ich weiß von vieren. Charles war der Älteste, dann kamen zwei Töchter, Margaret und Kaitlin, und dann Ian, der jüngste Sohn. Alle waren irgendwann auch mal bei Vater in der Kanzlei.«

»Aber nicht bei dir?«

»Na ja, jetzt kommt es dick. Charles Fitzpatrick rief nach Neujahr an, um sich einen Termin bei mir geben zu lassen.«

»Und? Lass dir doch nicht alles so aus der Nase ziehen!« Emma wurde ungeduldig.

Laura schaute jedoch nachdenklich in ihr Guinness. »Ich sollte dir das wirklich nicht erzählen, Anwälte dürfen über ihre Klienten nicht sprechen. Aber vermutlich tue ich dem Gesetz eher einen Gefallen, wenn ich es dir erzähle.«

»Genau, und darauf kommt es am Ende doch an!«

»Also, Fitzpatrick wollte Auskunft über das geltende Erbrecht. Er wollte wissen, wer alles Ansprüche auf das Land und den Herrensitz anmelden könnte. Es ging vermutlich also um Margarets Kinder.«

»Moment mal – Margarets Kinder?«, fragte Emma nach.

»Ja, Ian und Kaitlin blieben kinderlos, nur Charles hatte drei – nach dem Tod des Sohnes noch zwei Töchter –, und Margaret hat auch zwei Söhne, soweit ich weiß.«

»Du meinst, der alte Fitzpatrick wollte das Land für seine Kinder sichern und die Kids seiner Schwester Margaret als Erben loswerden?«, fragte Emma.

»Anders kann ich es mir nicht erklären. Charles hat lang in Deutschland gelebt und hatte auch einen Artikel aus einer deutschen Zeitung dabei, der von der Änderung des Erbrechts in Deutschland handelte. Dort erben jetzt auch uneheliche Kinder gleichberechtigt. Das hat ihn offenbar furchtbar geärgert.«

»Tja, dass die Kinder der Schande jetzt auch an die Konten dürfen, ist wirklich skandalös«, ätzte Emma.

»Na ja, nicht ganz. Laut Gesetz sind uneheliche Kinder den ehelichen in Irland seit 1987 gleichgestellt – das heißt aber nicht unter allen Umständen, dass sie auch gleichberechtigt erben. Die Aufregung ist völlig umsonst!«

»Also, was wollte er denn nun wirklich?«

»Ich glaube, der wollte einfach nur theoretisch wissen, wer was erben wird. Ist dir denn klar, um wie viel Geld es hier geht? The Manors und das Land rundherum muss Millionen wert sein!«

»Und das wollte Charles gerne für die eigene Brut sichern? Und seine Neffen ausschließen? Schöner Christenmensch, das!«

»Besonders sympathisch fand ich Fitzpatrick tatsächlich nicht«, musste Laura zugeben. »Der hat so dicke Lippen, die er sich dauernd leckte, so als wäre er hungrig und würde immer wieder ans Essen denken.«

»Hatte – der Mann ist nicht mehr. Und der dachte an was ganz anderes, wenn die Gerüchteküche stimmt. Angeblich war der hinter den Röcken her ... Und deinen fand der offenbar besonders lecker.« Emma musste grinsen.

Bei der Vorstellung musste Laura sich schütteln: »Der alte Sack! Widerlich! Na, ich hab ihm einfach das irische Erbrecht erklärt.«

»Wer hat denn eigentlich den Titel auf das Land?«

»Im Moment hält Ian die Besitzrechte, Maddies jüngster Sohn, Charles' Bruder. Der ist ledig und kinderlos. Es wäre das Einfachste, wenn Ian ein Testament machen würde und alle seine Nichten und Neffen gleichermaßen bedenken würde. Land wäre genug da, so dass alle Neffen und Nichten was abkriegen könnten. Das wäre auch das

Fairste. Bin mir nur nicht sicher, ob Charles diesen Rat akzeptiert hat, denn ich habe danach nichts mehr von ihm oder Ian gehört. Und wie gesagt, es könnte ja gut sein, dass Charles seinen Bruder Ian schwer bearbeitet hat, damit alles an seine Brut fällt und nicht an die Cousins. Da wäre mein Ratschlag mit einem Testament zur gerechten Aufteilung unter allen Nachkommen ja nun nicht gerade die gewünschte Empfehlung gewesen.«

Februar 2004

Catherine hatte sich für den Wochenenddienst in Oak Gardens eintragen lassen. Sie arbeitete gern am Wochenende, denn sie hasste Sonntage. Diese ruhigen Nachmittage, an denen die Welt wie ausgestorben zu sein schien, zeigten ihr immer überdeutlich, dass sie keine Familie hatte. Auf der Straße und in den Parks gingen die Paare spazieren, Väter spielten Ball mit ihren kleinen Söhnen, Mütter rieben sich die schwangeren Bäuche ... Wo Catherine auch hinsah: Großbritannien schien nur aus Familien und lachenden Kindern zu bestehen. Sie fühlte sich in ihrer Einsamkeit dann wie ein Alien. Dann lieber arbeiten, als gegen Selbstmitleid ankämpfen zu müssen. Heute hatte sie jedoch mehr als einen Grund, gerne zur Arbeit zu erscheinen. Am Wochenende war die Personaldecke in Oak Gardens immer besonders dünn, und Catherine wollte ihre Ruhe haben und von den Kollegen unbeobachtet bleiben.

Als alle Herrschaften auf Margarets Flur gewaschen und angezogen waren und ihr Frühstück intus hatten, kehrte sie in Margarets Zimmer zurück. »Kaitlin!«, schallte es ihr schon entgegen.

Margaret freute sich: »Gehen wir heute nach Hause, nach The Manors?«

»Das machen wir nachher, Margaret. Sollen wir nicht erst mal ein paar Fotos angucken?«

Catherine wusste, dass Margaret ganz unten im Schrank zwei Schachteln stehen hatte. Die Alten durften nur wenige persönliche Dinge mitbringen, wenn sie in den Oaks einzogen. Fotoalben, Tagebücher und ein paar persönliche Erinnerungen waren jedoch erlaubt.

Catherine war neugierig – warum sah ihr dieser Bill so ähnlich? Sicher war es nur ein Zufall. Aber solche Zufälle gab es doch gar nicht. Oder wurde sie etwa schon verrückt und sah Gespenster, weil sie sich so sehr eine Familie wünschte? Sie zog die Schachteln aus Margarets Schrank hervor und machte sie auf. Obenauf lag ein altes Fotoalbum. Damit setzte sich Catherine neben die alte Frau und schlug es auf. Auf den letzten Seiten des Buchs klebten Farbfotos von Bill und seiner Familie und auch Aufnahmen eines anderen Mannes mit Frau und Kindern. Vermutlich der Sohn in Australien, das gleißende Licht, in dem diese Bilder aufgenommen waren, legten das zumindest nahe. Ab etwa 2002 gab es keine neuen Fotos mehr, die Bildergeschichte brach ab – da musste Margaret wohl zu krank geworden sein, um weitere Fotos einzukleben. Mit ihren alten Fingern zerrte sie an dem Album. Wollte es auf ihren Schoß nehmen. Catherine ließ sie machen. Die alte Dame schlug die ersten Seiten auf: vergilbte Schwarz-Weiß-Fotos aus den späten 50er und frühen 60er Jahren. Eine Frau, die aus einem Autofenster lachte, ein junger Mann auf einem Traktor, Fotos von einem Herrenhaus, freistehend in einer Wiese.

Ein Weihnachtsbild – offenbar die Familie: ein älteres

Ehepaar, daneben ein Pfarrer in Schwarz mit einer stattlichen Frau und drei kleinen Kindern. Dazu ein weiterer Sohn im Anzug. Daneben fand sich eine junge Margaret, ebenfalls mit Mann und zwei kleinen Söhnen.

»Schauen Sie mal, sind Sie das? Ist das Ihr Mann? ... Ach, guck mal, das könnte Bill sein, als kleiner Junge!«

Margaret jedoch lächelte nur versonnen und deutete auf das junge Mädchen, das am Bildrand stand, etwas abseits, als würde es nicht wirklich dazugehören: »Kaitlin!«

Jetzt wurde auch Catherine aufmerksam, zog das Album zu sich heran und studierte das Bild genauer. Gab es also tatsächlich eine Kaitlin! War das Wort nicht nur ein Tick eines zerfallenden Gehirns? Das junge Mädchen auf dem Bild hatte in der Tat einen dicken Zopf, genau wie Catherine auch ... nur ob der auch rot war, ließ sich an Hand eines Schwarzweißfotos kaum sagen. Sie sah dieser Kaitlin tatsächlich ein wenig ähnlich. Die Kopfform stimmte, auch die tiefliegenden Augen. Ein zweiter Zufall dieser Art? Unmöglich!

»Und wer ist das?«, fragte sie und deutete auf den Pfarrer und seine Frau. Margaret schwieg. Und dann sagte sie plötzlich mit ungewohnter Klarheit in der Stimme:

»Charles, das Schwein!«

»Der Mann heißt Charles?«

»Charles, das Schwein.« Da fing Margaret an zu weinen, und Catherine klappte schnell das Album zu. Na, das hatte sie ja toll hingekriegt! Eine alte Frau zum Weinen gebracht. Sie nahm die zerbrechliche Frau vorsichtig in den Arm:

»Margaret, das macht nichts, das ist doch alles schon so lange her!«

Margaret schluchzte: »Ach, Kaitlin!«

Catherine setzte sich auf den Boden zu Margarets Schachteln und begann zu stöbern. Ein zweiter Karton enthielt alte Tagebücher. Die waren in wunderschöner Handschrift abgefasst. Soweit Catherine wusste, war Margaret in einem früheren Leben Lehrerin an teuren Privatschulen gewesen. Die gestochene Schrift würde dazu passen. Sie wollte gerade zu lesen beginnen, als der Pieper an ihrem Hosenbund losging. Mist! Offenbar wurde sie von der Heimleitung vermisst oder irgendwo im Haus war etwas schiefgegangen, und man brauchte ihre Hilfe. Einem Impuls folgend, nahm Catherine ein paar der ältesten Tagebücher an sich und schob die offenen Schachteln in den Schrank zurück.

»Margaret, ich komme gleich noch mal vorbei! Aber jetzt muss ich los!«

Auf dem Weg zum Dienstzimmer ging sie in der Umkleide vorbei und ließ die Dokumente in ihrem Spind verschwinden.

März 2005

Den letzten Rotwein hätte ich mir schenken sollen! Schon wieder hatte sie mindestens einen Drink zu viel gehabt. Emma quälte sich stöhnend aus dem Bett. Schon wieder hatten sie Alpträume geplagt. Sie musste ein kleines Kind retten, das in einem Ofen eingesperrt war. Sie konnte es durch die gläserne Ofentür sehen, aber nicht hören – und die Tür klemmte. Emma zog und schob an der Ofentür herum, die sich aber keinen Zentimeter rührte. Dann war das Kind plötzlich verschwunden, und Emma beschloss, diesen kinderfressenden Ofen zu zerstören. Sie nahm eine Axt und zerschlug Glas und Metall in kleine Stücke. Aber als sie die Axt sinken ließ, machte es klapp!, und der Ofen stand wieder heil und ganz vor ihr, so als sei nie was gewesen. Da beschloss Emma, diesen Monster-Ofen zu verbrennen. Doch als das Feuer erloschen war, machte es klapp!, und der Ofen war wieder auferstanden. Danach nahm sie Säure, um das Ding aufzulösen. Doch klapp! Und alles war wie zuvor. Was immer Emma auch versuchte, dieses widerliche schwarze Ungeheuer von Ofen war unzerstörbar. Emma war schließlich schweißgebadet erwacht und ins Badezimmer gewankt, um Wasser zu trinken. Als sie endlich wieder eingeschlafen war, träumte sie, dass sie plötzlich selbst in diesem Ofen saß und die Tür klemmte. Sie weinte und schrie, stemmte ihre Füße von innen gegen die Tür, doch die Tür saß unverrückbar fest. Endlich wurde es etwas heller um sie herum – jemand hatte Emma in ihrem Gefängnis gefunden. Die Erleichterung, ein anderes menschliches Wesen zu sehen, war überwältigend. Der Mensch in einem blauen Overall winkte ihr zu und zog Transportbänder um den Ofen herum. Schließlich wurde der Ofen – immer noch mit Emma in seinem Inneren – mit Hilfe dieser Drahtseile auf die Ladefläche eines Pick-ups gezogen. Der Wagen startete, und Emma wurde in ihrem Ofen durch eine menschenleere Landschaft gefahren. Durch das Glas in der Ofentür konnte sie staubige Straßen und vertrocknende Bäume sehen. Endlich stoppte der Pick-up, und Emma fühlte, wie ihr Ofengefängnis erneut in die Luft gehoben wurde. Sie blickte aus dem Ofenfenster und sah eine Art Werkshof mit Tausenden solcher Öfen wie der, in dem sie festsaß. Aus diesen Öfen heraus blickte sie ein Heer an Menschen an, das ebenso gefangen war wie sie ...

Emma schreckte hoch, blickte verwirrt um sich und fand sich in ihrem eigenen Schlafzimmer wieder. Nur ein Traum, zum Glück nur ein Traum. Als schließlich der Wecker klingelte, war sie restlos zerschlagen. Sonntags auch noch früh aufstehen zu müssen, war einfach nicht fair! Doch die 150 Kilometer nach Armagh zu fahren, brauchte seine Zeit, und Emma wollte zu ihrer Verabredung mit Reverend Mulligan nicht zu spät kommen.

Als sie endlich auf der N16 nach Osten rollte, ging es ihr besser. Was natürlich auch an den zwei Schmerztabletten liegen konnte, die sie intus hatte. Mit Opioiden im Blut fühlte sich die Tour schon fast wie ein richtiger Sonntagsausflug an. Vor allem, weil gelegentlich die Sonne herauskam. Ihr Licht glitzerte über den Lochs, den Seen, die den Norden des Landes zierten, und überall machte sich so etwas wie Vorfrühling bemerkbar. Ben Bulben überragte Sligo mit der Ruhe, wie sie nur ein Berg ausstrahlen konnte. Irland war grüner denn je. Wenn sie endlich mal genug Licht und Wärme erfuhr, gab es keine schönere Ecke auf der Erde als Irland. Emma rollte gemütlich in ihrem vertrauten Peugeot dahin und schlürfte Tee aus ihrer Thermoskanne – ging doch nichts über eine Landpartie mit richtig starkem Tee! Bald war die A 46 erreicht mit Ausblicken auf den Loch Erne, dann die Grenze zu Northern Ireland, schließlich Enniskillen, wo bei einem IRA-Bombenanschlag im November 1987 zehn Menschen starben und 63 verletzt wurden. Vergangenheit war nie wirklich vergangen, zumindest nicht in Irland, grübelte Emma. Überall gab es Orte, Gerüche und Ausblicke, die von dem wisperten, was gewesen ist. Es war, als ob sich die Straßen noch an das hier vergossene Blut erinnerten, an den Hass, das Gebrüll – so, wie sich alte Schienen stillgelegter Bahnlinien noch an das Gewicht der Züge zu erinnern schienen, die sie schon lange nicht mehr trugen.

Der Sprengsatz war damals an einem Veteranenmonument hochgegangen, und die IRA meinte, es sei ein Fehler gewesen, dass dabei Zivilisten in die Luft flogen. Man habe es auf dort vorbeimarschierende britische Soldaten abgesehen gehabt. Super, dachte sich Emma, über die Entschuldigung können sich die Toten ja echt freuen. Aus Versehen umgebracht ... Sorry! In Ballygawley bog sie nach Süden ab.

St. Patrick's Cathedral stand auf einem Hügel, der dem Städtchen Armagh seinen Namen gegeben hatte: Ard Macha, der Macha-Berg. Der wiederum war nach einer vorchristlichen Stammesprinzessin benannt – es war also kein Wunder, dass die Pfaffen sich hier niederließen. Hatten die doch mit Vorliebe die uralten heiligen Plätze der Kelten besetzt und sie ihrer eigenen Ideologie einverleibt. Nicht weit davon, auf dem nächsten Hügel, stand die andere St.-Patrick's-Kirche – die der Katholiken. Nur eine halbe Meile auseinandergelegen, beide mit dem gleichen Namen bedacht und doch Welten entfernt! Wie ironisch, hier stritten sich also beide Konfessionen um den Nationalheiligen, den ollen St. Patrick, den ersten Missionar im Land. Angeblich war er im Jahr 444 nach Christus der erste Bischof hier in Armagh gewesen – was dem Städtchen bis heute seine Bedeutung sowohl als Zentrum der protestantischen Church of Ireland als auch der katholischen irischen Kirche verlieh. Was Patrick wohl von diesem Religionszirkus in Irland gehalten hätte – und von all dem Blutvergießen, den der Konflikt ausgelöst hatte?

Emma ließ ihren Blick über die alten Steine der protestantischen Patrick-Verehrer wandern. Die teilweise noch aus dem Mittelalter stammenden Gemäuer strahlten noch die Wuchtigkeit der romanischen Kirchen aus. Schwer und gedrungen saß dem massiven Hauptschiff ein viereckiger kurzer Turm im Kreuz. Mit breiten Zinnen bewehrt, wie um die Gläubigen vor angreifenden Wikingern zu schützen. Die weiß abgesetzten Fenster in dem Steinbau waren jedoch schon leicht spitz gebogen – ein erstes Zeichen früher Gotik. Emma, die in New York mit wesentlich jüngeren Kirchen in falscher Retro-Romanik oder Pseudo-Gotik aufgewachsen war, kam auch nach Jahren im alten Europa nicht umhin, von der echten Ausgabe dieser Architekturstile beeindruckt zu sein. Alte Gemäuer in Irland waren oft wunderschön, wenn nur ihre Besitzer nicht so viel dummes Zeug reden würden ...

Leise betrat Emma durch eine schwere, nietenbeschlagene Tür die Kirche. Der Gottesdienst war noch nicht zu Ende, der Innenraum aber nur zu einem Viertel gefüllt. Selbst in Irland ließ die Glaubensstärke nach, vielleicht gab es ja noch Hoffnung für die Menschheit! Emma setzte sich in die hintere Reihe und beobachtete, wie das Licht durch die wunderbar lebensecht gestalteten Glasfenster fiel und bunte Flecken auf den Boden malte. Wie hübsch! Den Gottesdienst ließ sie über sich ergehen.

Als sich die Gläubigen nach der Messe erhoben und die Kirche verließen, blieb Emma einfach in ihrer Bank sitzen, wo sich wenig später ein großer Mann zu ihr gesellte. Reverend Mulligan war der asketische Typ, an ihm war alles dünn. Die Haut, das Haar, die Finger, der Nasenrücken, die Lippen und der Sinn für Humor sowieso.

»Guten Tag, Sie müssen Mrs Vaughan aus Sligo sein.«

»In der Tat, die bin ich – und Sie sind Reverend Mulligan.«

»Warum setzen wir uns nicht in den Chapter Room neben dem Chor? Da ist um diese Zeit selten jemand, und wir können ungestört reden.« Der Seitenraum der Kirche war mit einem dicken roten Teppich ausgelegt, darauf standen ein schwerer Holztisch und hochlehnige Stühle aus einem anderen Jahrhundert.

»Nehmen Sie doch Platz!«, der Vikar machte eine einladende Geste, und die beiden setzten sich über Eck an den Tisch.

»Was kann ich für Sie tun?«, eröffnete Mulligan das Gespräch.

»Was können Sie mir über Reverend Dean Charles Fitzpatrick erzählen?«

»Schreckliches Ende! Wissen Sie schon, was ihm genau zugestoßen ist?«

»Nein, wir ermitteln. Und genau deswegen bin ich hier. Ich suche nach dem Motiv. Wer könnte den Reverend so gehasst haben? Wer hatte Anlass für so einen Mord?«

»Das fragen Sie mich? Ich habe keine Ahnung.« Mulligan rieb sich seinen messerscharfen Nasenrücken.

»In den Zeitungen stand, Fitzpatrick war einer der führenden Männer der Church of Ireland. Amargh ist das Zentrum dieser Kirche, und Sie sind der persönliche Assistent des Bischofs von Armagh. Es fällt mir schwer zu glauben, dass Sie mir nichts über die Person, das Leben und Wirken von Charles Fitzpatrick erzählen können.«

»Ich habe mir nach Ihrem Anruf in der Tat Charles' Lebenslauf geben lassen. Er stammt aus einer traditionellen Bauernfamilie in Dromore West, studierte Theologie am Trinity College in Dublin, wo er auch Rugby spielte. Manche sagen, der Sport habe ihn deutlich mehr interessiert als die Bibel. Nach seiner Ordination war er eine Weile in Ballintra im County Donegal in der irischen Republik, also bei euch drüben. Dann ging er als Missionar in den Fernen Osten, soweit ich weiß, war er in China, Singapur, Hongkong und Malaysia. 1960 hat er hier in Irland seine Frau Jeane geheiratet. 1992 kam er zurück nach Irland und wurde Dean in Sligo, in der St. John's Cathedral. 1999 hat er sich zurückgezogen. Das heißt, er hat der Kirche, seiner Familie und dem Staat 40 Jahre lang treu gedient.«

»Welchem Staat? Der irischen Republik oder dem britischen?«

»Wieso fragen Sie das?«

»Weil Charles vor allem ein *Padre* war, ein Soldatenpastor in der britischen Armee.«

»Wenn Sie das schon wissen, wieso fragen Sie dann?« Mulligan musterte Emma schweigend. Seine Missbilligung füllte den Raum.

»Nach 1960 hat die Church of Ireland ihn also quasi aus den Augen verloren, weil er zwar einer der Ihren war, aber für die Briten gearbeitet hat?«, hakte Emma nach.

»Na, ganz so würde ich es nicht sehen, er kam ja regelmäßig auf Besuch zurück nach Irland. Auch, um seinen alten Freund zu besuchen, Philipp Blois, den ehemaligen Bischof hier, Gott hab ihn selig.«

»Fitzpatrick und Blois waren Freunde?« So was in der Art hatte Jeane auch schon erzählt, erinnerte sich Emma vage.

»Ja, ganz dicke, bis Blois 1984 verstorben ist. Der Bischof war eine Art Mentor für Charles, ein väterlicher Freund. Die Freundschaft der beiden geht viele Jahre zurück, sie kannten sich wohl schon aus dem Pfarrerseminar, wo Philipp als Lehrer tätig war und Charles sein Schüler.«

»Lebt Blois' Frau noch? Gibt es irgendjemanden, mit dem ich über seine Freundschaft mit Fitzpatrick reden könnte?«

»Nicht dass ich wüsste, Philipp hat nie geheiratet und starb kinderlos.«

»Könnten Sie sich vorstellen, dass der Mord an Fitzpatrick sich letztlich gegen die Kirche richtete?«

Mulligan wurde blass. »Sie kennen doch die Geschichte von Armagh?«

»Wie meinen Sie das?«, fragte Emma zurück.

»In Armagh, besonders im Süden der Grafschaft, herrschte lange die South Armagh Brigade der IRA – die war besonders aggressiv und extrem blutrünstig. So schlimm, dass die britische Armee in der Region nicht mehr wagte, über Land zu fahren. Die haben in dieser Gegend vor allem aus Wachtürmen heraus operiert, und wenn sie sich bewegen mussten, haben sie Helikopter genommen. Mit dem Auto herumzufahren, wäre tödlich gewesen. In Armagh sind seit den 1970er-Jahren viele Menschen gestorben. Ein langwieriger, nicht so recht erklärter Bürgerkrieg. Dass wir als Gottesmänner der verhassten Protestanten dabei nicht beliebter wurden, ist ja wohl klar.«

»Und trotzdem hat sich Fitzpatrick als *Padre* immer wieder hierher zurückgetraut?«

»Dass er bei der Armee war, hat er ja nicht an die große Glocke gehängt. Seine Familie wusste das natürlich und wir hier im Bischofsamt. Aber darüber wurde nicht geredet, das wäre viel zu gefährlich gewesen. Offiziell war Fitzpatrick immer nur ein schlichter Missionar, der sich im Ausland bei den Heiden herumtrieb.«

Die beiden saßen schweigend da. Emma fröstelte, es war kühl in dem alten Gemäuer.

Plötzlich fragte Mulligan: »Sind Sie bekennende Christin, Inspector?«

»Nein, schon lange nicht mehr.«

»Sie glauben also nicht an Gott?«

»Ich bin Detektivin, ich glaube an Beweise.«

Kapitel 5

Grassington lacht

Juli 1965

Ein Mädchen! Geboren unter Schmerzen. Und gesund. Mehr wollte sie gar nicht wissen. Als sie nach dieser Endlos-Geburt wieder wach wurde, lag das kleine Wesen neben ihr in einer schlichten Krippe. Sie hatte ihr zärtlich über das rot beflaumte Köpfchen gestrichen und ihre Tochter fasziniert angesehen. Ein Antlitz wie das einer Madonna! Zart geschwungene Augenbrauen, darunter die halbmondförmig geschlossenen Augenlider, fast transparent in ihrer Verletzlichkeit. Je ein Wimperkranz auf den Wangen. Ein winziges Näschen, darunter ein leuchtend rosa Mund. Sie hatte noch nie etwas Schöneres gesehen!

Eine Woche hatten sie sie ihr gelassen, dann kam Schwester Magdalena und forderte das Baby von ihr: »Dieses Sündenkind wird jetzt ordentlich getauft. Und dann kommt es in ein Heim, wo es zur bibelfesten Christin erzogen wird. Damit nicht so ein liederliches Weib aus ihr wird, wie ihre Mutter eines ist.«

»Das ist mein Baby. Es gehört mir! Ich werde es behalten!« Sie war vor Entsetzen blass geworden.

»Nun tu doch nicht so heilig. Du und ich, wir beide wissen, dass du eine Sünderin bist und unfähig, diesem Kind den nötigen christlichen Halt zu geben.«

»Ich bin eine gute Mutter! Das könnt ihr nicht machen!«

»Ach ja? Eine gute Mutter? Du hast kein Geld und keine Ausbildung. Wenn du sie behältst, hast du auch kein Zuhause mehr. Deine Eltern werden deinen Bastard nicht bei sich im Haus haben wollen. Und der Vater hat ja offensichtlich auch kein Interesse an euch. Es ist ja nicht so, als ob er händeringend darauf warten würde, dich zu heiraten.«

Viel konnte sie darauf nicht sagen, war es doch wahr. Allein der Gedanke an die harten Züge ihrer Mutter machten ihr klar, dass die Schwester recht hatte.

»Ich habe schon mit deinem Bruder gesprochen. Er hat in christlicher Nächstenliebe einen Platz für das Kind gefunden.«

»Aber ich geb sie nicht her, sie gehört mir!«

»Mach nicht so ein Theater, und bete lieber darum, dass Gott und deine Eltern dir verzeihen!«

Am nächsten Tag hatten sie ihr das Kind genommen. Es war, als hätten sie ihr ein Bein oder einen Arm abgeschnitten. Als wäre ein lebendiger Teil aus ihr herausgerissen worden. Ihr Baby! Ihr wunderschönes Kind! Sie hatte tagelang geweint, bis ihr Schwester Magdalena Prügel angedroht hatte.

»Du hörst jetzt sofort auf zu heulen und fängst wieder an, in der Wäscherei zu arbeiten! Oder ich schlag dich grün und blau. Wer nichts leistet, kriegt auch nichts zu essen!«

In dieser Nacht war sie davongelaufen, nach Westen, Richtung Meer. In das wollte sie sich eigentlich hineinwerfen und warten, bis das kühle Dunkel sie umfangen würde. Doch nicht mal dazu hatte sie den Mut gefunden.

Am anderen Morgen stand plötzlich diese Frau vor ihr

im Sand. Sie hatte sie am Strand gefunden, zitternd vor Kälte. Hatte nicht viele Fragen gestellt, sondern sie einfach mitgenommen in ihr winziges Cottage, irgendwo in der Nähe von Galway, nicht weit vom Wasser.

Da saß sie jetzt, in dieser sauber weiß gekalkten Küche, wie eine halb ersoffene Maus an einem ärmlichen Tisch, die Frau hatte ihr liebevoll eine alte Decke über die Schultern geworfen und ihr einen angeschlagenen, dickwandigen Keramikbecher mit Tee in die Hand gedrückt. Vor ihr stand ein Teller mit Butter beschmierten Broten. Überall liefen Kinder herum, von einem Ehemann war jedoch nichts zu sehen. Im Küchenherd hatte die Frau das Feuer hoch gestochert. Selbst im Juli tat ein Feuer gut nach Stunden im kalten Sand.

»Du hast Glück, dass es Juli ist. Im Winter hättest du die Nacht am Strand nicht überlebt!«, sagte die Frau.

»Das wäre nicht das Schlimmste gewesen«, entgegnete sie und fing an zu weinen.

»Ich heiße übrigens Mary«, sagte da ihre Gastgeberin und legte ihr mütterlich den Arm um die dünnen Schultern. Als sie die ganze Geschichte gehört hatte, sagte Mary:

»Ich habe nicht viel, aber für die Fähre nach England müsste es reichen. Du musst eben per Autostopp nach Dublin fahren und das Boot nach Liverpool nehmen. Dann schlägst du dich zu deiner Schwester durch; es kann nicht so weit sein von Liverpool nach Keighley in Yorkshire.« Dann hatte sie eine alte Keksdose aus dem Regal genommen und ihr 45 irische Pfund in die Hand gedrückt.

»Mehr hab ich leider nicht.«

März 2005

»James, ist dein Cousin Ronnie immer noch bei der IRA?«
Montagmorgen war Emma schon früh ins Büro gefahren. James war trotzdem schon da und sah fast noch zerzauster aus als am Samstagmorgen; die Augenschlitze schmal wie Briefmarken von der Seite gesehen. Doch diesmal ersparte sich Emma die Nachfrage nach seinen Abenteuern.

»IRA? Wie in Irish Republican Army? Wie kommst du denn jetzt da drauf?«, kam die müde Gegenfrage.

»Ich frage mich, ob Terroristen Fitzpatrick auf dem Gewissen haben.«

»Ach komm, seit dem Karfreitagsabkommen von 1998 haben sich die Troubles doch weitgehend erledigt.«

»Das stimmt doch gar nicht! Erst im Oktober vor drei Jahren wurde Mitgliedern der Sinn-Féin-Partei vorgeworfen, im nordirischen Parlament einen Spionagering für die IRA betrieben zu haben. Der Büroleiter der Katholiken-Partei wurde festgenommen. Danach wurde die Northern Ireland Assembly aufgelöst – also wenn du mich fragst, sind die alten Konflikte so virulent wie eh und je.«

»Aber geschossen und gebombt wird nicht mehr!«

»Ja, und was ist mit den Splittergruppen wie der Real IRA oder der Continuity IRA? Die sind genauso wahnsinnig und gewalttätig wie das Original in seinen besten Zeiten!«

»Und was hat mein Cousin Ronnie damit zu tun?«

»Du weißt ganz genau, dass Ronnie zu den Republikanern gehört und die Protestanten lieber heute als morgen ins Meer treiben würde. Wenn du einen im Tee hast, erzählst du im Pub immer mal wieder von deiner Terroristenfamilie.«

Da musste James selber lachen. »Na gut, ich frag Ronnie mal, ob er was gehört hat.«

Da klopfte es an der Tür, Dave Lovelock streckte den Kopf herein:

»Ihr lacht? Gibt's was Neues?«

»Das ist nur das Gelächter der Verzweiflung«, knurrte James und verließ den Raum.

»Wir haben grade die Frage diskutiert, ob hinter dem Fitzpatrick-Mord vielleicht die IRA steckt. War der Mann doch bei der britischen Armee angestellt«, erklärte Emma, gerührt von Daves verstörtem Gesichtsausdruck.

»Na ja, die IRA hätte den doch längst kaltmachen können. Die Troubles haben in den späten 1960ern angefangen … Genug Zeit, um einen Verräter fertigzumachen. Richtig blutig war der Bürgerkrieg Mitte der 1980er Jahre. Warum also jetzt? Der Mann war pensioniert! Und außerdem herrscht seit dem Karfreitagsabkommen von 1998 doch weitgehend Ruhe.«

»Vielleicht ist denen was über Fitzpatrick zu Ohren gekommen, das bislang nicht bekannt war? Keine Ahnung, vielleicht war Charles einer der Supergrasses der 80er Jahre und das ist jetzt erst irgendwie durchgeschimmert.«

»Supergrasses?« Dave guckte verständnislos.

»Ja, ein Supergrass ist einer, der plaudert. Ein Verräter. Ist aber IRA-Slang, sorry.«

»Sie meinen also, Charles hat für die Briten in Irland spioniert?« Dave zog skeptisch die Augenbrauen hoch.

»Na ja, er hat großen Wert auf seine Schutzgeschichten gelegt und immer herumerzählt, er würde im Ausland als Missionar arbeiten. Trotzdem kam er regelmäßig nach Irland zurück. Vielleicht nur, um die Familie zu besuchen, vielleicht auch, um unter dem Deckmantel der pfarrerlichen Harmlosigkeit seine katholischen Nachbarn auszufragen. Wer weiß.«

»Na, da hab ich meine Zweifel«, meinte Dave. Erstens war er ein Protestant, ich glaube nicht, dass die Katholiken von IRA oder Provisional IRA oder Irish National Liberation Army, oder wie die Splittergruppen alle heißen, ihm irgendwas anvertraut hätten. Zweitens war er bei Besuchen ja gar nicht in Nordirland, sondern meist in der Republic of Ireland, in Dromore West, da stammt er doch her, oder? Und drittens: Die IRA ist eigentlich keine religiöse Organisation, die Ungläubige tötet. Das sind eher Sozialisten als Bibelfanatiker. Spezifische Attentate auf protestantische Gottesmänner sind, soweit ich weiß, die absolute Ausnahme. Und viertens: Die IRA tötet nicht mit Stricken um irgendwelche Hälse, und sie klaut auch keine Radios. Die hätten das ganze Haus in die Luft gesprengt oder die Tür eingetreten und Fitzpatrick kurzerhand erschossen. Sie kennen doch den Spruch, den die IRA-Partei Sinn Féin beim jährlichen Parteitag zum Besten gibt: ›den Stimmzettel in der einen Hand und die Knarre in der anderen‹.«

»Ja, ja, ich weiß das alles«, sagte Emma. »Aber Fitzpatrick war natürlich auch in Nordirland. Teil seiner Legende war ja, dass er für den Bischof in Armagh tätig war und für die Church of Ireland die Heiden bekehrte. Aber das stimmte nicht. Sein eigentlicher Chef saß in Deal, in England – von dort wurde sein Einsatz als Armeepfarrer gesteuert. Und außerdem muss Fitzpatrick ein saumäßig schlechtes Gewissen gehabt haben – wenn nicht nackte Angst: Sein Haus ist gesichert wie eine britische Kaserne in Belfast. Aber mal was ganz anderes: Was haben Sie denn rausgekriegt?«

Dave guckte nicht sehr glücklich. »Nicht viel, das ist es ja. Die Briten in Nordirland haben Kameraüberwachung der öffentlichen Straßen und CCTV und so weiter, aber wir hier in Sligo nicht. Die paar Kameras, die wir installiert haben, funktionieren meist nicht.«

Typische irische Schlamperei! Aber das sagte Emma lieber nicht laut.

»Also, aus der Ecke habe ich gar nichts«, fuhr Dave fort. »Ich hab das Wochenende damit verbracht, in immer weiteren Kreisen um den Tatort herum Fitzpatricks Nachbarn zu befragen, aber die meisten haben nichts gesehen und auch nichts gehört. Dito bei den Fernbusbetrieben und im Bahnhof. Natürlich kamen ständig Züge und Busse aus dem ganzen Land an, aber niemand hat irgendwen gesehen, den man irgendwie mit Fitzpatrick in Verbindung bringen könnte. Ich habe nichts vorzuweisen für das ganze Wochenende, das ich auf den Beinen verbracht habe.«

»Das stimmt so nicht! Du hast uns sehr geholfen. Ein Großteil der Polizeiarbeit bedeutet, Unwahrscheinlichkeiten auszuschließen und graue Felder auszuleuchten«, tröstete ihn Emma. »Und genau das hast du gemacht.«

»Und was jetzt?«

»Geh mit James noch mal zur Witwe. Lasst euch ihr ganzes Wochenende in Belfast noch einmal nacherzählen. Fühlt ihr auf den Zahn. Ohne falsche Höflichkeit, schließlich müssen wir einen Mord aufklären. Und frag auch nach Dromore West. Was geht da vor?«

»Wieso Dromore West?«

»Na, du sagst doch selber, da ist Charles aufgewachsen. Auf einem netten Landsitz offenbar. Und ein Vögelchen hat mir zugeflüstert, dass er sich sehr für die Frage interessiert zu haben scheint, wer da erbberechtigt ist.«

Nachdem Dave gegangen war, lehnte sich Emma erschöpft in ihrem Stuhl zurück. Mechanisch griff sie zu den Schmerztabletten und schluckte zwei mit kaltem Kaffee runter. Der Blick auf ihren schnell schrumpfenden Pillenvorrat löste fast Panik in ihr aus. Müsste sie sich alleine ihren Schmerzen stellen und dem Entzug, den sie ohne ihre kleinen Freunde litt, würde sie nicht arbeiten können. Sie musste dringend zu Dr. Egerton.

Dieser Dave. Warum fällt es mir so schwer, mit jungen Leuten umzugehen? Lovelock das Polizeihandwerk beizubringen, war schon schlimm genug, aber auch noch die Achterbahnfahrt seiner Anfängergefühle auszuhalten, nahm sie fürchterlich mit. Wie fast alle jungen Polizeibeamten oszillierte er zwischen der Euphorie eines Retters der Menschheit vor dem Bösen und der bitteren Enttäuschung, dass es dabei nicht zuging wie in einem Henning-Mankell-Krimi in Schweden. Polizeiarbeit in der Wirklichkeit war so viel langsamer, systematischer und nervtötender als in den Bestsellern. In der Regel wurden in der Realität auch nicht halbe Städte dezimiert wie in den amerikanischen Filmen, sondern es gab eine Leiche, vielleicht zwei. Im Alltag töteten ja auch nicht Psychopathen als die Inkarnation des Bösen, sondern meist ganz normale Leute mit menschlichen Schwächen, die irgendwie außer Kontrolle geraten waren. Eifersucht, Neid, Gier, unerwiderte Liebe, Alkoholismus – das Übliche eben. Viele Schwachpunkte, die Emma mit wenig Phantasie gelegentlich an sich selbst entdecken konnte, zumindest an schlechten Tagen. Ein wahres Wunder eigentlich, dass so wenig Leute zu Mördern und Totschlägern wurden!

Apropos Konflikte. Immerhin hatte sie es gestern Abend

hingekriegt, nicht mit Stevie zu streiten. Vermutlich, weil sie endlich mal zu Hause war wie angekündigt und ihm ein ordentliches Stück Fleisch serviert hatte. Als er beim Reinkommen die Haustür hinter sich ins Schloss fallen lassen hatte, war die ganze Wohnung erfüllt gewesen von Bratenduft.

»Hier riecht es aber gut«, hatte er anerkennend gerufen. Sie hatte sich von seinem Vater, ihrem Ex Paul, erzählen lassen und davon, wie fabelhaft es war, mit ihm am Computer zu spielen. Eine Beschäftigung, die Emma vermied, wo es eben ging. Aber sie verkniff sich jeden Kommentar und hatte ihren Sohn einfach reden lassen. Im Grunde war sie froh, dass er einmal nicht sein schmales Gesicht hinter seinem überlangen Pony verbarg und auf Fragen nur vor sich hin knurrte, sondern tatsächlich mit ihr redete.

Nach dem Essen hatten sie in schöner Eintracht ein Video geguckt: »Harry Potter und der Gefangene von Azkaban«, einer der erfolgreichsten Filme des vergangenen Jahres – nur dass Emma es mit ihrem Sohn wieder einmal nicht ins Kino geschafft hatte. Nun also musste eine DVD Ersatz leisten. Inzwischen fand sich Stevie mit seinen uralten 15 eigentlich schon zu erwachsen für diese Phantasiegeschichten, aber als Emma ihm eine Schale mit seinen Lieblingschips – super dünn geschnittene mit Sauerrahm- und Schnittlauchgeschmack – hingestellt hatte, war er so vertieft in die Story, dass er kaum aufgeschaut hatte. Und plötzlich hatte Emma vor lauter Liebe einen dicken Kloß im Hals.

Emma schreckte hoch, weil sie sich beobachtet fühlte. Ihr Chef Murry stand in der Tür und betrachtete sie, wer weiß, wie lange schon.

»Na, Frau Kollegin, finden Sie den Fitzpatrick-Mörder in Ihren Tagträumen?«

»Nein, aber vielleicht bei der IRA.« Emma fasste kurz zusammen, was sie bei ihrem sonntäglichen Trip nach Armagh erfahren hatte und womit sich James und Dave gerade beschäftigten.

»Ich brauche Ihnen ja nicht zu sagen, dass 98 Prozent aller Morde von engen Bekannten oder Familienmitgliedern begangen werden. Und die IRA? Wir haben ja nicht mal ein Bekennerschreiben. Ich vermute, die Wahrheit liegt irgendwo bei Fitzpatrick zu Hause herum und nicht in den Abgründen von Belfast oder Armagh.« Murry hatte ganz offensichtlich Zweifel an der IRA-Theorie.

»Ich hoffe, dass Sie recht haben, Chef. Aber ich hab immer noch nicht begriffen, wer dieser Fitzpatrick wirklich war. Ein Pfarrer? Oder mehr ein Soldat? Oder vielleicht sogar ein Agent für die Briten in Irland? Irgendwie passt in dieser Geschichte nichts wirklich zusammen; einerseits habe ich nach wie vor kein Motiv. Und andererseits auch niemanden, der Fitzpatrick wirklich mochte, außer der hysterischen Nachbarin vielleicht.«

Murry blinzelte kurzsichtig vor sich hin. Wieso hatte der eigentlich eine Brille, wenn er sie immer auf die Glatze geschoben spazieren trug, statt durch sie hindurch zu gucken? Diese Frage stellte sich Emma so ziemlich jedes Mal, wenn sie mit ihrem Boss zu tun hatte.

»Na ja, die Presse mag ihn, und der Polizeipräsident. Ich hab von allen Seiten Feuer unterm Arsch, die wollen Ergebnisse sehen. Dienstag früh ist die Beerdigung. Danach ist Schluss mit der Pietät, es wird Fragen hageln, von allen Seiten. Emma, wenn Sie nicht bald mit was Vernünftigem aus dem Quark kommen, schicken die uns die

Mordkommission aus Dublin. Und das wollen wir doch beide nicht erleben?«

Rhetorische Fragen bedurften keiner Antwort.

Emma verließ die Wache in der Pearse Road und ging zu Fuß Richtung Innenstadt zur Praxis von Dr. Egerton. Dabei kam sie am Gericht vorbei, das von demselben Architekten entworfen worden war, der auch Classiebawn Castle in Mullaghmore in die Landschaft gesetzt hatte. Auch das Courthouse war ähnlich überzogen gestaltet, säulenverziert und türmchenbewehrt, wie das Schloss in der Nähe des Pubs, wo Charles angeblich seine Stelldicheins pflegte, und beide Gebäude passten in ihre Umgebung wie Rhesusäffchen in einen Eichenwald. Diesem Hinweis von dem Nachbarn auf die Fitzpatrick-Geliebte musste sie auch noch nachgehen. Wenn sie doch nur den Fitzpatrick-Mörder schon hier im Gericht abgeben und die ganze verkorkste Geschichte loswerden könnte!

Dann stand sie vor der Praxis und zögerte. Einen Termin hatte sie nicht, aber in der Regel ließ sich die Sprechstundenhilfe erweichen und schleuste sie kurz zwischen zwei Patienten ins Behandlungszimmer. Die Zeiten, in denen ihr der Arzt einfach das Rezept mit den Schmerzmitteln erneuerte, waren allerdings schon lange vorbei. Die Praxis war gleich in der Nachbarschaft der Wache – deswegen hatte Emma sie ausgesucht, nicht, weil sie Egerton so sympathisch fand. Der Mann wirkte auf sie, als ob er mit seinen Gedanken ganz woanders wäre, und Emma fragte sich oft, auf welcher Droge der wohl unterwegs war. Jedem das Seine. Er hielt ihr den üblichen Vortrag: Oxycodon kann wie alle anderen Opioide bei längerfristiger Einnahme zu körperlicher Abhängigkeit führen, blabla, kein Mittel für die Daueranwendung, blabla, lieber mit Physiotherapie und Massagen probieren, blabla. Zudem gibt es ein Missbrauchspotential ähnlich wie bei allen anderen starken Opioiden, blabla, die Entwicklung einer psychischen Abhängigkeit ist möglich. Lieber Schmerzklinik probieren, blabla. Emma ließ seine Ausführungen über sich ergehen. Als er endlich fertig war, riss sie ihm fast das Rezept aus der Hand: nur 30 Stück. Nur ganz zum Ende seines Gemurmels wurde sie hellhörig:

»Emma, ich kann Ihnen nicht guten Gewissens weiter Oxycodon verschreiben. Sie nehmen das schon viel zu lange. Dieses Rezept ist das letzte, danach müssen wir uns was anderes überlegen. Machen Sie bitte mit der Rezeption einen richtigen Termin aus, damit wir Zeit haben, Alternativen zu suchen.«

Wenn der Mann wüsste, wie lange Emma das Zeug tatsächlich schon schluckte! Jedes Mal, wenn ihr ein Arzt sagte, dass er ihr keine weiteren Rezepte mehr geben würde, wechselte sie die Praxis. Egerton war schon der vierte oder fünfte Doc, den sie aufsuchte.

Angefangen hatte alles, weil Paul besoffen das Auto gegen einen Baum gesetzt hatte. Ihm war nichts passiert, aber Emma hatte den halben Motorblock der alten Schüssel in den Schoß gekriegt. Ihr Becken war zertrümmert, innere Organe gequetscht worden. Damals hatten sie ihr in der Klinik nach all den Operationen das erste Oxycodon gegen die Schmerzen gegeben – und damit diese wunderbare Gefühlsnarkose, die mit Opioiden einhergeht, in der sie alles schaffen konnte. Paul und seine Fäuste war sie inzwischen weitgehend losgeworden, doch der chronische Schmerz im unteren Rücken, der Hüfte und in den Beinen war ihr ebenso geblieben wie die Pillen. Nun war sie so ziemlich durch mit den Praxen in Sligo. Was jetzt? Auf Ballysodare ausweichen? Auf den Schwarzmarkt konnte sie als Bulle ja schlecht gehen. Wenn sie aufflog, wäre das das Ende ihrer Karriere ... Und außerdem, wer von den Dealern würde einer Polizistin trauen?

Den Rest des Vormittags verbrachte Emma mit dem Konsum von bitterem Kaffee und dem Telefon auf der Suche nach Fitzpatricks militärischen Vorgesetzten in England. Seine Basis war Deal in Kent, England, irgendwo zwischen Dover und Ramsgate. Ein Kaff – und außerdem eine Zentrale der Royal Marines. Obendrein die Musikschule der britischen Marine – und 1989 Ziel eines Attentats der IRA. Elf Tote, 22 Verletzte. Wohin sich Emma auch drehte und wendete: Überall stieß sie auf die IRA und das Blut, das sie vergossen hatte. Doch die Kaserne in Deal war 1996 geschlossen und in ganz normale Apartments verwandelt worden. Das Armeepersonal war inzwischen wer weiß wo gelandet. Wer zum Teufel kannte Fitzpatrick – und was genau hatte der bei dem Verein eigentlich getrieben?

Nach langem Hin und Her und viel Wichtigtuerei seitens der Liaison-Offiziere der Briten, deren Job es war, mit anderen öffentlichen Stellen zusammenzuarbeiten, wurde Emma endlich mit einem Colonel Randolph Grassington verbunden, der irgendwo tief in Hampshire in einem Anwesen namens Amport House saß, einem sogenannten Armed Forces Chaplaincy Centre. Also ein Trainingscenter der britischen Armee, da wurden heute die *Padres* aus- und weitergebildet. Grassington unterrichtete dort kommende Armeepfarrer – und offenbar kannte er Fitzpatrick.

»Grassington hier«, ertönte eine nasale Stimme aus dem Hörer im typischen geschliffenen englischen Upperclass-Akzent, der den meisten Iren binnen Sekunden die Wut in den Kopf trieb.

»Vaughan hier von der Garda Síochana in Sligo, Irland.« Emma war versucht, ihm ihren irischen Akzent so breit aufs Brot zu schmieren wie er ihr sein blödes Queen's English. Doch sie wusste aus Erfahrung, dass man gebildete Briten so nicht provozieren konnte. Die saugten die Arroganz der Imperialmacht schon mit der Muttermilch auf – und mit ihr ein Klassensystem, das sich ganz wesentlich im Sprechverhalten ausdrückte. Sag mir, wie du redest, und ich sage dir, ob du Prinz oder Bäckermeister bist. Wollte sie von einem Engländer ernst genommen werden, musste Emma so klar und deutlich sprechen, wie sie nur konnte. Also holte sie tief Luft und schilderte Fitzpatricks Ende so neutral wie möglich. Schweigen in der Leitung, dann:

»Ja, ich habe davon gehört. Fürchterliche Sache. Aber ich verstehe nicht, was genau Sie von mir wollen.«

»Colonel Grassington, ich brauche Hilfe. Ich habe eine Leiche, aber kaum Spuren, niemand hat irgendwas Verdächtiges gesehen oder gehört. Ich habe keine Zeugen und vor allem kein Motiv. Auch verstehe ich noch immer nicht, wer Fitzpatrick wirklich war, und ich bin mir ziemlich sicher, dass Sie mir zumindest damit weiterhelfen können.«

»Nun, die offizielle Version ist natürlich, dass Fitzpatrick der Armee treu gedient hat und am Ende hoch dekoriert aus Altersgründen und in allen Ehren entlassen wurde«, näselte Grassington.

»Und was ist die inoffizielle Version?«

»Warum sollte ich Ihnen die auf die Nase binden? Was

habe ich davon? Oder die Armee? Fitzpatrick ist überall auf der Welt da eingesetzt worden, wo britische Truppen stationiert waren, hat im Dienste Ihrer Majestät über Dekaden hart gearbeitet, ist befördert worden und hat nebenher als Privat- und Familienmensch seine Kinder großgezogen.«

»Colonel, Fitzpatrick ist tot, und wenn Sie nur irgendwas übrighatten für den Mann – sei es als Soldat oder als Reverend –, dann ist jetzt der Moment, an dem Sie Ihre hochmögende englische Höflichkeit einmotten und mir sagen müssen, wo ich nach einem Motiv suchen soll.«

Überraschenderweise fing Grassington da an zu lachen, und Emma konnte förmlich spüren, wie der Mann am anderen Ende der Leitung aufhörte, innerlich Habtacht zu stehen.

»Okay, Lady, ist ja schon gut. Aber der wesentliche Punkt ist, dass ich für Fitzpatrick nichts übrighatte, rein gar nichts. Und soweit ich beurteilen kann, mochte ihn auch sonst kaum jemand, der ihn besser kannte. Nicht mal seine eigene Frau. Die gute Jeane, ich glaube, ihre größte Enttäuschung war, dass wir ihn 1990 nicht in den ersten Kuwait-Krieg geschickt haben. Ich glaube, sie hat immer gehofft, dass ihm mal irgendwo eine Bombe auf den Kopf fällt und sie endlich in ihr geliebtes Belfast zurückkehren kann.«

Emma war sprachlos.

»Sie glauben also, dass Jeane als Täterin in Frage kommt?«

»Nein, das nun gerade nicht. Sie hat ihren Charles ihr ganzes Leben lang ertragen, und sie hätte vermutlich viele Gelegenheiten gehabt, ihn loszuwerden. Aber so ist Jeane nicht. Aufrecht bis ans bittere Ende. Ich wünschte, meine Soldaten wären alle so!«

»Warum war Fitzpatrick denn so unbeliebt?«

»Er war selbstgerecht und moralisierend. Musste immer das letzte Wort haben. Dabei war er kalt. Menschen in Nöten, die einen Seelsorger brauchen, wollen keine Bibelzitate, sondern ein offenes Ohr und praktische Lebenshilfe. Aber die bekam man von Fitzpatrick nicht. Stattdessen nur leeres Geschwätz. Salbungsvoll – und immer im Duktus der eigenen moralischen Überlegenheit. Aber der Gipfel war, dass er so ein Heuchler war.«

»Wie meinen Sie das?«

»Na ja, er predigte von Treue und Standhaftigkeit und Ehre. Dabei war er selbst treulos bis in die Knochen. Einerseits hat er Jeane und die Kinder auf alle Posten mitgeschleppt, andererseits war er hinter jedem Rock her.«

»Hat es offizielle Beschwerden gegeben? Hat er sich an irgendwem vergriffen?«

»Nein. Nachdem sich ein paar weibliche Soldaten aus dem Nursing Corps über ihn beschwert hatten, wurde er vorsichtiger und suchte sich seine Liebschaften in der Zivilbevölkerung. Und wenn da nichts lief, ist er halt zu Nutten gegangen.«

»Und das wussten alle? Auch Jeane?«

»Kasernen sind wie kleine Dörfer, jeder kennt jeden, und alle wissen alles. Jeane mag nicht über alles im Detail in Bilde gewesen sein, wusste aber wohl das meiste. Aber wie gesagt, sie hatte ihr Eheversprechen abgegeben und war wild entschlossen, sich daran zu halten. Und mit drei Kindern …«

»Wenn der Mann so ein Ekelpaket war – wie hat er denn dann alle seine Liebschaften becirct?«

»Na, nicht mit besonders gutem Aussehen. Das nun wirklich nicht.« Grassington lachte schon wieder, und

Emma musste an den kleinen dicken Mann mit den aufgeworfenen Lippen und den Wurstfingern denken.

»Aber er konnte charmant sein, wenn er wollte. Auch hatte er diesen gewissen irischen Humor, Sie wissen schon, geborener Geschichtenerzähler und so – und singen konnte er wie ein Zeisig. Er muss früher mal Sport getrieben haben, seine Bewegungen zeugten von großer Wendigkeit. Auf den ersten Blick war der Mann ein feiner Kerl, zumindest solange er etwas wollte.«

»Wo war er denn überall?«, wollte Emma nun wissen, die sich über Grassingtons Irland-Klischees ärgerte. Geborener Geschichtenerzähler! Wenn hier einer Geschichten erzählte, dann ja wohl Mr Superbritisch höchstpersönlich.

»Ich erinnere mich an eine fiese Geschichte in Singapur, die hat sich sogar bis nach England in die Zentrale herumgesprochen. Hinter vorgehaltener Hand natürlich. Da hat er mit einer kleinen Chinesin rumgemacht. Nettes Mädchen, aber aus einfachen Verhältnissen. Irgendwann stand dann deren Vater in der Kaserne, Kappe in der Hand. Das Mädchen war schwanger und der Mann arm. Er wollte wohl zumindest das Geld für einen Schwangerschaftsabbruch haben ... und vielleicht ein bisschen was obendrauf, wegen der Schande und für ihr Schweigen. Fitzpatrick hat getobt, den Mann als Erpresser beschimpft und das Mädchen als Hure und Lügnerin. Es war von A bis Z würdelos. Geglaubt hat ihm von seinen Vorgesetzten keiner, die kannten ihn ja, aber damals, Sie wissen ja ... Die Verhältnisse waren einfach anders. Damals hat man über solche Vorfälle geschwiegen und die betroffenen Männer einfach versetzt.« Und nach einer Pause: »Ich vermute, bei Ihnen in Irland geht es immer noch so zu.«

Emma hatte überhaupt keine Lust, die Sexualmoral der Iren zu diskutieren, und blieb daher bei der Sache: »Wohin hat man ihn denn versetzt?«

»Na, in einer so langen Karriere – praktisch überall dahin, wo die britische Armee auch war. Bahrain, Malaysia, Oman, Singapur und Malta«, kam die Antwort aus dem Hörer. »Kann sein, dass ich eine Station vergessen habe, ist ja schon lange her. Ab Mitte der 70er Jahre haben wir uns ja fast überall zurückziehen müssen. Danach war er in Herford, in Deutschland. Wenn Sie wollen, besorge ich Ihnen die Liste der Stationen und faxe sie durch.«

»Das ist eine fabelhafte Idee. Machen Sie das, und die Daten dazu bitte auch.« Emma gab ihm die Faxnummer der Wache.

In das darauf folgende Schweigen, Grassington machte sich am anderen Ende wohl Notizen, sagte sie: »Ich frage mich nur, warum er all die Jahre so regelmäßig in Armagh aufgetaucht ist. Kann es sein, dass er nebenher ein bisschen für euch spioniert hat?«

»Wenn das der Fall war, dann wäre das hoch vertraulich. Auch fällt das nicht in meinen Bereich. Da müssten Sie schon mit MI6 in London direkt reden, und die Aussichten, dass Sie von denen eine ehrliche Antwort kriegen, sind null. Aber ich halte es für unwahrscheinlich. Wer von den katholischen Republikanern in Nordirland hätte sich ausgerechnet einem Kerl anvertraut, von dem alle wussten, dass er ein protestantischer Vikar ist und von daher vermutlich auf der falschen Seite steht?«

März 2004

Es war schon spät, die Wohnung lag im Dunkeln. Nur die Stehlampe warf einen Lichtkreis auf Catherines Sofa. Dort hatte sie sich nach dem langen Dienst in Oak Gardens niedergelassen, um Tee zu trinken und ein paar Kekse zu futtern. Süßigkeiten waren Catherines Leidenschaft, was man ihren fraulichen Hüften auch ansah. Nun studierte sie Margarets Tagebücher und bewunderte ihre wunderbare Handschrift. Als die alte Lehrerin begann, den Zugang zur Realität zu verlieren, und Alzheimer bei ihr diagnostiziert wurde, hatten ihre Söhne sie ins Altenheim gebracht, und Margaret hatte offenbar ihre alten Tagebücher mitgenommen. Catherine schlug nach, suchte herum, studierte die Daten. Der früheste Eintrag reichte bis in den Sommer 1965 zurück. Kekse knabbernd begann sie zu lesen.

»16. Juli 1965. Heute habe ich mich kolossal erschrocken. Ich hatte Thomas gerade gestillt und zum Mittagsschläfchen hingelegt, da klopfte es an der Tür. Draußen stand meine Schwester, aber ich habe sie fast nicht erkannt. Klapperdürr, leichenblass, das Haar völlig aufgelöst. Das Letzte, was ich von Mama in Irland gehört hatte, war, dass sie für ein paar Wochen ›zur Erholung‹ zu den Schwestern von Bon Cœur gegangen ist. Was für ein Euphemismus für eine Geburt! Mama war sehr kurz angebunden in ihren Briefen, wenn es um Kaitlin ging, und sie selbst hat mir nie auf meine Briefe geantwortet. Nun stand sie da, völlig aufgelöst. Weinend. Ich habe sie ins Haus gezogen und umarmt und mit Fragen bombardiert: Wo kommst du her? Wie geht es dir? Warum hast du mir nie geschrieben? Wo ist das Baby? Da fing der kleine Thomas an zu weinen,

offenbar war er von dem Durcheinander im Flur wieder aufgewacht. Ich bin losgelaufen und habe den Kleinen aus seinem Bettchen geholt. Als ich mich mit dem Kind auf dem Arm wieder aufgerichtet habe, fiel mein Blick auf Kaitlins Gesicht: So einen Ausdruck schierer Verzweiflung habe ich noch nie gesehen.«

Catherine ließ das alte Tagebuch sinken und versuchte, zu kombinieren. Margaret hatte offenbar eine Schwester – Kaitlin. War das die Kaitlin, nach der sie immer rief? Die Frau mit dem dicken Zopf auf den Fotos im Album aus den 60er Jahren? Und sie hatte nicht nur den einen Sohn Bill, den Catherine diese Woche in Oak Gardens getroffen hatte, sondern noch einen weiteren, Thomas. Könnte das der sein, der in Australien lebte? Da standen doch Fotos von Enkeln mit Koalas oder Kängurus auf Margarets Nachttisch herum. Aber was war *Bon Cœur*? Irgendwie kam ihr der Name bekannt vor. Und dann gab es offenbar noch ein Baby in der Familie.

»Kaitlin sank weinend in sich zusammen. So konnte ich nichts erfahren, mit zwei weinenden Menschen um mich herum, meinem Sohn und meiner Schwester. Erst habe ich Tommie beruhigt und wieder in sein Bettchen gelegt und dann Kaitlin in die Küche gezogen und ihr eine Tasse Tee gekocht. Wir Iren sind schon seltsam, wenn das Haus in Flammen steht, stellen wir erst mal den Kessel auf, um Tee zu machen. Kaitlin hat mir dann stockend erzählt, wie Charles sie nach Bon Cœur *gebracht und dort zurückgelassen hat. Er muss ihr immer wieder eingebläut haben, dass sie schweigen muss. Vor allem, um seine Karriere zu schützen. Doch am meisten hat sie von den Schwestern*

erzählt: ›Du kannst dir nicht vorstellen, wie böse die sein können‹, hat sie immer wieder gesagt. Offenbar haben sie ihr da nicht mal genug zu essen gegeben. In der Wäscherei musste sie die Hemden des halben Countys waschen. Dann kam das Baby, und niemand hat ihr geholfen. Sie muss stundenlang vor Schmerzen geschrien haben. Immer wieder redet Kaitlin von einer Schwester Magdalena, die ein wahrer Teufel sein muss. Die hat ihr nicht etwa einen Arzt geholt, sondern gesagt, die Schmerzen seien eine Strafe für ihre Sünden. So gemein kann Gott nicht sein. So gemein sind nur die Menschen.«

Catherine verschwammen Margarets Worte vor den Augen. Nun wusste sie auch wieder, woher sie den Namen *Bon Cœur* kannte. Die Presse war voll davon gewesen, nicht nur in Irland, sondern auch in Großbritannien. Eine von protestantischen Schwestern betriebene Einrichtung für »gefallene Mädchen« an der irischen Westküste. Bei Renovierungsarbeiten waren dort die Leichen von rund 800 Babys gefunden worden, die offenbar weggeworfen worden waren wie Abfall. Sogar die Church of Ireland, in deren Namen das Heim ja betrieben worden war, hatte in den Medien von »Gräueltaten« und »unverzeihlicher Grausamkeit« gesprochen. In Catherine kamen so viele Erinnerungen an protestantische Institutionen hoch, an die sie eigentlich nie mehr hatte denken wollen, dass es ihr die Kehle zuschnürte. Das Waisenhaus, die langen Schlafsäle, die Geräusche weinender Kinder bei Nacht, das elend schlechte Essen.

»Eine Woche lang haben sie ihr das Baby gelassen. Dann haben sie es ihr weggenommen, um die Kleine ›christlich‹ zu erziehen und dafür zu sorgen, dass aus ihr nicht auch

noch eine schlechte Frau werde. Meine arme, arme Schwester! Und wie schrecklich, auf der Suche nach Schutz ausgerechnet an mich zu geraten, wo ich doch auch gerade ein Kind bekommen habe. Wenn ich mir vorstelle, man würde mir meinen Tom wegnehmen – ich würde nicht mehr leben wollen. Und nun ist Kaitlin hier, wo alles nach Baby riecht und nach heiler Familie. Das Herz muss ihr brechen! Sie wollte sterben, das hat sie erzählt. Sie ist nachts irgendwo bei Galway ans Meer gelaufen, wollte sich ertränken. Hat sich aber zum Glück nicht getraut. Am anderen Morgen hat sie eine Frau am Strand gefunden und sie mit zu sich nach Hause genommen. Die hat ihr auch das Geld für die Fähre gegeben. Ich darf nicht vergessen, ihr das Ersparte zurückzuschicken, Kaitlin sagt, das Haus sah ärmlich aus und war voller Kinder.

Und was mache ich jetzt mit Mama? Die werden nach Kaitlin suchen wie verrückt. Ich muss ein Telegramm schicken!«

Bin ich etwa Teil dieser Geschichte?, fragte sich Catherine. Bin ich das Baby, das Kaitlin weggenommen wurde? Ihr Geburtsdatum stimmte ungefähr mit Daten von Kaitlins Drama überein, der 6. Juli 1965. Sah sie deswegen ein bisschen aus wie Bill? War der ihr Cousin? Rief Margaret sie immer »Kaitlin!«, weil durch ihre Adern dasselbe Blut floss? Hatte man sie ihrer Mutter einfach weggenommen? Da fing sie an zu weinen, die Tränen fielen auf Margarets Worte, die Tinte verschwamm. Dann raubte ihr der Hass fast den Atem. All diese verschwendete Liebe! Alles hätte so anders sein können! Wütend fuhr Catherine mit dem Unterarm über die Seiten, zurück blieb ein hässlicher Schmierstreifen.

»18. Juli 1965. Kaitlin ist geblieben, und ich bin froh. Sie hilft mir mit dem Baby, auch wenn ich es fast nicht aushalten kann zu sehen, wie sie dabei leidet. Sie muss ihr eigenes Kind schlimmer vermissen, als ich es mir vorstellen kann. Wenn ich meinen kleinen Tom angucke und daran denke, wie sie sich fühlen muss, kommen mir die Tränen. Nachts im Bett hat Josh mich gefragt, was eigentlich los ist, aber ich kann ihm keine rechte Antwort geben. Kaitlin hatte ein uneheliches Baby, musste es weggeben und ist in Irland davongelaufen. Dass ich dieser Mary in Galway 45 irische Pfund geschickt habe, um Kaitlins Schulden für die Fähre zurückzubezahlen, sag ich ihm lieber nicht. Er knurrt jetzt schon: ›Ihr Iren mit euren ewigen Dramen!‹ Das Geld hätte er wohl lieber im Pub versoffen! Sein Lehrergehalt ist aber auch wirklich nicht besonders. Und jetzt mit dem Baby ... Ich weiß nicht, wie wir klarkommen sollen. Ich kann immer noch nicht verstehen, warum er sein Medizinstudium nicht abgeschlossen hat. Cambridge! Wer kriegt schon so eine Chance?! Und Josh vergeigt sie einfach. Jetzt ist er Lehrer an teuren Privatschulen und muss die Söhne seiner ehemaligen Kommilitonen unterrichten. Kein Wunder, dass er sich aufführt, als hätte ihn das Leben beleidigt. Aber ich schweife ab. Von The Manors *habe ich nichts gehört. Nun, dieses Schweigen spricht auch Bände. Auch von Charles kein Wort! Auch weiß ich immer noch nicht, wer der Vater dieses Kindes eigentlich ist. Das kann jedenfalls kein netter Mann sein, ein Ehrenmann hätte Kaitlin doch geheiratet – und zwar schnell genug, dass die Schwangerschaft nicht auffällt!«*

März 2005

Emma hämmerte Aktennotizen zu ihren Gesprächen mit Father Mulligan und Colonel Grassington in ihren Computer. Wie sie die Tipperei hasste! Der Papierkram brachte sie hier auch nicht weiter. Warum bloß musste der olle Fitzpatrick sterben – ohne Motiv würde sie den Täter nie finden.

Da kam Quinn durch die Tür und warf einen Blick in die Runde. Er roch wie immer leicht nach Zigarettenrauch, was Emma an ihm seltsamerweise nicht störte.

»Em, du hast ja immer noch nicht aufgeräumt. Wenn du so weitermachst, können wir hier bald eine Pilzzucht starten. Du weißt ja, Champignons lieben dunkle Ecken und Feuchtigkeit. Genug Mist hast du hier ja schon angesammelt, und ein bisschen Zusatzeinkommen wäre zu so einem Polizistengehalt ja auch nicht schlecht ...«

»Quinn, du fieser alter ...« Em hatte schon ein hart gewordenes Brötchen in der Hand – das sie sich eigentlich schon vergangenen Mittwoch zum Frühstück mitgebracht und dann auf dem Teller liegen gelassen hatte –, um es James an den Kopf zu werfen. Da tauchte Lovelock hinter ihm im Türrahmen auf, und Emma schaffte es gerade noch, das steinharte Gebäck in hohem Bogen in den Mülleimer zu pfeffern. Quinn musste nun statt des Brötchens nur einen ihrer Blicke abfangen und unterdrückte ein Lachen.

»Also, was gibt es, ihr zwei?« Emma gab sich praktisch, um den jungen Dave von ihrem Beinahe-Wutanfall abzulenken. Es wäre gar nicht gut, wenn Lovelock schon nach so kurzer Zeit den Respekt vor ihr verlieren würde. Reichte es doch schon, dass Quinn hier ungestraft den

Pausenclown gab! Sie musste endlich mal lernen, cool zu bleiben.

»Wir waren noch mal bei der Pastorengattin und haben der auf den Zahn gefühlt. Viel ist nicht dabei herausgekommen«, fing James an zu erklären. »Ihr Ausflug nach Belfast scheint sich genauso abgespielt zu haben, wie sie es schildert. Dafür gibt es Zeugen. Zwischen Shopping mit der Schwester und Friseur hätte sie einfach keine Zeit gehabt, sich ein Auto zu mieten, zurück nach Sligo zu brausen, den Alten zu erschlagen und dann wieder bei der Schwester in Belfast aufzulaufen. Das hätte sie zeitlich einfach nicht geschafft. Mal davon abgesehen, dass Jeane gar keinen Führerschein hat und dass der Schwester sicher aufgefallen wäre, dass Madame gar nicht frisch frisiert ist«, fasste James das Gespräch zusammen und grinste. Emma konnte förmlich hören, was er dachte: Diese Weiber und ihr Gedöns mit den Haaren!

»Das Motiv der Eifersucht auf Sue Gory von nebenan wäre auch eher dünn«, gab Emma zu. »Ich habe Fitzpatricks Vorgesetzten aufgetrieben, einen Colonel Grassington. Der hat mir erzählt, dass Charles nicht nur ein unbeliebter, heuchlerischer Armeepfarrer war, den seine Soldaten nicht besonders mochten, sondern auch, dass der alte Weiberheld hinter jedem Rock her war. Jeane soll das meiste gewusst haben, und da hat es wohl wildere Verfehlungen gegeben als einen Flirt mit der Nachbarin. Wenn sie ihn hätte umbringen wollen, weil er seine Hosen nicht anbehalten konnte, dann hätte sie wohl schon vor Jahren zum Küchenmesser gegriffen.«

»Genau. Wir haben kein Motiv und ein ziemlich wasserdichtes Alibi; Jeane können wir wohl ausschließen«, fasste James die Lage zusammen.

»Aber mal was anderes«, Emma runzelte die Stirn. »Dave, ich hatte dich doch gebeten, auch mal nach dem Sitz der Familie zu fragen, in Dromore West, das Landgut heißt *The Manors*. Ist dabei was rumgekommen?«

»Also«, setzte Dave an und blätterte ein wenig wichtigtuerisch in seinem Notizbuch. »Charles Fitzpatrick stammte aus Dromore West, wo sein Vater Gerald Scott schon in den 30er Jahren einen Landsitz gekauft hat. Der geht wohl zurück bis hin zur sogenannten Plantation, als die Briten protestantische Siedler in Irland installiert haben, vor allem in den Provinzen Munster und Ulster, um die Herrschaft der englischen Krone zu sichern. Jeane ist furchtbar stolz auf dieses Erbe. Sie konnte gar nicht aufhören, darüber zu reden. Im Klartext heißt es aber wohl, dass die ursprünglichen Besitzer irgendwann pleite waren, und da hat Gerald Scott wohl zugeschlagen und das Land für einen Apfel und ein Ei einfach gekauft.«

»Wem gehört es jetzt?«

»Also der älteste Sohn, Charles, unser Opfer, ging zur Kirche, die älteste Tochter Margaret zog nach England und hat einen verkrachten Medizinstudenten aus Cambridge geheiratet, einen Joshua Sargent. Die zweite Tochter, Kaitlin, blieb unverheiratet und kinderlos auf dem Hof, um ihre alten Eltern zu betreuen. Sie ist schon 1986 gestorben.«

»Ist bekannt, woran diese Kaitlin gestorben ist?«, hakte Emma nach.

Doch hier musste Dave passen. »Keine Ahnung. Den Titel auf das Land jedenfalls hält jetzt Ian, der jüngste Sohn. Auch er ist unverheiratet und ohne Nachkommen. Er hat sich unlängst im Dorf ein neues Haus gebaut. Da wohnt er jetzt, und nun ist Charles' Tochter Jane dabei, das Herrenhaus zu renovieren, um selbst dort einzuziehen.«

»Also sieht es so aus, als würde Charles' Tochter den Familiensitz erben?«, fragte Emma nach.

»In der Beziehung war aus Jeane nicht recht viel rauszukriegen. Ian hat eingewilligt, dass Jane mit ihrer Familie in *The Manors* wohnen kann. Ob es ein entsprechendes Testament gibt, kann oder will die gute Frau nicht sagen. Ian muss ein seltsamer Vogel sein. Jeane sagt, der Einzige, dem er vertraut hat, sei Charles gewesen. Und der war auch der Einzige, der verstanden hat, was Ian so erzählt. Der muss ein wenig durcheinander sein, dieser Ian.«

Emma hatte die Nase voll vom Büro und der vergeblichen Grübelei. Sie beschloss, nach Dromore West zu fahren und sich den Landsitz der Fitzpatricks anzusehen. Vielleicht war an Laura McDerns Geschichten ja was dran und es ging um eine Erbsache? Auch musste aus Ian, dem Verwirrten, ja wohl rauszukriegen sein, was er mit dem Land vorhatte. Wer sollte es erben? Und steckte da genug Wert dahinter, dass es sich lohnen würde, Charles um die Ecke zu bringen? Aber warum Charles? Wenn den Titel doch Ian hielt? Andererseits hatte Charles wohl viel Einfluss auf seinen kleinen Bruder … Vielleicht wollte Charles Ian zu etwas bewegen, was eine dritte Partei unbedingt verhindern wollte?

Das kleine Auto schien ähnlich froh zu sein, die Stadt hinter sich zu lassen, wie Emma. Im Rückspiegel sah sie Sligos Hausberg Benbulben. Von Westen aus wirkte er wie zwei mit dem Kiel nach oben liegende Boote. Tatsächlich war das eine optische Täuschung, handelte es sich doch nur um einen Berg, aber ein tiefes Tal in seinem Rücken ließ das Massiv aus bestimmten Perspektiven aussehen, als wäre Benbulben doppelt gemoppelt. Ein gutes Mahnmal für einen Bullen, fuhr es Emma durch den Kopf. Nichts war so, wie es auf den ersten Blick aussah.

Auch war so eine Recherche-Reise eine gute Gelegenheit, irgendwo ihr Schmerzmittelrezept einzulösen, auf die Tour merkte ihr Apotheker in Sligo nicht, wie viel von dem Zeug sie wirklich konsumierte. Auf der Landstraße nach Süden lief der alte Motor wie geschmiert. Draußen schien endlich der Frühling auszubrechen, und Emma kurbelte das Fenster runter, um frische Luft zu atmen. In Ballysadare drehte sie schließlich nach Westen ab auf die N59. Nun tauchte der Knocknarea im Dunst auf. Da oben auf diesem Berg war angeblich die alte irische Königin Maeve beerdigt. Vor 3000 Jahren hatten die Iren Frauen offenbar noch ernst genommen. Mit dem Ausbruch des Christentums war es damit jedoch vorbei. Schade eigentlich.

Dromore West kam viel zu schnell in Sicht, Emma wäre gerne noch ein wenig durch die Landschaft gefahren. Sie liebte Irlands Grün, die salzige Luft, die weiß wie Wollblumen auf die Wiesen hingetupften Schafe und die seit Jahrhunderten aufgeschichteten Steinmauern. Dromore West selbst ließ jedoch Unwillen in ihr aufbranden, wie so viele Ecken im zeitgenössischen Irland. Sie erinnerte sich an Besuche in der Gegend als kleines Mädchen, als das Dörflein noch hübsch war und einen richtigen Kern besaß. Inzwischen jedoch war alles dem Verkehr untergeordnet, und Dromore West blieb auf eine Handvoll Häuser reduziert, die eine Durchgangsstraße säumten. Weg waren die Reetdächer, weg die gepflasterten Wege. Am Rande der Siedlung lagen Neubaugebiete, der Immobilienboom hatte auch hier voll zugeschlagen.

Seit 2000 schien irgendwie jeder Ire, der auch nur eine

Schaufel halten konnte, einen Job zu haben und billige Kredite bei der Bank zu kriegen. Damit entstanden nun an jeder Ecke neue Häuser, und trotzdem stiegen die Preise ins Unermessliche. Soll mal einer verstehen, warum meine lieben Landsleute glauben, dass ihre Immobilien immer wertvoller werden, bloß weil sie sich ständig gegenseitig Häuser verkaufen und dabei die Preise hochtreiben? Die Einzigen, die sich dabei ins Fäustchen lachen, sind doch die Makler. Emma hatte so ihre Zweifel, ob eine schnell hingezimmerte Bude in Dromore West wirklich die Hunderttausende Euro wert war, die auf dem Preiszettel standen. Und dann waren diese kistenartigen Buden vom Reißbrett auch noch so hässlich! Dann lieber ein enges altes Cottage mit Charakter!

An der Texaco-Tankstelle am Dorfeingang hielt sie an, um nach dem Weg zu fragen. Emma nutzte gerne jede Gelegenheit, um mit den Menschen zu sprechen. Der Tankwart war ein irisches Klischee aus dem Bilderbuch. Knarzig, wettergegerbt und einsilbig, im ölverschmierten Blaumann mit einer flachen Kappe auf dem Kopf. Ein Gesicht wie ein trauriger Wolf, im Mund den unvermeidlichen Zahnstocher. Ob er wohl mit dem auf die Welt gekommen war? Emma war schon zu weit gefahren, knurrte er aus dem Mundwinkel: sie musste zurück und dann nach der Kirche rechts den Berg hoch. Gar nicht zu verfehlen.

Hinter einem weißen Mäuerchen ging es eine Auffahrt hinauf, das rostige Metalltor stand offen. Emma fuhr langsam auf das Haus zu. Das zweistöckige Gebäude lag inmitten von Wiesen auf einer kleinen Anhöhe, nicht weit vom Meer. Efeu umrankte alte Steinmauern, die Fenster waren weiß abgesetzt. Im Vergleich zu den kleinen Cottages der katholischen Landarbeiter war *The Manors* tatsächlich ein beeindruckend stattliches Gemäuer. Protestantenstolz – aber worauf eigentlich genau? Dass sie den Papst nicht akzeptierten? Dass die britische Krone sie hierher verpflanzt hatte? Emma hatte durchaus Gefühl für Geschichte, aber dass irgendwer stolz darauf sein konnte, einer bestimmten Religion anzugehören, würde sie nie begreifen.

Vor dem Haus stand ein massiver Container voller Müll. Offenbar wurde das alte Haus gerade ausgeräumt und zumindest teilsaniert. Dort lagen alte Rohre, vergammelte Dielenbretter, die Überreste eines rosafarbenen Badezimmers und jede Menge staubige Mörtelbrocken im Müll. Doch es war niemand da, heute lag das Haus verlassen. Emma ging um das Anwesen herum; die Anzeichen von Verfall waren nicht zu übersehen. Die geschichteten altirischen Steinmauern hätten schon vor Dekaden eine Reparatur nötig gehabt, Gatter hingen schief in ihren Angeln, hinterm Haus entdeckte sie die Karosse eines steinalten roten Traktors. Daneben vergammelte eine Leiter im Gras, über die offenbar jemand mit einem Laster gefahren war. Überall verstreut lagen alte Plastiksäcke und -container. Wer weiß, was da mal drin gewesen war! Von den jüngsten Bauarbeiten stammten sie jedenfalls nicht, der Unrat lag offensichtlich schon ziemlich lange hier. Dennoch – das Anwesen musste ein Vermögen wert sein. Emma war keine Immobilienexpertin und wusste auch nicht, wie viel Land zum Haus gehörte, doch bei den gegenwärtigen Preisen würde *The Manors*, renoviert und vom Schutt befreit, sicherlich eine nette Stange Geld einbringen. Seit 1995 entwickelte sich der keltische Tiger prächtig, immer mehr gut ausgebildete Iren kamen aus dem Exil in Amerika, Australien oder Großbritannien zurück und gründeten im grünen Steuerparadies neue Firmen. Den neuen Unternehmenssteuergesetzen aus Dublin sei Dank! Diesen Neureichen könnte man bestimmt gut Teile der umliegenden Farm als Bauland andrehen. Emma nahm sich vor, Quinn oder Dave zu bitten, herauszufinden, was die Gegend hier am Atlantik wert sein könnte.

Emma hatte genug gesehen, fuhr zurück Richtung Hauptstraße und stoppte an einem Pub mit dem malerischen Namen The Limping Cow. Es war erst drei Uhr nachmittags, aber die ersten Trinker saßen hier schon vor ihrem Guinness. Sie sahen aus wie die Insassen einer Heilanstalt. Warum wurde in Irland eigentlich so viel gesoffen? Die Antwort blieb Emma sich schuldig.

Die Tür fiel hinter ihr ins Schloss, Köpfe drehten sich zu ihr, aber sonst herrschte Schweigen im Raum.

»Ian Fitzpatrick? Wo finde ich den?«, fragte Emma in die Stille. Einer kratzte sich nachdenklich den Hintern. Dann rief er: »Paddy Joe! Hier ist eine. Die will was.«

Ein kleiner runder Mann mit einem Bart an seinem Melonenkopf streckte den Kopf aus einem Nebenraum und guckte fragend.

»Guten Tag. Ian Fitzpatrick? Wo finde ich den?«, wiederholte Emma ihre Frage.

»Fahr ins Dorf, junge Frau. Ians ist das Haus gleich rechts vor der Texaco-Tankstelle. Gegenüber ist der Bach mit dem Wasserfall.«

Das hätten die drei Lokalmatadore am Tresen doch auch gewusst. Gab es irgendwo ein ungeschriebenes Gesetz, dass im Pub nur der Wirt Fremden Auskunft geben durfte?

Emma stellte ihren Wagen ab und guckte sich um. Warum lebte Ian hier? Während *The Manors* ein Vermächtnis des guten Architekturgeschmacks der Alten darstellte, war das neue Haus einfach eine graue, gesichtslose Bude direkt an der Straße. Der Hof war nicht etwa ein Garten, sondern asphaltiert und stand voller abgemeldeter Autos, die schon bessere Tage gesehen hatten. Wer will so einen Bungalow, wenn er ein Herrenhaus wie *The Manors* haben konnte? Zugegeben, auf der anderen Seite der N59 plätscherte ein kleiner Wasserfall – doch der konnte kaum darüber hinwegtrösten, dass Ian sein neues Haus direkt neben eine Tankstelle gesetzt hatte. Gemütlich war was anderes. Sie klopfte.

Die Tür ging auf, und vor ihr stand ein winziger Kobold, ein Leprechaun, wie direkt aus der irischen Mythologie. Er war klein und gedrungen, das graue Haar zeigte noch Spuren von Rot, doch wirklich leuchtend rot waren nur die Wangen des alten Herren. Seine Augen waren klar und blitzblau, versanken allerdings fast in den Falten, die sie umgaben. Die Lippen waren so schmal, dass der Mund wie mit dem Messer in sein Gesicht geschnitten wirkte. Die ganze Gestalt steckte in einem grauen Anzug, der Uniform der älteren Iren. Viele gingen auch so aufs Feld zur Arbeit.

»Ian Fitzpatrick?«, fragte Emma. »Guten Tag, ich bin Emma Vaughan von der Polizei in Sligo. Es geht um Ihren Bruder.« Sie hielt ihm ihren Polizeiausweis vor die Nase.

»Polizei? Auch das noch. Schreckliche Geschichte, das. Ich vermisse ihn jetzt schon, den guten Charles. Bin dabei, zu packen. Morgen ist doch die Beerdigung, nicht wahr? So schön wie Yeats' Grab wird es aber nicht werden ... Kennen Sie das, ist in Drumcliff, nicht weit von hier? ›*Cast a cold eye on life. On death. Horseman, pass by*‹ ... Ja, wir

Iren, wir sind halt Poeten. Schon mal was von Oscar Wilde gelesen? ›*Tread lightly, she is near under the snow, speak gently, she can hear the daisies grow ...*‹«

Emma begann zu ahnen, warum Jeane glaubte, dass Ian niemand verstand außer Charles. Und der war bekanntlich tot. Der charmante kleine Mann vor ihr redete viel und schnell und wechselte ständig das Thema. Schwer vorstellbar, dass er und die kalte, bedächtige Jeane zur selben Familie gehörten. Laut sagte sie:

»Darf ich reinkommen? Ich habe ein paar Fragen.«

»Fragen. Ja, Fragen habe ich auch. Habe ich neulich Betty Watson gefragt: ›Hattest du schon mal deutsche Masern?‹ Sie wissen schon, so nennen wir die Röteln. Sagt die doch glatt: ›Wieso? Ich war noch nie in Deutschland!‹« Der alte Mann fing meckernd an zu lachen, machte aber die Tür weit auf, um Emma hereinzulassen. Gleich links ging es in eine moderne, aber unordentliche und schrecklich überheizte Küche.

»Setzen Sie sich! Wollen Sie Tee?«

Angesichts der Berge von ungespültem Geschirr verneinte Emma. Sie wollte den Mann nicht seine letzte saubere Tasse kosten.

»Fragen, was für Fragen?«, meldete sich Ian zurück, und Emma wunderte sich: Spielte der kleine Leprechaun den Verwirrten nur? Offenbar konnte er den Faden ja doch noch in der Hand behalten.

»Hatte Ihr Bruder Feinde? Können Sie sich vorstellen, wer ihm was Böses wollte?«

»Ja, das Böse, das ist überall. Besonders in so einem alten Land wie diesem. St. Patrick hat uns die Schlangen genommen, aber all das andere Übel hat er uns gelassen. Charles wusste das, o ja. Charles war ein feiner Mann.

Nun ist auch er gegangen. Alle sind sie gegangen, es lebt nur noch Margaret. Aber die ist ja gaga.«

»Margaret?«

»Meine Schwester. Aber die ist nicht mehr bei Verstand. Die ist im Heim, in England, in Manchester, die versteht nichts mehr. Ruft immer nur nach Kaitlin. Meine andere Schwester. Die ist schon 1986 gestorben, ist nicht alt geworden. Total gaga. Ich hab Margaret mal die Pferdewiese versprochen, damit sie sich um unsere Mutter kümmert. Hab ihr aber nichts Schriftliches gegeben, ha!« Ian legte sich den Zeigefinger der rechten Hand an die Nase und lächelte verschwörerisch.

»Die Pferdewiese? Meinen Sie *The Manors*?«, fragte Emma.

»Ja, *The Manors*. Alles dreht sich immer um *The Manors*. Auch bei Charles. Alle wollen an das Land, aber den Titel drauf habe ich. Ich hab niemandem nichts versprochen, niemandem!«

»Meinen Sie, der Angriff auf Charles hatte etwas mit *The Manors* zu tun?«

»Bill hat auch schon versucht, mir das Land abzunehmen. Er wollte Ballyglass, das Feld Richtung Ballina. Wollte bauen. Für sich und diese Frau aus der Schweiz. Aber ich lass mir nichts abnehmen, ich nicht. Und Tom kriegt auch nichts. Nicht, solange ich lebe. Der haust in Sünde in Australien. Hat seine Frau verlassen. So was tut man doch nicht! Schlimmstenfalls ist die Neue auch noch katholisch!«

Wer war Bill? Geduldig wiederholte Emma ihre Fragen, und geduldig wiederholte Ian seine Ausweichmanöver. Personen und Zeiten gingen bei ihm wild durcheinander. Immerhin schien Ian einer der wenigen Menschen gewesen zu sein, der für Charles was übrighatte. Aus dem Wortbrei wurde für Emma nach langem Hin und Her zweierlei ersichtlich: Ian mochte seinen in der Schweiz lebenden Neffen Bill nicht – Margarets jüngeren Sohn –, mit dem er offenbar schon einen wilden Streit um einen Teil des Landes gehabt hatte. Margarets zweiter Sohn, der andere Neffe, Thomas, lebte mit seiner zweiten Frau in Australien. Zweitfrauen mochte Ian auch nicht. Schon deswegen gehörte Tom enterbt, fand Ian. Dann sollten doch lieber Charles' Kinder auf den Landsitz, die waren nämlich ordentliche Protestanten. Oder taten zumindest so, aber das sagte Emma lieber nicht laut.

»Das Land muss in der Familie bleiben. Das sage ich, und das sagt auch Charles. Da sind wir einer Meinung«, brabbelte Ian weiter. »Es darf nicht verkauft werden, auf keinen Fall. Denn dann legen die Katholiken von der IRA zusammen und kaufen das Land. Die kaufen alles, was sie in die Finger kriegen können. Jedes große Haus von uns, jede große Farm, die auf den Markt kommt. Die wollen uns Protestanten nämlich loswerden, wissen Sie?«

»Wer soll es denn erben?«, fragte Emma, um endlich zum Kern der Sache vorzustoßen.

Ian kniff die Augen zusammen:

»Wenn ich es allen gleichermaßen gebe, wird es verkauft. Keiner kann die anderen auszahlen. Dann landet das Land am Ende noch in der Hand der Katholiken. Die sind alle bei der IRA. Alles Mörder! Das geht nicht. Wenn ich es aber offiziell nur einem gebe, gibt es Krach. Oh, all der Krach. So wie mit Bill damals! All den Ärger kann ich nicht aushalten. Nur Charles versteht mich. Und Jane. Die wohnt da jetzt und macht *The Manors* wieder schön.«

Auf dem Rückweg fuhr Emma im letzten Licht des Frühlingstages einen Umweg ins Moor. Sie wollte Lough Easky wiedersehen, wo ihre Eltern mit ihr früher in den seltenen Heimaturlauben hingefahren waren, um Forellen zu angeln. Sie fuhr die uralten Pfade, die seit Jahrhunderten genutzt wurden, um Torf als Heizmaterial aus den Mooren zu stechen, den sogenannten Bogs. Heute waren die alten Pferdewege asphaltiert, aber immer noch so schmal, dass kaum ihr kleiner Peugeot hindurchpasste. Hoffentlich kam ihr keiner von diesen deutschen Touristen in ihren Campingbussen entgegen!

Emma fuhr, der See lag zu ihrer Rechten. Am Wasser stand ein einsamer Angler. Ob der je was fing? Emma wollte ihn nicht stören, schon, weil dies das lebende Bild zerstören würde – sah die Landschaft mit ihm darin doch plötzlich aus wie ein Gemälde aus dem 17. Jahrhundert. Darin war die Wasseroberfläche still, fast so wie ein sauber polierter Spiegel. Es sah friedlich und einladend aus. Doch Emma wusste es besser. Seine dunklen Tiefen waren kalt und töteten dich mit gnadenloser Unpersönlichkeit.

Einsam war es hier oben, kahl und windig. Aber der Himmel war hoch und weit, die Luft klar. Mount Nephan wachte in der Ferne. Ein alter Witz in der Gegend hier lautete: Wenn man den Nephan sehen kann, wird es bald regnen. Und wenn man ihn nicht sehen kann, hat es schon zu regnen angefangen. Emma grinste vor sich hin. An der Straße standen die Ruinen alter Farmhäuser. Hier oben lebte kaum noch einer. Das Leben war einfach zu hart im Moor und der Winter hier oben kaum auszuhalten. Die einzige Seele, die Emma antraf, war ein einsamer Esel. Sie stieg aus, atmete tief durch, kraulte dem Tier die Nüstern und trug ihm ihre jüngste Theorie zur Familie

Fitzpatrick und zum Mordmotiv vor. Der Esel blieb unbeeindruckt.

Rund 30 Kilometer später war sie wieder in Sligo, nahm den Fuß aber nicht vom Gas, sondern fuhr weiter nach Norden, Richtung Drumcliff und Grange. Wenn sie schon einmal unterwegs war, konnte sie auch gleich nach Mullaghmore durchbrausen und sich den Pub anschauen, in dem Charles Fitzpatrick laut seinem Nachbarn am vergangenen Valentinstag angeblich ein romantisches Stelldichein gehabt haben sollte.

Emma mochte Mullaghmore, das alte Fischerdorf auf der Halbinsel, die wie ein Finger nach Donegal hinüberzeigte. Der Blick auf Classiebawn Castle war atemberaubend, wie Emma zugeben musste, hatte der Architekt das Gebäude doch wie einen riesigen Felsen an den Strand geworfen. Das Schloss der britischen Aristokraten war überdimensioniert und fremd hier in der Welt der Reetdächer und rot gestrichenen Türen, doch als stolze Demonstration des Triumphs menschlichen Willens über eine harsche Natur hatte das Ding was.

Der Strand des Dörfchens war ebenfalls beeindruckend, genauso wie die haushohen Wellen, die sich an ihm brachen. Hier trafen sich Surfcracks aus aller Welt, um ihre Kräfte mit denen des Atlantiks zu messen. Doch wilde Brandung, die Surfer glücklich machte, war ein Problem für Seeleute. Deswegen ragte eine lange, hohe Mole wie ein Arm in die Bucht. In ihrem Windschatten bot ein kleiner Hafen den bescheidenen Booten der lokalen Hummerfischer Schutz, daneben lagen die hübschen kleinen Segelyachten der britischen und skandinavischen Touristen, die sich in den umliegenden Feldern teure Ferienhäuser geleistet hatten. Emma stoppte den Wagen, stieg aus, starrte aufs Meer und über die Bucht. Regen hin oder her, sie konnte die Touristen mit ihrem Irland-Tick gut verstehen.

Doch Mullaghmore war nicht so harmlos, wie es aussah. Im August 1979 hatte die IRA hier Louis Francis Albert Victor Nicholas Mountbatten, den ersten Earl Mountbatten of Burma, in die Luft gejagt. Und mit ihm noch ein paar andere britische Royals. Louis, wie sich der Earl mit dem endlosen Namen hier nennen ließ, wollte vom guten Wetter profitieren und sich sein Abendessen selber fangen. Schalentiere sollten es sein. Also traute er sich aus seinem Classiebawn, nahm sein Boot, die Shadow V, und fuhr um die Mole herum aufs offene Wasser zu den Hummergründen hinaus. Emma wusste nicht, ob sie den Mut des alten Soldaten bewundern sollte, sich während der schlimmsten Auseinandersetzungen um Nordirland, nur ein paar Kilometer weiter nach Osten gelegen, zum Fischen unter die irischen Einheimischen zu begeben, oder ob sie die sture Arroganz der englischen Aristokratie verachten sollte. Louis war schließlich ein Enkel von Königin Victoria, der Onkel von Prinz Philip, ein pensionierter Admiral der britischen Flotte, und in all diesen Rollen in den Augen der IRA das Sinnbild der verhassten britischen Besatzungsmacht.

An diesem 27. August 1979 tat es dann auch einen Riesenschlag, der noch Kilometer weiter in Cliffoney die Fenster zum Klirren brachte. Eine Wasserfontäne schoss auf, Teile des Boots und menschliche Körper flogen durch die Luft. Viele dachten erst, der Krach käme von Manövern oder Schießübungen im Finner Armeelager auf der anderen Seite der Bucht.

Dem war aber nicht so. Vier starben an diesem Tag, Mountbatten, sein Enkel Nicholas, Lady Brabourne und ein Mann namens Paul Maxwell. Drei weitere wurden schwer verletzt, überlebten aber, weil an dem warmen Sommertag viele Boote draußen auf dem Wasser waren und die lokalen Wassersportler die Opfer aus der Bucht zogen.

In den Tagen danach hatten Emmas Kollegen von der Garda die teilweise nur streichholzgroßen Teile der Shadow V aus dem Meer gefischt und im Labor wieder zusammengesetzt, um herauszufinden, was denn nun wirklich passiert war. Taucher waren wochenlang im Wasser unterwegs, denn Ebbe und Flut hatten alles schnell über die gesamte Bucht verteilt. Am Ende kamen die Kriminaltechniker zu dem Ergebnis, dass die Bombe in einem der Hummerkörbe versteckt gewesen sein musste, in denen Louis sein Abendessen vermutet hatte. Mit einem Fernauslöser war sie von jemandem aktiviert worden, der vermutlich mit einem Feldstecher ausgerüstet hoch oben auf den Kliffs stand, als Mountbatten versucht hatte, sich sein Dinner zu besorgen.

Am selben Tag starben übrigens auch noch 18 britische Soldaten in Warrenpoint, im County Down; die IRA bekannte sich zu beiden Attentaten. Die 18 toten Soldaten waren inzwischen fast vergessen, doch der Mord an Louis, den viele im Dorf als jovialen Kerl und netten Nachbarn kannten, blieb im kollektiven Gedächtnis der Gegend haften wie ein Blutfleck auf dem Dorfplatz, der sich nicht wegwaschen ließ, auch wenn das Touristenbüro alles tat, um die Vergangenheit vergessen zu machen. Später wurden zwei Männer aus Monaghan und Leitrim für die Attacke auf Louis und seine Shadow V verurteilt.

Emma fröstelte, sie zog die Jacke fester um sich und machte sich auf den Weg in den Pub. Inzwischen war es früher Abend, aber an einem Montag im März war nicht viel los in der »Quay Lounge & Bar« des Pier Head Hotels. Ein schöner Dielenboden, gemütliche, stilvolle Holzmöbel und ein Feuer im Kamin warteten auf Gäste. Aus zwei kleinen Fenstern fiel der Blick auf den Atlantik, der hier alles bestimmte. Emma bedauerte es oft, dass die Iren in der Vergangenheit so klein und niedrig gebaut hatten und es in den schönen alten Häusern so wenig Fenster gab. Hier allerdings leuchtete ihr das ein. Bei einem harten Sturm aus Norden konnte man auf dieser in den Ozean hinausragenden Halbinsel keine exponierten Fenster gebrauchen. Die wären einem regelmäßig um die Ohren geflogen.

Die Barfrau langweilte sich bei dem lauen Geschäft am frühen Montagabend offenbar, sie blickte Emma schon entgegen. Ihr dickes, fast schwarzes Haar fiel ihr in langen Strähnen über den massiven Busen. Ihre schneeweiße Haut war Zeuge eines Lebens, das die Nacht zum Tag machte, oder vielleicht auch nur ein Indikator für den langen irischen Winter und den Mangel an Sonne. Helle blaue Augen musterten Emma. Sie bestellte einen Cider und blieb einfach am Tresen stehen. Sie kannte ihre irischen Landsleute und wusste aus Erfahrung, dass die allermeisten liebend gerne einen Schwatz hielten. Es dauerte auch nicht lange, da fragte die Barfrau:

»Neu hier in der Gegend?«

»Nein, nicht wirklich, ich stamme aus Sligo. Ich komme nur nicht allzu oft dazu, nach Mallaghmore zu fahren.«

»Sligo. Hm, da fahre ich zum Einkaufen hin, aber gute Klamotten gibt es ja eh nur in Dublin.«

Die beiden Frauen lächelten sich verständnisvoll an. Für echte Fashion Victims war die ganze Region nicht gerade ein Mekka. Die meisten Leute in der Gegend fühlten sich schon ausreichend gut angezogen, wenn sie in ihre Gummistiefel gestiegen waren.

»Ich bin Emma.«

»Ich heiße Maisie.«

»Hallo, Maisie, freut mich. Flaues Geschäft heute.«

»Ist mir gerade recht, am Wochenende war der Teufel los.«

Bei mir auch, dachte sich Emma. Laut sagte sie:

»Kannst du dich an den Abend des Valentinstags erinnern? Hast du gearbeitet an dem Tag?«

»Ja, ich war da. Hab meinen Alten vor Weihnachten rausgeschmissen. War sowieso immer nur besoffen, ist kein Verlust. Also kein Valentin für mich, da konnte ich genauso gut auch zum Arbeiten gehen.« Und nach einer Pause, mit einem misstrauischen Blick: »Warum willst du das wissen?«

»Garda. Ich ermittle in einem Mordfall.«

»Und was hat das mit mir oder dem Valentinstag zu tun?«

»Das Mordopfer soll hier gewesen sein am Abend des Valentinstags. Und zwar nicht mit seiner Gattin. Ich dachte, ich hör mich mal um, ob sich einer hier an die beiden erinnert.«

»Wie ist es denn so bei der Garda als Frau? Als junges Mädchen wollte ich auch mal zur Polizei. Aber mein Vater hat gesagt, das geht nicht, ich sei ja bloß ein Mädchen ...« Maisie war offenbar noch nicht bereit, über den konkreten Fall zu sprechen.

»Ja, diese Stimmung hat sich bei vielen gehalten. Aber

Machos gibt's ja überall, nicht nur bei der Garda«, wich Emma aus, die genau wusste, wenn sie anfing, von Paddie Sloan und den anderen Arschlöchern zu reden, die ihr im Lauf ihrer Karriere das Leben erschwert hatten, würde sie um Mitternacht noch hier stehen. Maisie lachte nur, was sie Emma noch sympathischer machte.

»Zurück zum Valentinstag. Kannst du dich an einen älteren Herren mit einer Blondine erinnern?«, fragte Emma nach.

»Ach, du meinst den alten Reverend, den sie in Sligo umgelegt haben?«

»Huch, du bist aber gut informiert.«

»Hab ich in der Zeitung gelesen.«

»Du hast von dem Mord an Charles Fitzpatrick aus der Presse erfahren?«

»Ja, irgendwie ist mir das im Gedächtnis geblieben. Ich kannte den ja flüchtig, der war in letzter Zeit immer mal wieder da.«

»Hier in der Bar?«

»Ja, genau. Und immer mit einer ziemlich verwaschenen Blondine. Die sah aus, als hätte sie auch schon mal bessere Zeiten gesehen.«

»Wie meinst du das?«

»Na ja, wir werden alle nicht schöner mit den Jahren. Aber manche Frauen haben so einen verkniffenen Zug um den Mund, die haben so was Verhärmtes. So, als hätte das Leben alle Farbe aus ihnen rausgewaschen.«

Emma wusste genau, was Maisie meinte. »Und der Reverend hat ihr gut zugeredet. Sozusagen geistliche Beratungsgespräche mit ihr geführt?«

Maisie lachte schon wieder: »Das nun nicht gerade. Die zwei haben immer die Köpfe zusammengesteckt, aber das sah eher aus wie eine ausgewachsene Affäre. Geistlich war dabei höchstens der Whiskey im Glas vom Reverend.«

»Also die haben sich gut verstanden. Oder hast du mal einen Streit zwischen den beiden miterlebt?«

»Du willst wissen, ob die Frau den alten Schwerenöter umgebracht haben könnte?« Maisie grinste. »Das glaube ich eigentlich nicht. Die Blonde ist nicht besonders groß oder schwer, den dicken Reverend hätte die sich alleine nicht zur Brust nehmen können.«

»Weißt du, wie die Lady heißt?«

»Mary irgendwas. Mary-Jane oder so. Oder Marion. Er hat sie immer Mimi oder so ähnlich genannt. Die stammt jedenfalls aus Ballintra. Moment mal.«

Maisie verschwand hinter einer Tür, die entweder in die Küche oder ins benachbarte Hotel führte. Emma nippte an ihrem Glas und überlegte: Ballintra lag am anderen Ende der Bucht, in der sich Sligo befand, und Mullaghmore war der ideale Treffpunkt in der Mitte. Das passte also. Hatte diese Frau den Reverend umgebracht, weil der seine Jeane nicht verlassen wollte? Nach dem Motto: Wenn ich dich nicht kriege, darf dich auch keine andere haben ... Oder war die Dame verheiratet und ihr betrogener Ehemann hatte die Geduld verloren? Wenig später kam Maisie zurück.

»Also, ich war an der Rezeption. Der Reverend hat hier öfter mal ein Zimmer gemietet, sagt die Kollegin. Wenn du weißt, was ich meine ...«

»Schon klar. Und steht im Gästebuch auch, wie die Dame dazu heißt?«

»Da steht Mary-Anne Fitzgerald.«

»Und diese Mary-Anne ist aus Ballintra?«

»Genau.«

»Woher weißt du das?«

»Keine Ahnung, ich hab die zwei einfach mal über die guten alten Zeiten in Ballintra reden hören. Irgendwie habe ich daraus geschlossen, dass Madame da lebt.«

Emma trank ihren Cider aus. Mission erfüllt, jetzt konnte sie endlich nach Hause fahren.

»Vielen Dank, Maisie, du hast mir sehr geholfen. Ich hoffe, dass ich bald mal wiederkommen kann, mit weniger Gepäck im Rücken als heute.«

Maisie lächelte das professionelle Lächeln der Barfrau, und Emma ging.

Als sie nach Hause kam, war ihre Straße nass und dunkel, der Verkehrslärm gedämpft von dem faulenden Herbstlaub auf dem Asphalt. Die Bäume waren im März immer noch fast kahl, ihre Äste warfen im Licht der Straßenlaternen ihre Schatten auf den nassen Boden. Als Emma endlich die Haustür aufschloss, war es schon spät. Im Flur lagen Schuhe herum, Sportsachen und eine leere Tüte Chips. Die Küche zierten die Überreste einer Sandwichproduktion. Versehentlich griff Emma in halb geschmolzene Butter. Stevie war nebenan im Wohnzimmer und guckte fern. Zu einer Begrüßung seiner Mutter konnte er sich offenbar nicht aufraffen. Dann ging sie eben zu ihm, trotz der Schmerzen im Kreuz und den Beinen. Es war ein langer Tag gewesen.

»Sag mal, Stevie, wann bist du denn nach Hause gekommen?«

»So um sechs.«

»Und da kannst du nicht mal die Küche aufräumen? Jetzt ist es schon nach acht, ich hab den ganzen Tag gearbeitet, mich mit Mordverdächtigen herumgeschlagen, und jetzt soll ich mich noch mit diesem Mist in der Küche amüsieren?« Emma merkte, wie die altvertraute Panik in ihr hochstieg. Zum Glück hatte sie die Pillen in ihrer Handtasche.

»Dann lass es halt stehen, wenn es dich so nervt. Morgen ist auch noch ein Tag ...« Stevies Augen klebten längst schon wieder am Bildschirm.

»Mensch, du bist doch kein Kind mehr, warum muss ich dir dauernd alles nachtragen. Kannst du nicht auch mal ...«

»Mann, was bist du aggressiv!« Stevie schaltete den Fernseher aus, knalle die Fernbedienung auf den Sofatisch und verschwand in sein Zimmer. Da hatte er eine eigene kleine Glotze – Geschenk von Paul –, aus der natürlich auch sofort das Gebrüll aus dem Stadion zu hören war. Irgendeiner hatte offenbar ein Tor geschossen. Als ob es nichts Wichtigeres auf der Welt gäbe!

Emma schenkte sich einen irischen Whiskey ein und ließ sich aufs Sofa plumpsen. Sie ließ die herbe, nach Torf schmeckende Flüssigkeit in ihrem Mund kreisen. Die Angst vor einer neuen Schmerzattacke hatte sie fest im Griff, und Alkohol schien zu helfen, sie auf Distanz zu halten. Doch da war er schon, der leichte Schwindel des Schmerzes, die langsam aufsteigende Übelkeit. Der ekelhafte Geschmack im Mund. Was war eigentlich schlimmer?, fragte sich Emma. Der Schmerz oder die Angst vor dem Schmerz?

Kapitel 6

Erde zu Erde

Es ist dunkel, die Straße vor ihr zieht sich endlos in die Nacht. Emma sitzt im Dunkeln, neben sich spürt sie Paul. Immer wieder tauchen aus der Dunkelheit Lichter auf und rasen auf sie zu. Sie kann nicht richtig sehen, sie kriegt die Augen nicht so weit auf, sie weiß nur, dass sie sich zutiefst unwohl fühlt. Sie rammt Paul den Ellenbogen in die Seite. Sie hört seine Stimme, sieht ihn kaum, ihre Augen sind wie zugeklebt. Er schimpft mit ihr, wie immer.

»Du dumme Kuh, du blöde Schlampe. Wegen dir bin ich wieder in Irland, diesem traurigen, nassen Lappen von Land. Und ein Blag hast du mir auch noch angehängt ...«

So geht das endlos weiter. Paul ist betrunken, seine Stimme hat dieses zischende, verschliffene Element, wie immer, wenn Paul ein paar zu viel intus hat. Emma kämpft, um ihre Augen aufzukriegen, sieht durch ihren Wimpernkranz nur wieder verschwommen Lichter auf sich zukommen. Plötzlich ist die Sicht klar. Paul steuert den Wagen auf der Mitte der Straße, ein Lieferwagen kommt ihnen entgegen. Der hupt wie wild. Emma schreit laut auf, Paul erschrickt sich, er zieht den Wagen nach links – es knallt, und plötzlich ist alles gleißend hell.

»Mama, wach auf, du hast schon wieder einen Alptraum. Mama!«

Jemand rüttelte an Emmas Schulter, mühsam tauchte sie aus ihrem Traum auf.

»Mama! Es ist alles gut. Du bist zu Hause, im Bett.« Stevies Stimme drang langsam zu ihr durch. Emma erwachte mit einer abgrundtiefen Müdigkeit in den Knochen, so als sei eine lebenswichtige Flüssigkeit in ihrem Körper abgezapft worden.

»Stevie, hallo. Hab ich wieder geschrien im Traum?«

»Ja, ganz laut.« Vor Emmas Bett stand ihr Sohn in einem Pyjama mit Pferdeköpfen, für den er eigentlich schon zu groß war. Ihr wunderbarer Sohn, schlaftrunken und verstrubbelt.

»Tut mir so leid, geh wieder ins Bett ...«

Stevie grinste schief und machte sich auf den Weg zurück in sein Zimmer. Emma rieb sich die Augen. Schon wieder hatte sie von dem Unfall geträumt, bei dem Paul nach einem Besuch in der Beach Bar auf Aughris Head das gemeinsame Auto besoffen gegen einen Baum gedonnert hatte. Er war am Steuer eingeschlafen und hatte im allerletzten Moment versucht, einem entgegenkommenden Laster auszuweichen. Das war ihm auch gelungen, allerdings hatte er das Steuer verzogen und war auf der engen Landstraße an einen Baum geknallt. Typisch! In Irland gab es so wenig Bäume, aber Paul fand einen, um Emma das Leben zur Hölle zu machen. Und der arme Stevie musste es nun ausbaden mit einer Mutter, die nachts in ihren Alpträumen das ganze Haus zusammenschrie.

Langsam entspannte sie sich. Draußen war es noch dunkel, noch keine sieben Uhr. Die Stunden vor der Dämmerung, das Ödland der Nacht. An Schlaf war nicht mehr zu denken, Emma konnte sich genauso gut dem Tag stellen. Mechanisch schluckte sie zwei Schmerztabletten, spülte sie runter mit dem Glas Wasser, das immer auf ihrem Nachttisch stand. Leise zog sie sich an und ging an den Fluss. Wie immer war sie dankbar, dass sie dieses Haus in Doorley Park im Stadtteil Riverside gefunden hatte, nicht weit von der Stelle, wo sich der Garavogue zum Loch Gill hin öffnete, der dann zu Sligo Harbour und später zum offenen Atlantik wurde. Eigentlich war die Miete fast ein wenig zu hoch für ihr Einkommen, aber die Möglichkeit, am Ufer entlangzuwandern und einen klaren Kopf zu kriegen, war jeden Euro wert. Nun stand sie da in der Dämmerung, die Wellen schmatzten um ein vertäutes Ruderboot herum, im Ried raschelten die Vögel. Das Leben ging offensichtlich weiter, auch wenn sie selber oft das Gefühl hatte, in ihrem Dasein festzustecken wie ein Stiefel im Morast.

Um kurz nach sieben stand sie frisch geduscht und fertig angezogen mit einer Tasse Tee am Küchenfenster und blickte auf die Straße. Sligo räkelte sich langsam aus der Nacht und begrüßte den Tag. Emma jedoch saß immer noch der Traum in den Knochen, und das Schmerzmittel bereitete ihr Magenschmerzen. Um die zu beruhigen, kaute sie ein wenig altbackenes Brot. Sie zog die Schultern hoch, ließ sie wieder fallen, bewegte den Kopf langsam von Seite zu Seite, versuchte, sich aktiv zu entspannen und die Atmung tiefer werden zu lassen. Dabei ratterte es in ihrem Kopf nur so. Eine Mary-Anne aus Ballintra war also Fitzpatricks Schätzchen gewesen. So zumindest hatte es Maisie beschrieben – und eine erfahrene Barfrau irrte sich bekanntlich selten. Doch wie sollte sie eine Mary-Anne in Ballintra finden, ohne weitere Details wie Adresse oder Telefonnummer? Selbst wenn es in Irland eine Meldestelle oder Einwohnerbehörde geben würde, nur mit »Mary-Anne« und »stammt vermutlich aus Ballintra« würde sie nicht weit kommen. Vermutlich müsste sie in dieses Dorf fahren und auf dem Postamt oder im Pub fragen. In irischen Dörfern kannte schließlich jeder jeden. Und Ballintra war nicht gerade eine Weltstadt, eigentlich bestand es nur aus ein paar Häusern und neben den katholischen gab es auch eine protestantische Kirche. Unter Umständen jedoch würde diese Mary oder Mimi, oder wie sie auch hieß, heute zu Fitzpatricks Beerdigung erscheinen. Das hieß, wenn die Dame sich traute, Jeane unter die Augen zu treten.

Emma liebte die Strecke von Sligo Richtung Strandhill. Schmale Landstraßen führten über grüne Hügel und kleine Bäche und unter Fairy Bridges hindurch – Feenbrücken nannten die Iren Ecken, an denen sich die Baumkronen beiderseits des Weges über der Straße berührten und wie zu einem Tor zusammenwuchsen. Dazwischen blitzte immer wieder ein Ausblick aufs Wasser durch – Sligo Harbour und die ihm vorgelagerten Inseln. Eine davon hieß Coney Island. Nach der war der Vergnügungspark in New York benannt, den Emma als Kind oft besucht hatte, und sie musste jedes Mal fast lachen, wenn sie das irische Original sah: einsam, rau, nordisch – von Eiscreme, Achterbahn und kreischenden Teenagern keine Spur. Schließlich wand sich die Straße durch den nobleren Teil von Sligo, wer hier wohnte, hatte Geld und Einfluss. St. Annes lag wie hingeworfen auf einer kleinen Ebene in dem immer noch winterlich grauen Gras, aus dem vereinzelt noch grauere Grabsteine ragten. Hinter der steinalten Kirche thronte der flache Kopf des Knocknarea, und der Atlantik war so nah, dass man die Wellen gegen die Halbinsel hätte donnern hören können, würde nicht das Motorengeräusch der Autos auf der Küstenstraße das Meer übertönen. Der Wind hatte dekadenlang auf die Vegetation eingehämmert, die Bäume waren gewachsen, als stünden sie im ewigen Sturm. Und das stimmte ja auch. Oder zumindest fast. Emma ließ den Blick über die bescheidene Kirche wandern, die nur ein zu klein geratener Glockenturm zierte: Hier sah es noch so aus wie vor hundert Jahren und in den hundert Jahren davor. In ihren Augen stand dieses schlicht gemauerte Kirchlein für alles, was gut war an Irland: Würde, Widerstandskraft, Konzentration aufs Wesentliche. Protz war ungefähr so irisch wie Piña Colada. Wenn das nur die Idioten verstehen würden, die überall diese grässlichen Neubausiedlungen in die alte Erde pflanzten!

Fast nötigte ihr der verstorbene Fitzpatrick nun doch ein wenig Respekt ab – hatte der sich doch offenbar ein Grab unter diesem hohen Himmel bei den kreischenden Möwen gewünscht und nicht eines bei der deutlich pompöseren St. John's The Baptist Cathedral in der Stadt. Dort war ein Gottesdienst für ihn gehalten worden – doch den hatte Emma sich erspart. Der Bürgermeister wird da gewesen sein, vermutlich auch der Polizeipräsident und die anderen üblichen Verdächtigen. Viel interessanter war jedoch, wer sich hier in den kalten Meereswind ans Grab stellte, fand Emma.

Die Menschen drängten sich auf dem schmalen Pfad zwischen den Grabstätten und dem feuchten Gras. Der alte Vikar sollte neben seinem Sohn Ron beigesetzt werden, wie Emma erstaunt zur Kenntnis nahm. Der Sohn, an dem er laut Jeane kein gutes Haar gelassen hatte. Nun, hier war Fitzpatrick zum Schweigen verdammt, Ron würde auch weiterhin seine Ruhe haben.

Der Sarg war bereits an die offene Grube getragen worden. Die meisten Träger kannte Emma nicht. Nun gruppierten sich alle für die eigentliche Beerdigung um das Loch im Boden. Jeane war gekommen, tief in Schwarz, natürlich, mit ihrer Tochter Jane. Man nickte sich zu. Der Mann daneben – zuvor einer der Sargträger – war vermutlich der Schwiegersohn. Jeanes andere Tochter, Alice, hatte die Anreise aus Australien in der Kürze der Zeit offenbar nicht geschafft. Charles' Schwester Margaret war ebenfalls abwesend – »die ist ja im Heim, komplett gaga«, schossen Emma Ians Worte vom Vortag durch den Kopf. Der Kobold aus Dromore West war jedoch angereist; er hatte ebenfalls dabei geholfen, den Sarg zu tragen, auch wenn er dafür eigentlich zu kurz geraten war und die anderen Träger ihn weit überragten; mit ihm tauschte Emma ebenfalls ein Kopfnicken. Neben Ian stand ein weit größerer, gut aussehender, deutlich jüngerer Mann, zu dem offenbar eine blonde Frau und ein noch blonderes kleines Mädchen gehörten. Emma war neugierig: Wer war das? James Quinn war inzwischen auch eingetrudelt, eine nicht angezündete Zigarette respektlos zwischen den Lippen. Dabei musste er gerade erst eine ausgemacht haben, ein Rest von Zigarettenrauch umfing ihn wie ein löchriger Chiffonschal. Sie platzierten sich zusammen in die hinterste Reihe der Trauergäste. Emma sah viele schwarze Anzüge mit weißen Beffchen: Jede Menge Fledermäuse der Church of Ireland flatterten hier herum, sie erkannte Reverend Mulligan aus Armagh, der Herr daneben war offenbar der Bischof. Einige alte Damen. Dazwischen eine verblühte Blondine mit verheulten Augen. Pinker Pulli unter dem schwarzen Mantel, Lippenstift etwas zu grell für eine Beerdigung. War das etwa Mary-Anne? Das würde nach der

Zeremonie noch zu ermitteln sein. Die Gorys waren auch da, ein Nicken. Emmas Freundin Laura McDern, die Familienanwältin der Fitzpatricks, war ebenfalls gekommen, aber für einen Schwatz war jetzt keine Zeit.

Als der Bischof seine Predigt begann, stellte Emma auf Durchzug. Ihre Augen folgten den jagenden Möwen und den eilig ziehenden Wolken. Auch das liebte sie an Irland: Alle zehn Minuten änderte sich das Wetter. Nach einer gefühlten Ewigkeit – hatten die nicht schon in der Kirche genug geredet und gebetet? – platzierte sich einer der Sargträger ans offene Grab, der zuvor neben Jeane und ihrer Tochter gestanden hatte. Er stellte sich als Bob Milk vor und war in der Tat Charles Fitzpatricks Schwiegersohn. Offenbar sollte er die Grabrede halten: »Charles hatte einen starken Gemeinsinn. Wo immer er auch gelebt hat, schnell wurde er ein Teil der lokalen Gemeinde. Er hat keine Grenzen gesehen, sondern nur Gelegenheiten, zu anderen Kontakt aufzunehmen ...«

Ja, ja, dachte sich Emma, vor allem wenn diese anderen weiblich waren. Was waren Beerdigungen doch verlogen! Endlich war die Zeremonie vorbei, niemand hatte eine Szene gemacht, niemand sich verdächtig benommen, es war auch keiner aufgetaucht, an dem die anderen irgendwie Anstoß genommen hätten. Jeane hatte über die Blondine in Pink und Schwarz hinweggesehen wie über einen Krümel auf dem Küchentisch. Entweder kannte sie die Frau nicht, oder sie hatte beschlossen, sie nicht zu kennen. Alles war abgelaufen wie eine reguläre Beerdigung nach einem natürlichen Tod. Dabei war der Mann erwürgt worden – aber alle bemühten sich, diese Tatsache zusammen mit der Leiche schnellstmöglich unter die Erde zu bringen. Emma und James gingen auf die tief verschleierte

Jeane zu, um zu kondolieren, und wurden danach sowohl Jane und Bob Milk als auch dem jungen Mann mit der blonden Familie vorgestellt: »Das hier sind Bill Sargent, mein Neffe aus der Schweiz, seine Frau Paula und ihre Tochter Isabelle.«

Nach der Begrüßung und den üblichen Beileidsbekundungen bat Emma Bill, am Nachmittag nach dem Leichenschmaus auf der Wache in der Pearse Road vorbeizukommen.

Als die Trauergemeinde sich auflöste, schickte Emma Quinn der Familie hinterher: »Spitz die Ohren, vielleicht hörst du was Interessantes!«

Sie selbst heftete sich an die Fersen der Blondine, die zum Parkplatz ging. Als Emma zwei Meter hinter ihr angekommen war, ließ sie einen Versuchsballon steigen und rief: »Mary-Anne!« Und tatsächlich, die Frau drehte sich um. Emma sah, dass sie schon wieder weinte. Wenigstens eine, die wirklich um den alten Mann trauerte!, schoss es Emma durch den Kopf. Die Frau blieb unter dem weiten, aschefarbenen Himmel einfach stehen und kramte in ihrer Handtasche nach einem neuen Taschentuch.

»Sie sind Mary-Anne, richtig?«

»Ja, aber lassen Sie mich doch in Ruhe. Sie sehen doch, dass ich in keiner guten Verfassung bin.«

Emma zog ihren Dienstausweis in Form des keltischen Kreuzes mit den Initialen G.S., für Garda Síochána, aus der Tasche und hielt ihn hoch. Die Aufschrift bedeutete so viel wie »Wächter des Friedens« in diesem zutiefst unfriedlichen Irland.

»Mein Name ist Emma Vaughan, Garda. Ich muss mit Ihnen reden.«

»Worum geht es denn?«

Emma war es nicht gewohnt, Fragen gestellt zu bekommen. Sie war es, die die Fragen stellte. Also ersparte sie sich und ihrem Gegenüber die Antwort und kam direkt auf den Punkt:

»Woher kannten Sie Fitzpatrick? Und wann haben Sie ihn zuletzt gesehen?«

»Das ist Ewigkeiten her. Wir waren Jugendfreunde. Vor vielen Jahren war Charles in Ballintra eingesetzt als Reverend, da haben wir uns kennengelernt. Irgendwann ist der Kontakt eingeschlafen.«

»Ach ja. Und warum waren Sie dann am Valentinstag mit ihm in Mullaghmore? Ins Hotelregister haben Sie sich als Mary-Anne Fitzpatrick eingetragen.«

Die Frau, die gerade noch aufrecht gestanden hatte wie eine Tanksäule, sank förmlich in sich zusammen, einen flehenden Ausdruck in den Augen: »Um Gottes willen, wenn das jemand hört! Seien Sie doch nicht so laut.«

Ihr Gesicht hatte einen grau-weißen Ton angenommen, eine Farbe wie Kieselstein.

»Wovor fürchten Sie sich denn plötzlich so?«, fragte Emma.

»Der Skandal, o Gott, der Skandal!«, stöhnte Mary-Anne.

»Na gut, wir müssen nicht hier und jetzt reden, aber Sie müssen die Wahrheit sagen.«

Und nach einer kleinen Denkpause: »Wie heißen Sie eigentlich mit Nachnamen?«

»Kilgallon. Ich heiße Mary-Anne Kilgallon.«

Emma schwante jetzt auch der Hintergrund des Dramas – Kilgallon war ein katholischer Name, und Fitzpatrick ein protestantischer Kirchenmann gewesen. Eine unmögliche Liebe, wie kitschig. Und das in dem Alter! Spöttisch kräuselten sich ihre Lippen. Laut sagte sie:

»Gut, Sie wollen keinen Skandal. Wir können das ganz leise regeln. Kommen Sie doch einfach auf die Wache in der Pearse Road, und dann besprechen wir alles.«

»Nein, nicht auf die Wache! Wenn mich da einer sieht!«

»Dann komme ich eben zu Ihnen.«

»Das ist ja noch schlimmer!«

Nun verlor Emma die Geduld: »Ich ermittle in einem Mordfall. Das heißt, ich arbeite für einen Toten und nicht für die Lebenden. Und daher stehen Ihre Sensibilitäten nicht gerade ganz oben auf meiner Liste.«

Sie hielt Mary-Anne ihren Notizblock und einen Kuli unter die Nase: »Da schreiben Sie mir jetzt Ihre Adresse und Telefonnummer drauf, und dann melde ich mich bei Ihnen. In Zivil und in einem nicht gekennzeichneten Pkw. Mehr kann ich nicht für Sie tun.«

Nach diesem Gespräch wanderte Emma noch ein wenig zwischen den Grabkreuzen herum, um ihre Gedanken zu ordnen. Doch an Ordnung war nicht zu denken, wild schossen die Assoziationen durch ihren Kopf. Darunter ein Artikel, den sie unlängst in der Zeitung gelesen hatte: In Irland könnten Archäologen eines fernen Tages neben alten Knochen haufenweise Mobiltelefone ausgraben. Denn immer mehr Iren legten angeblich verstorbenen Angehörigen und Freunden ihre Handys mit in den Sarg. Das hatte Tradition, seit Jahrhunderten war es üblich, Toten persönliche Gegenstände auf die letzte Reise mitzugeben: Eheringe, einen Fußball, ein goldenes Feuerzeug, eine Flasche Whiskey – und jetzt waren es eben Mobiltelefone. Nicht gerade umweltfreundlich, dachte sich Emma.

Dann musste sie lachen: Was, wenn bei einer Beerdigung plötzlich das Telefon des Verstorbenen klingelte? Die lieben Landsleute würden dann sicher glauben, es wäre ein Engel dran oder gleich der liebe Gott ...

Als sie zum Parkplatz zurückkam, stand James neben ihrem Auto und rauchte. Ems Herz schlug schneller. »Be still my beating heart«, war so ungefähr das einzige Shakespeare-Zitat aus dem Englisch-Unterricht in New York, an das sie sich wirklich erinnern konnte. Wie passend!

»Das war ja nun nicht wirklich erhellend. Dass Charles ein Pfeiler der Gemeinde war, wissen wir ja nun. Die tun alle so, als sei er sanft entschlafen«, riss sie James' Kommentar zu der soeben erlebten Beerdigung aus ihren Gedanken.

»Och, so ganz nutzlos war das nicht«, grinste Emma. »Ich hab Fitzpatricks Liebchen aufgetrieben.«

»Sag bloß. Die Blonde, der du da gerade nachgelaufen bist?«

»Genau. Sie heißt Mary-Anne Kilgallon und stammt aus Ballintra.«

James pfiff durch die Zähne. »Sieh mal an, ein katholisches Liebchen. Wenn das rauskommt, ist der Teufel los.«

»Genau. Und deswegen war sie auch gar nicht glücklich, dass ihr die Garda auf den Zahn fühlen will.«

»Verstehe. Apropos gar nicht glücklich. Mir ist noch was aufgefallen vorhin«, sagte James da. »Hast du Bill Sargents Gesicht gesehen, als Bob Milk bei der Beerdigung über seinen Schwiegervater sprach? Der sah aus, als müsste er Essig trinken.«

»Da geht es um die Immobilie, glaube ich. Bob und Charles' Tochter Jane sind gerade dabei, sich in *The Ma-*

nors häuslich einzurichten. Laut Ian wollte Bill schon früher an das Land – oder zumindest an Teile davon, und es hat einen großen Krach gegeben. Nun reißen sich Charles' Tochter und ihr Mann das alles unter den Nagel. Bill passt das ganz offensichtlich überhaupt nicht. Also noch eine offene Frage, von Mary-Anne mal ganz abgesehen: Ich frage mich, ob das Mordmotiv nicht in *The Manors* zu suchen ist.«

An ihren himmelblauen Peugeot gelehnt, erzählte Emma James von ihrer Landpartie und ihrem Besuch bei Ian.

»Kannst du mal bei einem Makler vorbeigehen und herausfinden, was das Land wohl wert sein könnte?«

»Okay, ich seh dich dann im Büro.«

Als Emma dort ankam, stand Jeane schon vor ihrer Bürotür, in Begleitung von Superintendent Murry. Der trug einen schwarzen Anzug – offensichtlich war auch er beim Gedenkgottesdienst in St. James gewesen, vor dem offenen Grab allerdings hatte er sich gedrückt. Schnell noch neun Löcher Golf eingeschoben? Emma musste bei der Vorstellung von Murry schlägerschwingend im schwarzen Anzug fast lachen, riss sich aber zusammen, als sie Jeanes versteinertes Gesicht unter dem zurückgeschlagenen schwarzen Schleier entdeckte.

»Ah, Mrs Vaughan, gut, dass Sie auch mal kommen!«, begrüßte sie ihr Chef. »Mrs Fitzpatrick hat heute schon einen Schock erlebt.«

Emma war das Chaos rund um ihren Schreibtisch peinlich, aber es blieb ihr nichts anderes übrig, als Jeane in ihr Büro zu bitten. Sie konnte die trauernde Witwe am Tag der Beerdigung ja schlecht in eines der fensterlosen Verhörzimmer setzen, in dem die Stühle fest im Boden verschraubt waren. Sie musste hier wirklich mal aufräumen, am besten, bevor später auch noch Bill Sargent hier auftauchte. Murry zog sich zurück. Jeane stand offenbar wirklich neben sich, denn sie schien das Durcheinander in Emmas Hälfte der Büro-Bude nicht mal zu bemerken. Sie ließ sich in den quietschenden Gästestuhl sinken und begann, in ihrer Handtasche zu kramen.

»Ich habe heute Morgen einen furchtbaren Zettel im Briefkasten gefunden.« Jeane beugte sich vor und reichte ihr einen Umschlag über den Schreibtisch. Emma zog sich ein paar Latexhandschuhe an, die sie in allen Taschen stecken hatte. Berufskrankheit. Der Umschlag war an die »Fitzpatrick-Familie« adressiert, mit der richtigen Adresse in der St. John Street. Britische Briefmarke, abgestempelt in London, am Samstag. Mit spitzen Fingern zog Emma ein weißes Blatt aus dem Umschlag. Darauf stand nur ein Satz, ausgedruckt schwarz auf weiß, in riesigen Buchstaben: »Charles war ein Schwein«. Der Mensch, der das gemacht hatte, musste Sinn für Proportionen haben, war der Satz doch absolut mittig auf der Seite platziert. Laut sagte sie:

»Das ist in London abgeschickt worden. Wer könnte das gewesen sein?«

Emma studierte Jeanes Miene.

Die blieb regungslos: »Ich habe keine Ahnung.«

»Wer hat ein Interesse daran, sich bei Ihnen wichtigzumachen oder Ihnen weh zu tun?«

Aus Jeanes honigfarbenen Augen kullerten plötzlich Tränen. Kopfschüttelnd zog sie die Schultern hoch.

»Ich muss diesen Brief behalten, das ist ein Beweisstück. Der geht sofort in die Kriminaltechnik.« Emma hatte schon den Hörer in der Hand, um Miles Monroe anzurufen.

Jeane ließ sich in den Besucherstuhl zurücksinken und wischte ihre Tränen ab.

»Miles, Emma hier, ich habe ein anonymes Schreiben im Fitzpatrick-Fall. Ich lass dir das rüberbringen – das volle Programm. Fingerabdrücke, DNA vom Umschlag – vielleicht war der Absender ja dumm genug, das Klebeband anzulecken. Auch wüsste ich gerne, wie das gedruckt ist ... Was für ein Printer und so weiter, du weißt schon. Und: Können wir rausfinden, wo genau in London der Umschlag abgestempelt wurde? Und so schnell wie möglich. Bitte.«

»Bei dir muss immer alles so schnell wie möglich über die Bühne flutschen, so als ob ich absichtlich langsam machen würde. Kannst du nicht mal einen neuen Spruch erfinden?«, kam es aus dem Hörer zurück.

»Ach Miles, du hast mich durchschaut!«

Jeane wurde unruhig, und der Besucherstuhl ächzte unter ihrem Gewicht. Das Geräusch schien die Witwe in die Wirklichkeit zurückzuholen. Missbilligend musterte sie Emmas unordentliche Bürohälfte. Dann erhob sie sich, nickte und sagte: »Ich muss zur Trauerfeier, die vermissen mich sicher schon.«

Emma stand ebenfalls auf und sagte: »Vielleicht hilft uns dieses anonyme Schreiben ja weiter, vielen Dank, dass Sie es uns sofort gebracht haben.«

Emma starrte noch nachdenklich vor sich hin, als Paddy Sloan den Kopf zur Tür reinsteckte. »Na, immer noch nichts Konkretes?«

Sein Grinsen zeigte, was er wirklich meinte – und das war ein Spottgesang: »Ene, mene, miste, wer hat nichts auf der Kiste?« Emma konnte ihn förmlich herumtanzen und singen sehen. Sie hätte ihm am liebsten in den Hintern getreten, bis ihr Absatz oben auf seiner Stirn sichtbar würde. Doch leider war das gegen das Gesetz. Und gegen die Dienstanweisung der Garda. Sie gab sich äußerlich gelassen.

»Es gibt eine Art Bekennerschreiben. Na ja, zumindest einen anonymen Brief. Ach ja, kannst du den zu Miles bringen, bitte? Ich warte hier nämlich auf den Neffen des Ermordeten, der soll gleich vorbeikommen für eine Aussage.«

»Na gut, ich schlepp dir das Ding zur Kriminaltechnik, aber glaub ja nicht, dass sie dir wegen so einem Wisch nicht den Fall abnehmen. Lang hast du nicht mehr, dann kommt Dublin ins Spiel!«

Kaum war er aus der Tür, murmelte Emma »Eejit!«, wie die Iren Idiot aussprechen, wenn sie wirklich sauer sind. Emma hatte nichts in der Hand, und wie Paddy das freute! Aber das sagte er natürlich nicht. Die Kriminalpolizei aus Dublin – als ob die immer alles besser wüssten! Emma musste plötzlich an einen alten irischen Spruch denken: Nicht die werden gewinnen, die am stärksten zuschlagen können, sondern jene, die am meisten einstecken können. Der Legende nach stammte der von dem Oberbürgermeister von Cork, Terence MacSwiney, ein nach dem irischen Osteraufstand von 1916 immer wieder verhafteter Republikaner. Er starb 1920 in einem Londoner Gefängnis, in Folge eines Hungerstreiks.

März 2004

Am nächsten Tag meldete sich Catherine krank. Und irgendwie stimmte das ja auch. Nach der Lektüre von Margarets Tagebuch hatte sie sich die ganze Nacht unruhig hin und her geworfen und mit den Dämonen ihrer Vergangenheit gekämpft. Die Badewanne! Immer, wenn sie gerade eingeschlafen war, schreckte sie wieder hoch mit diesem schrecklichen Gefühl, unter Wasser gedrückt zu werden, keine Luft mehr zu bekommen und gleich ersäuft zu werden wie eine Ratte. Eine Hand auf ihrem jungen Bauch, eine in ihrem Gesicht, die sie unter das kalte Wasser drückten. Immer wieder, nur mit kurzen Pausen, die ihr gerade genug Luft zum Überleben ließen. »Das wird dich lehren, nett zu mir zu sein ...«, hörte sie seine Stimme wie aus dem Off.

Nun saß sie ziemlich aufgelöst im Morgenmantel in ihrer Küche, die Hände um einen Becher Tee gefaltet. Doch auch die Wärme konnte die Erinnerung an das kalte Wasser und die Todesangst nicht ganz wegwärmen. Wieder nahm sich Catherine Margarets Tagebücher vor.

»25. Juli 1965. Mutter hat geschrieben, Kaitlin soll zurück nach The Manors *kommen, Ian mit dem Hof helfen. Sie und Papa können ihm nicht mehr viel beistehen, die Arbeit wird in ihrem Alter zu schwer für sie. Dabei ist es offensichtlich, dass Kaitlin nicht nach Irland zurück will. Sie ist ganz weiß geworden, als ich ihr den Brief vorgelesen habe. Sie scheint fast Angst zu haben vor* The Manors *und vor allem vor Charles. Aber der ist doch gar nicht da – der ist doch immer mit seiner Kirche unterwegs! Die ganze Woche schon habe ich vorsichtig versucht, aus ihr herauszukriegen, was eigentlich los ist. Sie hat immer nur geschwiegen, die Lippen zusammengepresst und geweint. Charles muss förmlich gedroht haben, sie abzustechen, wenn sie was von ihrer Schwangerschaft bekanntwerden lässt. Gestern Abend schließlich – Tom war eingeschlafen*

und Josh wie immer im Pub – fing sie endlich an, stockend zu erzählen, aber ich konnte nicht glauben, was ich da zu hören bekam ...«

Nach ein paar weiteren Sätzen wurde Catherine schlecht. Sie rannte aufs Klo, wo ihr der bittere Tee wieder hochkam. Alles schmeckte nach Galle. Noch während sie würgte, fasste sie einen Entschluss. Sie würde sich nun endlich trauen und das Original ihrer Geburtsurkunde beantragen. Schon seit 1975 war es für Adoptivkinder in Großbritannien möglich, auf diesem Weg den Namen ihrer leiblichen Mutter und ihren Geburtsort ausfindig zu machen. Bisher hatte Catherine den Mut dafür nicht aufgebracht. Wenn ihre Mutter sie im Juli 1965 nicht haben wollte – warum sollte sie jetzt ihre Meinung ändern?, hatte sie immer gedacht. Auch hielt sie es für besser, in alten Wunden nicht noch herumzustochern. Pflaster drauf und Schluss, das war ihre Maxime. Dabei zeigte Kaitlins Geschichte doch, dass es auch Babys gab, die durchaus geliebt und erwünscht waren und trotzdem weggegeben wurden. Von Müttern, die ebenso zum Opfer wurden wie ihre Kinder. Dass Margaret sie immer Kaitlin nannte, war vielleicht ein Fingerzeig. Und wenn die Familienähnlichkeit doch nur ein verrückter Streich der Natur war? Egal, sie musste das jetzt genau wissen!

März 2005

Endlich war auch Quinn zurück von der Beerdigung und ließ sich in seinen Bürosessel plumpsen. »Ich bin grad mal bei Roger McCarrick vorbeigefahren, der hat irgendwann in den 1980er Jahren die Immobilienagentur seines Vaters übernommen.«

»Sind das die in der Teeling Street?«

»Yep, genau die. Die gibt's schon seit den 50er Jahren, und ich dachte, die wissen noch am ehesten, was so ein Haus wie *The Manors* wert sein könnte.«

»Und?« Emma richtete sich auf, jetzt wurde es spannend.

»Also, McCarrick hat ein bisschen herumgekramt und sich geziert. Genau könne er das nicht sagen, blabla. Das Haus sei schließlich seit den 1930er Jahren nicht mehr auf dem Markt gewesen. Blabla, du weißt schon. Maklergeschwätz. Aber natürlich kennt der alte Fuchs den Besitz, zumindest von außen, auch wenn er wohl schon länger nicht mehr da war. Er meint, das Haus alleine sei bestimmt eine Million Euro wert. Das Land dazu … Schwer zu schätzen. Aber in Dromore West sei seit ein paar Jahren massiv gebaut worden. Wenn das Land drum herum also auch als Bauland ausgewiesen würde, könnte es sich leicht um ein paar Millionen handeln. In Belfast und Dublin wird schon für deutlich weniger gemordet …«

»Für die falsche Religion zum Beispiel«, sagte Emma kühl.

»Fang nicht schon wieder damit an!«

»Ja, ich weiß schon: Die katholische Kirche findet es unnatürlich, wenn sich zwei Personen desselben Geschlechts lieben, über Wasser zu gehen, ist aber total normal«, frotzelte Emma.

»Tu doch nicht so, als ob eure protestantischen Pfaffen irgendwie entspannter wären …« James verzog das Gesicht.

»Aber zur Sache!«, fuhr Emma fort. »Damit sind wir

wieder bei der IRA. Wie geht's denn deinem lieben Cousin Ronnie? Hat der seine Schusswaffensammlung immer noch schön im Anschlag?«

»Du, wenn du mir so kommst, gehe ich mir jetzt erst mal in Ruhe einen Kaffee holen ...« James grinste und präsentierte seine Grübchen, in die Emma am liebsten mal ihre Zeigefinger legen würde. Was sie sich regelmäßig verkniff.

»Ach komm, spuck es schon aus. Was sagen unsere altgedienten Radikalen denn so über den alten Fitzpatrick?«

»Ich bin gestern ins McHughs, weil ich weiß, dass Ronnie und seine Kumpels da gerne in der oberen Bar herumhängen.« Emma nickte, sie kannte den Laden, einer der populärsten Treffpunkte in der Stadt mit zwei Bars, eine im Erdgeschoss, eine im ersten Stock, rot lackierte Front und goldene Schrift. Der Laden war immer laut, immer voll, dichter Zigarettenqualm, in den Fernsehern lief Gaelic Football – eine seltsame und zutiefst irische Mischung aus Fußball und Rugby, die Emmas Ex Paul liebte, deren Regeln Em aber nie so richtig kapiert hatte.

»Ist das der Laden, vor dem immer ein Schild steht: ›Pubs – Irlands wirksamstes Sonnenschutzmittel‹?«, fragte Emma.

»Du hast's erfasst! Manchmal steht da allerdings auch noch ein anderes Schild: ›Tagessuppe: Whiskey!‹ Kommt drauf an, welche Laune der Barmann gerade hat.«

James begann zu erzählen, und Emma hörte konzentriert zu. James und Ronnie hatten seit Jahren nicht mehr wirklich miteinander geredet. Bei den typisch katholischen Familienfeiern, bei denen die ganze Quinn-Sippe zusammenkam – Weihnachten, Ostern, Taufen, Hochzeiten, Beerdigungen –, hatten sie sich sorgfältig gemieden, was bei der Menge der Cousins in der Regel nicht auffiel. Aber so wie früher, als sie noch dicke Freunde und Saufkumpane waren, war es zwischen ihnen seit ihrem Krach nie mehr geworden. Und der Krach war in der Tat gewaltig gewesen.

»Worüber habt ihr denn so gestritten?«, fragte Emma.

»Das Karfreitagsabkommen.«

Emma erinnerte sich gut. War das doch einer der wichtigsten Meilensteine gewesen, um den Bürgerkrieg im Land endlich zu beenden. Am 10. April 1998 hatten die Regierungen Irlands und Großbritanniens sowie die nordirischen Parteien das Karfreitagsabkommen geschlossen. Dieses legte die Aufhebung des Verfassungsanspruchs der Republik Irland auf das britisch besetzte Nordirland fest. Einer entsprechenden Verfassungsänderung stimmten in einem Referendum 94 Prozent der Wähler in der Republic of Ireland zu. Sogar in Nordirland selber war die Zustimmung mit über 70 Prozent der Stimmen hoch. Darin zeigte sich: Die geistig gesunde Mehrheit der Inselbewohner, egal welcher Couleur, hatte genug von der IRA, den »Troubles« und dem Blutvergießen.

»Ronnie ist damals völlig ausgeflippt«, fuhr James fort. »Der hat sich betrunken, sein Guinness-Glas an die Wand geworfen und herumkrakeelt, dass er diesen Verrat niemals schlucken werde. Und die IRA auch nicht. Und überhaupt! Scheiß Briten raus aus Irland – die gehörten doch alle ins Meer getrieben!«

»Na ja, die Mehrheit wollte damals endlich ihre Ruhe haben«, sagte Emma.

»Genau. So hab ich auch argumentiert. Was für neun von zehn Iren okay ist, muss auch die IRA akzeptieren. Dass ich ruhig geblieben bin und rational argumentiert habe, schien Ronnie jedoch nur noch aggressiver zu machen. Ronnie blieb anderer Meinung. Krieg den Imperialisten – für immer und bis zum letzten Blutstropfen! Em, du kennst die Rhetorik. Doch selbst als sich schließlich auch die IRA und ihre Splittergruppen weitgehend dem Abkommen beugten, konnte sich Ronnie nicht mit mir versöhnen.«

»Das Porzellan zwischen euch beiden war all die Jahre zerschlagen? Das wusste ich ja gar nicht«, sagte Emma.

»Besser gesagt das Guinness-Glas!« James grinste. »Entsprechend mulmig war mir gestern Abend, als ich doch tatsächlich Ronnie bei McHughs rauchend an der Bar stehen sah. Doch es war okay. Ronnie hob grüßend sein Glas, ich schob mich durch den für einen Montagabend überraschend vollen Pub zu ihm rüber. Zur Begrüßung hab ich gesagt: ›Na, willste wieder mal ein Glas gegen die Wand pfeffern?‹

Ronnie musste auch grinsen und hat gesagt: ›Ach komm, du doofer Bulle, nun hab dich mal nicht so kleinlich!‹

Das war ein guter Anfang, und dann haben wir halt herumgeblödelt:

›Ja, das irische Blut – das läuft so lange heiß, bis es wirklich fließt‹, hab ich gesagt.

Darauf er: ›Schwamm drüber. Alter, willst du 'n Bier?‹

Ich hab mir dann ein Smithwicks bestellt, und dann haben wir halt so rumgeflachst«, berichtete James.

Emma konnte sich den Verlauf des Abends gut vorstellen, hatte sie doch genug Zeit mit Iren im Pub verbracht, um zu wissen, wie so was ablief: Die Cousins hatten mehrere Runden Drinks genossen, ausführlich die Beine und Hintern einer Gruppe junger Frauen kommentiert, die vergangenen fünf Jahre Gaelic Football diskutiert und sich über den britischen – und daher protestantischen! – Gatten irgendeiner Cousine oder Schulfreundin ausführlich lustig gemacht, um schließlich mit steigendem Alkoholpegel erneut beste Freunde zu werden.

»Konntest du dann auch mal zur Sache kommen?«, fragte Emma nach.

»Ja, irgendwann schon«, sagte James. »Auch wenn das mit einem dienstlichen Interview nicht mehr viel zu tun hatte. Gegen elf hab ich ihn dann gefragt: ›Sag mal, haste von dem Mord an Fitzpatrick gehört?‹

Darauf Ronnie: ›Yep. Protestantischer Vikar. Einer weniger von denen. Macht nichts.‹

Ich hab dann gesagt: ›Macht schon was, denn ich hab den Fall am Hals. Ich frage mich, ob du was weißt?‹

›Ich? Was hab ich damit zu tun?‹ – Ronnie, das kleine Unschuldslamm ... Du weißt schon.«

Emma nickte. »Und dann?«

»Ich hab Ronnie gesagt, dass es ja kein Geheimnis ist, dass er Republikaner ist und der IRA nahesteht. Und dass ich mich frage, ob er was gehört hat? Ob irgendwas bekanntgeworden ist über Fitzpatrick, das die alten Animositäten der kämpfenden Brigaden wieder erweckt hat?«

James machte eine Pause, rieb sich seinen offenbar schmerzenden Kopf, und Emma sagte: »Du hast ihn also gefragt, ob die IRA oder einer ihrer radikalen Arme Fitzpatrick umgelegt hat?«

»Ja, ziemlich direkt sogar. Aber Ronnie meinte, das sei unwahrscheinlich. Wenn die IRA Fitzpatrick auf dem Kieker gehabt hätte, wäre der schon lange Würmerfutter. Eine ordentliche Salve aus einer Halbautomatik und das Thema Fitzpatrick hätte sich erledigt ~~gehabt~~. Sagt zumindest Ronnie.«

»Fitzpatrick ist aber still und leise erwürgt worden. In seinem eigenen Ohrensessel«, warf Emma ein.

»Genau, das wunderte Ronnie auch: Die IRA erwürgt doch nicht. Brandbomben, ein paar Armalite AR-18, das ja, aber ein Würger? Also wirklich nicht. Er hat mir aber versprochen, dass er sich umhört.«

Emma hatte sich James' Schilderungen nachdenklich angehört.

»Ich bin froh, dass ihr euch versöhnt habt. Zwei Katholikenkinder müssen doch zusammenhalten ...«

»Amen!«, entgegnete James, und Emma spürte wieder einmal, dass sie ihm mit dem, was er ihre »dusselige Religionskritik« nannte, auf den Geist ging.

»Immerhin gut, dass er sich umhören will«, wechselte Emma aufs professionelle Terrain zurück, »ich seh das auch wie Ronnie und glaube nicht mehr ganz an die Nummer mit der IRA. Jeane hat nämlich einen anonymen Brief aus London gekriegt. Ein Bekennerschreiben der IRA jedoch sieht anders aus ...«

Nun war es an Emma, James und seiner halbtoten Büro-Yuccapalme von Jeanes Besuch auf der Wache zu berichten. Da klingelte das Telefon – die Pforte: Hier unten stünde ein Bill Sargent, der mit Mrs Vaughan sprechen wollte.

Kapitel 7

Die Pferdewiese

Einem Impuls folgend, der nicht nur mit dem Durcheinander in ihrem Büro zu tun hatte, führte Emma Bill Sargent nicht in ihr Büro, sondern ins Verhörzimmer. Ein gallegrüner Raum ohne Fenster. Da saß er ihr nun gegenüber, die Hände vor sich auf dem Tisch gefaltet, und ließ die Daumen nervös umeinander kreisen. Quinn hatte es sich auf einem etwas abseits stehenden Stuhl bequem gemacht, ungefähr in gleicher Distanz zu Em und Bill. Die beiden machten das immer so, falls später beim Verhör die »Good cop, bad cop«-Strategie nötig wurde. Es war besser, wenn ein Verdächtiger den Bullen, der hinterher seine nette Vertrauensperson spielen soll, nicht von vornherein an der Seite des harten, aggressiven Beamten wahrnahm. Den meisten Leuten fielen solche Kleinigkeiten nicht auf, aber jeder erfahrene Kriminalpolizist wusste um die Macht des Unbewussten.

»Der Verlust Ihres Onkels tut uns leid«, eröffnete Emma das Gespräch.

Bill nickte nur: »Danke. Was kann ich für Sie tun?«

»Zunächst mal, und nur als reine Formsache, wo waren Sie am vergangenen Freitag?«

»Gehöre ich zu den Verdächtigen?« Bill konnte ein Lächeln nicht unterdrücken. »Ich konnte den alten Sack nicht ausstehen, aber umgebracht habe ich ihn nun wirklich nicht. Das hätte auch gar nicht funktioniert; ich war zu Hause in der Schweiz. Dafür gibt es Zeugen. Wir haben den Geburtstag meiner Tochter Isabella gefeiert, mit Schwiegermutter und einigen Freundinnen meiner Tochter. Ich hab den Kindern den Kuchen aufgeschnitten. Meine Frau ist berufstätig, und ich erledige den Löwenanteil des Haushalts. Ich bin Künstler und arbeite zu Hause.«

»Vielen Dank, wir werden das überprüfen. Wenn Sie uns nachher vielleicht die Telefonnummer Ihrer Schwiegermutter geben, sollte das alles schnell erledigt sein.«

»Nun, dann kann ich ja jetzt gehen. Dennoch macht Ihre Frage mich neugierig: Warum sollte ich Charles umbringen wollen?«

»Ganz einfach. Ihre Blicke in Richtung Jane und Bob Milk auf der Beerdigung sprachen Bände. Dass die beiden nach *The Manors* ziehen, passt Ihnen ganz offensichtlich nicht. Das Anwesen ist ja auch Millionen wert. Ihr Onkel Ian hat uns auch erzählt, dass Sie früher schon versucht haben, einen Teil des Landes an sich zu bringen. Und da wird die Garda doch neugierig. Das müssen Sie verstehen.«

»Aber was hat das mit Charles zu tun? Den Titel aufs Land hält doch Ian. Und mit dem habe ich mich auch gestritten, nicht mit Charles. Und Ian ist so lebendig wie Sie und ich.«

»Richtig. Aber Charles war Ians Vertrauter und offenbar der Einzige, mit dem Ian wirklich klargekommen ist. Charles hat zweifellos hart daran gearbeitet, das Land für seine Tochter zu sichern und die Kinder seiner Geschwister, also Sie und Ihren Bruder, aufs Abstellgleis zu schieben. Ohne Charles' Einfluss wäre das Spiel wieder offen gewesen. Tun Sie doch nicht so, als ob Sie das nicht wüssten, Bill.«

»Ganz so einfach ist es nicht. Mein Onkel Ian hat vor vielen Jahren meiner Mutter Margaret die Pferdewiese des Anwesens versprochen. Das ist ein großes Gelände direkt neben dem Herrenhaus. Nach dem frühen Tod meiner Tante Kaitlin sollte meine Mutter aus England zurückkommen, auf die Farm ziehen und Ian bei der Pflege der alten Eltern helfen. Ian ist nämlich ein Chaot, völlig unorganisiert und kann kaum ein hartes Ei kochen. Meine Mutter hat sich damals tatsächlich früher pensionieren lassen und ist für ein paar Jahre zurück nach Irland gegangen, hat sich aber von ihrem Bruder nichts Schriftliches geben lassen. Als ihre Eltern dann schließlich gestorben waren, konnte sich Ian nicht mehr an das Versprechen von der Pferdewiese erinnern.«

»Und deswegen haben Sie mit Ian gestritten?«

»Ja, und nicht nur deshalb. Ein Teil des Landes gehört meiner Mutter Margaret und ihren Nachkommen. Also mir und meinem Bruder Thomas. Und es stimmt schon, Charles würde uns gerne auf Abstand halten, damit alles an seine Kinder fällt. Ian und Kaitlin haben ja beide keine Erben.«

»Können Sie sich vorstellen, warum Charles kurz vor seinem Tod die Familienanwältin aufgesucht und sich nach dem irischen Erbrecht erkundigt hat?«

»Laura McDern? Davon weiß ich nichts. Ich bin mir nur ziemlich sicher, dass Charles Ian bearbeitet hat, ein Testament zugunsten seiner eigenen Brut aufzusetzen. Wohl mit dem Argument, dass Jane dann in der Nähe leben und sich um Ian kümmern würde.«

»Charles' zweite Tochter, Ihre Cousine Alice, lebt in Australien, richtig?«

»Ja, in Brisbane. Genau wie mein Bruder Tom übrigens,

der ist in Sydney. Und ich bin in der Schweiz. Jane ist tatsächlich die Einzige aus der nächsten Generation, die in der Nähe lebt.«

»Sie haben vorher gesagt, dass Sie Charles nicht ausstehen konnten? Irgendwelche konkreten Gründe für diese Abneigung?« Emma wollte es jetzt genau wissen.

»Charles war ein selbstgerechtes, heuchlerisches Arschloch. Sein Image war ihm immer wichtiger als das Wohlergehen der Menschen um ihn herum. Seinen armen Sohn Ron zum Beispiel hat er behandelt wie einen Vollidioten.«

»Ron ist inzwischen an einem Hirntumor gestorben. Stimmt das?«

»Ja. Das ist schon einige Jahre her. Und heute redet Charles von ihm, als sei er Gottes Gabe an die Menschheit gewesen und sein über alles geliebter Sohn. Redete, vielmehr«, korrigierte sich Bill. »Reden kann er ja nicht mehr, der verdammte Heuchler. Als Ron noch lebte, hat er ihn kaum angeguckt.«

»Ist das alles?«, fragte Emma nach. »Oder gibt es noch weitere Gründe, warum Sie Ihren Onkel nicht mochten?«

»Er hat Ian überredet, diese Scheußlichkeit von Haus im Dorf neben die Tankstelle zu bauen und dahin zu ziehen, natürlich mit dem Argument, dass er im Dorf weniger einsam und näher bei den Menschen sei und beim Supermarkt. Tatsächlich hat Charles das meiner Ansicht nach gemacht, damit der Weg frei wird für Jane und ihren Mann. Ian ist ein schwieriger Mensch und nicht der schlaueste Keks in der Dose, aber das hat er nicht verdient. Er hat sein ganzes Leben auf *The Manors* verbracht, und jetzt sitzt er auf dem Hof von Texaco. Jane macht sich derweil im Herrenhaus auf ihrem dicken Hintern breit, und wir, Margarets Erben, gucken in die Röhre. Das ist alles einfach nicht fair.«

»Wissen Sie denn, wie Ians Testament nun letztlich aussieht?«

»Ich glaub, das weiß keiner so genau, nicht mal Ian selber.«

Als Bill Sargent durch die Tür war, blieben Emma und James noch ein bisschen sitzen.

»Viel schlauer sind wir immer noch nicht«, meinte James.

»Nein. Aber Bill war es nicht, das sagt mir mein Gespür.«

»Und jetzt?«, wollte James wissen.

»Kannst du Deutsch? Oder Französisch?«

»Nö, wieso das denn?«

»Weil du jetzt in der Schweiz anrufst, um Sargents Alibi zu überprüfen, und die reden da Deutsch oder Französisch, glaub ich. Und ich gehe zu Murry und berichte.«

»Ach was, heutzutage können alle ein bisschen Englisch. Auch in der Schweiz. Was wirst du Murry sagen?«

»Na, was wir heute gelernt haben. Wenn ich das richtig interpretiere, was Ian mir gestern bei meinem Besuch in Dromore West erzählt hat, bedeutet ein zu gleichen Teilen vererbtes *The Manors* aus Ians Sicht Verkauf und Verlust des Landes. Schlimmstenfalls an so einen ärgerlichen Katholiken-Kopf wie dich. Testamentarisch nur einen zu bevorzugen, hieße aber auch, dass Ian sich für den Rest seines Lebens mit dem Streit darum in der Familie auseinandersetzen und sich nach allen Seiten rechtfertigen muss. Also tut er gar nichts, und dass Charles aktiv wurde, um den Besitz für seine Tochter Jane zu retten, war ihm daher nur recht. Dass der Schreibtisch in Fitzpatrick House durchwühlt war, könnte darauf hindeuten, dass der Mörder nach schriftlichen Indizien gesucht hat, an wen das Land nun letztlich gehen soll. Deswegen werde ich heute Abend mal dem anderen Sargent auf den Zahn fühlen, diesem Tom in Sydney. Wenn der allerdings Australien nicht verlassen und auch ein Alibi hat, sind wir wieder bei null.«

James griff zum Hörer und sagte: »Oui, Madame, ich geh dann mal bei Bills Schwiegermama anrufen.«

»Ach, und wenn du schon am Telefon sitzt, ruf Jeane an, lass dir die Nummer ihrer Tochter Alice bei den Kängurus geben, und frag die heute Abend, wenn es in Australien nicht mehr Nacht ist, wo sie sich eigentlich rumgetrieben hat am vergangenen Freitag. Aber pass auf, die Zeitverschiebung beträgt neun oder zehn Stunden, nicht dass du mir die Leute aus dem Bett klingelst.«

März 2004

»Kaitlin, Kaitlin!« Catherine hörte Margaret schon von weitem rufen. Sie musste die Tür zu Margarets Zimmer mit der Hüfte aufstoßen, weil sie das Tablett mit Margarets Tee und ein paar von ihren geliebten Keksen in den Händen hielt.

»Hallo, Margaret, wie geht es Ihnen? Schönes Wetter heute, es wird wohl endlich Frühling.«

»Kaitlin, Kaitlin!«

»Margaret, ich bin nicht Kaitlin, ich bin Catherine. Aber vielleicht können wir ein bisschen über Kaitlin reden?«

»Kaitlin!«

»Erinnern Sie sich an zu Hause? An Kaitlin?«

»Mami ... und Kaitlin.«

»Ja, Ihre Mutter war auch zu Hause. Und Sie auch, als Mädchen. Und Kaitlin. Und wer noch?«

»Charles.« Pause. »Charles war ein Schwein!«

»Wer ist Charles? War der auch da?«

»Schwein, Schwein, Schwein.«

»Wo war das, Margaret? In Ihren Unterlagen steht, Sie sind in Irland geboren. Im County Sligo?« Catherine musste ihre Ungeduld mühsam bezähmen. Am liebsten hätte sie die alte Frau geschüttelt, doch die war schon wieder ganz abwesend und deklamierte:

»*I will arise and go now to Innesfree!*«

»Ja, Margaret, das ist Yeats. Der hat Sligo auch geliebt. Erinnern Sie sich an Irland?«

»Kaitlin. Mami. *The Manors.*«

»*The Manors?* Ist das der Ort in Irland, wo Sie herkommen?«

»Charles. Schwein.« Margaret presste die Lippen zusammen.

»Wer ist Charles, Margaret, wer?«

Aber Margaret war offensichtlich müde und summte nur noch vor sich hin.

März 2005

Die Dubliner gingen Emma nicht mehr aus dem Kopf. Wenn sie ihr tatsächlich die Kollegen aus der Hauptstadt auf den Hals jagten, würde sie die Contenance verlieren. Ihr Rücken tobte, und sie sehnte sich nach dem chemischen Wattekissen zwischen sich und der Welt, das ihr nur die Schmerzmittel geben konnten. Sie stand in ihrer Küche und packte das vom Inder mitgebrachte Abendessen auf Teller. Hoffentlich kam Stevie bald nach Hause! Sie war nicht ganz bei der Sache und löffelte das Dhal versehentlich neben den Teller. Ihr Kopf war im Büro geblieben.

Murry war bei ihrem Lagebericht nicht gerade hilfreich gewesen. Tatsächlich hatte sie ihn im Verdacht, dass es ihm ganz recht wäre, die leidige Fitzpatrick-Geschichte an die Kollegen aus dem Präsidium in Dublin abzugeben. Dann könnte er sich in Ruhe seinem Whiskey, den Kötern und Golfschlägern widmen. Aber Emma wollte nicht aufgeben. Wenn sie doch nur endlich das fehlende Puzzlestück finden könnte, das aus lauter Verdachtsmomenten endlich ein klares Bild ergeben würde! Ein Schlüssel drehte sich in der Tür – da war der Junge ja! Sie hörte die typischen Geräusche. Ein dicker Plumps – die Schultasche fiel auf die Erde – und zwei kleinere Plumps – das waren die Turnschuhe. Dann stand er in der Küche.

»Indisch? Schon wieder?«

»Dir auch einen guten Abend, lieber Sohn! Ja, ich hab mal wieder keine Zeit zum Einkaufen gehabt. Ich hab immer noch diesen Fitzpatrick-Fall am Hals und jetzt vermutlich auch noch die Kollegen aus Dublin, denen es mal wieder nicht schnell genug gehen kann.«

»Und ich hab 'ne Fünf in Mathe.«

»Oh, Scheiße.« Emma stellte die Teller mit Reis, Dhal und Curry auf den Küchentisch. »Iss erst mal.« Sie wollte Zeit gewinnen. Sollte sie ihm Vorhaltungen machen? Sich nach diesem Mädchen erkundigen, das neulich bei ihm im Zimmer gewesen war. Wie hieß die noch gleich? Sophie? Ihm sagen, er sollte sich lieber um seine Hausaufgaben kümmern als ums andere Geschlecht? Sie beschloss: Nichts von alledem, das gibt nur Krach. Laut sagte sie:

»Na dann erzähl mal aus deinem Leben und von der Fünf in Mathe.«

»Ach, der Miller ist einfach ein saudoofer Lehrer. Bei dem kapiert keiner was. Der kann nicht erklären, und er nuschelt. Und spuckt beim Reden. Die in der ersten Reihe müssen in Deckung gehen, wenn der ihnen zu nahe kommt.«

»Kommt Sophie denn mit dem klar?«, gab Emma mal einen Schuss ins Leere ab. Vielleicht ging das Mädel ja wirklich in die gleiche Klasse wie Stevie.

»Wie kommst du denn jetzt auf Sophie?«

»War die nicht neulich bei dir im Zimmer? Die geht doch mit dir in die Schule, oder?«

»Parallelklasse. Der bleibt der Miller erspart. Aber Sophie kommt mit allen klar, die ist echt cool.« Ihr Sohn wurde rot, und Emma zog es vor, es nicht zu bemerken.

»Ist sie gut in Mathe? Vielleicht kann sie dir den Stoff erklären? Wenn ihr im gleichen Jahr seid, nimmt sie doch die gleichen Themen durch, wenn auch bei einem anderen Lehrer.«

»Ich kann sie ja mal fragen.«

»Hübsch ist sie jedenfalls.« Stevie schwieg zu dieser Bemerkung seiner Mutter und beugte sich über seinen Teller.

Emma wechselte die Strategie: »Oder brauchst du Nachhilfe? Ich kann ja mal bei deinem Vater nachfragen, ob er sich an den Kosten beteiligen würde?«

Phhh, das war noch mal gutgegangen, dachte sich Emma, als Stevie in sein Zimmer verschwunden war. »Muss noch lernen«, war sein einziger Kommentar gewesen. Ein Abend mit einem Teenager ohne Streit – was für ein Erfolg! Aber irgendwas musste ja auch mal klappen, nach dem Mist im Büro. Emma stellte die Reste des Abendessens in den Kühlschrank, die Teller in die Spülmaschine und nahm sich das Telefon. Inzwischen war es in Australien schon Mittwochmorgen, und sie wollte doch versuchen, Bills Bruder Tom Sargent in Sydney zu erreichen. Die Nummer war leicht rauszukriegen gewesen, der Mann hatte eine Softwarefirma gegründet, die Nummer war übers Internet leicht zu erfahren.

Freizeichen, es klingelte am anderen Ende der Welt. Emma hatte bis heute nicht recht begriffen, wie es technisch funktionieren konnte, mit jemandem zu telefonieren, der über 17 000 Kilometer weit weg war. Der australische Akzent der Sekretärin war lustig. Sie ging am Ende jedes Satzes mit der Stimme hoch, so als wollte sie eine Frage stellen und nicht etwa eine Feststellung machen.

»Ich stelle Sie durch? Der Chef ist schon da? Dauert keine Minute?«

Dann war Tom Sargent am Telefon, und der nun wieder klang ganz englisch, so wie sein Bruder. Überhaupt waren die Stimmen der beiden fast identisch. Emma kam sich vor, als würde sie schon wieder mit Bill Sargent reden. Der hatte auch schon angerufen, um seinen Bruder zu warnen, wie Tom ihr fröhlich erklärte:

»Tag, Mrs Vaughan. Bin schon im Bilde. Bill hat sich gemeldet. Offenbar sind wir alle des Mordes verdächtig. Ich bin übrigens Experte im Fernmorden, leider reichen meine Fähigkeiten aber nur 10 000 Kilometer weit. Hätte Charles also in Hongkong oder Singapur erwischen müssen, bis Sligo reichen meine magischen Kräfte nicht ...«

Herrje, schon wieder so ein Witzbold. Das schien bei denen eine Familienkrankheit zu sein. Doch sie musste ruhig bleiben. Also holte Emma tief Luft und sagte:

»Guten Tag, Tom. Sie haben es also schon gehört und haben offenbar ein Alibi, das war doch der Hintergrund Ihres Witzes, oder nicht?«

»Aber Sie lachen ja gar nicht.«

Emma konnte den Mann am anderen Ende förmlich lächeln sehen, und irgendwie war er ihr auch sympathisch, trotz des betont englischen Zungenschlags.

»Nun ja, Ihr Onkel ist ermordet worden, und ich finde das nur beschränkt amüsant. Muss eine Berufskrankheit sein.« Schweigen in der Leitung.

»Es tut mir leid. Sie haben ja völlig recht. Kein Anlass für Scherze. Und ja, ich habe ein Alibi, ich habe Sydney in den vergangenen 14 Tagen nicht verlassen. Wir haben hier einen Software-Relaunch in der Firma, und mir raucht der Kopf! Sie können gerne meine Sekretärin fragen und auch den Rest des Betriebs. Ich war hier im Büro, wie jeden Tag zurzeit, rund 16 Stunden am Tag.«

»Können Sie sich vorstellen, wer Ihrem Onkel was Böses wollte?«

»Charles konnte charmant sein, aber aus der Nähe betrachtet war er einfach nur ein aufgeblasenes Kerlchen, das alles und jeden benutzt hat, um seine eigenen Ziele zu verfolgen. Aber ihn dafür gleich umbringen? Das glaube ich nicht.«

»Welche Ziele?«

»Na ja, zuletzt ging es darum, Ian aus dem Haus zu kriegen und seine Brut in *The Manors* zu installieren. Aber das wissen Sie ja schon, das sagte mir zumindest Bill.«

»Ja, das weiß ich. Könnten Sie sich vorstellen, dass dieser Griff nach dem Land jemanden zu einem Mord veranlasst hat?«

»Außer Bill und mir und vielleicht noch Cousine Alice in Brisbane, Janes Schwester, Sie wissen schon!, hat dadurch ja keiner was zu verlieren. Und von uns dreien war keiner auch nur in Charles' Nähe.«

»Aber irgendjemand hat ihn umgebracht.«

»Die einzige Person, die Charles wirklich gehasst hat, war meine Tante Kaitlin. Verstanden habe ich das nie, denn Aunty Kaitlin war die Liebe selbst. Diese Abneigung gegen ihren Bruder stand ihrer sonst so fröhlichen und liebevollen Art diametral entgegen. Wir haben als Kinder jeden Sommer in Irland verbracht – Kaitlin war wie eine zweite Mutter für mich.«

»Kaitlin, die unverheiratete Schwester Ihrer Mutter.«

»Genau, die Schwester meiner Mutter, und von Charles und Ian.«

»Wissen Sie, warum die so sauer auf Charles war?«

»Nein. Ich war wohl noch zu jung, um solche Fragen zu stellen. Und dann ist Kaitlin ja auch so früh gestorben. Irgendwie gab es für solche Fragen dann keine Gelegenheit mehr ...«

Kapitel 8

Noch ein Brief

März 2004

Catherine drehte nervös ihre Papierserviette zusammen, und wenn sie aussah wie ein kurzes, dickes Seil, drehte sie sie wieder auseinander. Dann wiederholte sie die Prozedur. Hin und her, hin und her. Ihr gegenüber saß Sue Ramsey, ihre alte Sozialarbeiterin, die sich um sie gekümmert hatte, als sie noch ein junges Mädchen war. Deren abgearbeiteten, blau geäderten Hände lagen ruhig in ihrem Schoß. Gestern Abend hatte Catherine sie noch spät angerufen und sie um ein Treffen in diesem Café gebeten, es war nicht weit von Oak Gardens entfernt und herrlich altmodisch. Ein typisch britischer Tea Room: jede erdenkliche Oberfläche war mit Rosen verziert – Tischdecken, Servietten, Vorhänge, Tapeten. Nicht alle Rottöne passten zusammen, und das Dekor stammte ganz offensichtlich auch aus verschiedenen Jahrzehnten, am ältesten schien die Tapete zu sein. Aber das Blütenchaos, das eigentlich geschmacklos hätte sein müssen, wirkte insgesamt gemütlich und einladend. Doch die beiden Frauen hatten keinen Gedanken übrig für das Für und Wider britischer Dekorationsexzesse. Sie hatten in ebenfalls typisch englischer Manier nach der Begrüßung erst einmal über das fürchterliche Wetter in Manchester gesprochen und über die

Premier League. Sue liebte Fußball und vor allem »ManU«, wie sie Manchester United liebevoll nannte. Doch dieses Jahr schien, sehr zu Sues Verdruss, Chelsea die Nase vorn zu haben. Catherine fand es immer wieder seltsam, eine sorgfältig frisierte, dünne, schon nicht mehr ganz junge Dame im Spitzenkragen von einem kommenden Fußballstar namens Wayne Rooney schwärmen zu hören. Bei all dem Gerede über Sport war ihr jedoch entgangen, wie genau die erfahrene Lady sie beobachtete:

»Nun, liebes Kind, du wolltest sicher nicht über ManU reden, als du mich gestern Abend um dieses Treffen gebeten hast. Was ist eigentlich los? Und lass mal die arme Serviette in Ruhe, die ist ja schon ganz zerfleddert.«

»Ich bin so weit«, sagte Catherine, »ich will es endlich wissen«, und drehte weiter die Serviette hin und her.

»Moment mal, nicht so schnell. Was willst du endlich wissen?«

»Wer meine Mutter ist. Wo ich geboren bin. Das alles.« Catherine begann zu weinen. Nun musste die zerknüllte Serviette auch noch als Taschentuch dienen.

»Aber Liebes, das ist doch kein Grund zum Weinen. Ich rate dir seit Jahren, dich auf die Suche nach deinen Wurzeln zu machen. Ich bin schon lange der Meinung, dass du nur vorankommen kannst in deinem Leben, wenn du die Vergangenheit gründlich ausgeleuchtet und abgeklopft hast. Ohne Vergangenheit keine Zukunft.« Dabei nahm Sue mütterlich Catherines Hand.

»Ja, aber ich hab solche Angst. Was werde ich da nur herausfinden?« Die alte Dame war unbeeindruckt.

»Schlimmer als das, was du hinter dir hast, kann es nicht mehr werden. Beantrage deine Geburts- und Adoptionspapiere, dann sehen wir weiter!«

März 2005

Emma steht am Rand des Baseball-Felds in ihrer New Yorker Nachbarschaft, die Hände in den Zaun gekrallt, und guckt zu, wie die Jungs sich elegant um den Ball schlagen. Aus den ungelenken, pickeligen Kerlen, die sie aus der Schule kennt, werden auf dem Spielfeld wendige, schnelle Leoparden. Billy dreht sich zu ihr um, in seinem schwarzen Gesicht leuchten weiß die Zähne. Emma mag Billy und versucht nun, den Zaun hochzuklettern, um auch auf das Feld zu kommen. Doch ihr linkes Bein ist wie in Blei gegossen. Als sie an sich herunterblickt, hängt da ein kleines Kind an ihrer Jeans und blickt bittend zu ihr hoch. Emma kann das Baby nicht abschütteln, ohne ihm weh zu tun.

Dann wechseln die Traumsequenzen, wilde Szenarien drehen sich um Emma herum, doch noch immer kann sie sich nicht bewegen, weil dieses Kleinkind an ihr hängt wie ein Anker.

Im Traum sucht Emma nach der Quelle des lauten Geheuls. Sie geht die Stufen zur Wohnung ihrer Eltern im Sozialwohnungsblock im New Yorker Eastend hoch, und als sie oben ankommt, liegt da Paul und schnarcht. Doch das Geheul geht weiter, auch als Paul endlich aufsteht. In der Ecke liegt ein Baby und weint jämmerlich. Emma hebt es hoch und versucht, es zu trösten, aber es weint weiter, weil es keine Luft kriegt.

Plötzlich erwachte Emma mit rasendem Puls. Nur dieses nervende Geräusch aus ihrem Traum schien nicht aufhören zu wollen. Der Wecker! Es war nur der Wecker. Mittwochmorgen, halb sieben – Emma hatte ihn selbst gestellt, wollte sie doch früh aufstehen und nach Ballintra fahren, um mit Fitzgeralds Schätzchen Mary-Anne Kilgallon zu reden, bevor die das Haus verließ, um zur Arbeit zu fahren, oder wohin normale Leute sonst so fuhren, die keine Mordermittlungen am Hals hatten.

Stevie kriegte den üblichen Zettel und 20 Euro hingelegt, und Emma machte sich mit einer Thermoskanne Tee und ihren Schmerztabletten bewaffnet auf den Weg nach Norden. Ballintra lag im Süden des County Donegal, an der N15, noch etwas nördlich von Ballyshannon.

Unterwegs wunderte sich Emma mal wieder über die Eigenart der irischen Landbevölkerung, die Fahrer entgegenkommender Autos kurz mit zwei vom Lenkrad abgehobenen Fingern zu grüßen – auch wenn man sich gar nicht kannte. Touristen, die das nicht gewohnt waren, mussten ja denken, dass man sie mit irgendeinem Rockstar verwechselte, weil ihnen alle zuwinkten ... Vermutlich war die Geste jedoch nur ein Überbleibsel aus der Zeit, in der Autos in Irland noch eine Seltenheit waren.

Emma war ewig nicht in Ballintra gewesen, und unterwegs fiel ihr auf, wie viele Farmhäuser heutzutage leer standen. Wie viele Pubs nur noch blinde Fenster hatten. Wie viele Trecker offenbar nur noch vor sich hin rosteten. Das bäuerliche Irland profitierte ganz offensichtlich wenig vom Boom des keltischen Tigers, von dem in den Dubliner Zeitungen so häufig die Rede war. Hier draußen gab es bestenfalls ein krankes Kätzchen, von Tiger keine Spur.

Es hatte zu nieseln begonnen, als Emma endlich die Adresse von Mary-Anne gefunden hatte. Ein kleines Haus mit einer leuchtend blau gestrichenen Tür und ein paar Kletterrosen daneben, die mannhaft gegen das harte Klima ankämpften. Wer gewinnen würde, war allerdings auch schon klar. Emma klopfte.

Dann stand Mary-Anne in der Tür. Sie hatte ganz offensichtlich eine schlechte Nacht verbracht, denn sie sah noch müder aus als am Vortag auf dem Friedhof.

»Sie?«, hauchte sie zur Begrüßung.

»Ihnen auch einen guten Morgen.« Emma war ungerührt.

Da erschien im Hintergrund eine breitschultrige Frau um die vierzig in einem blauen Overall, mit raspelkurzem Haar und einem Nasenpiercing. Ihr Blick war misstrauisch. Sie rief: »Mary-Anne? Alles okay bei dir?«

Emma zückte ihre Dienstmarke und hielt sie so hoch, dass auch die Dame im Hintergrund sie sehen konnte.

»Guten Morgen, mein Name ist Emma Vaughan, Garda. In der Gegend hier sind in letzter Zeit einige Autodiebstähle gemeldet worden, und wir fragen gerade in der Nachbarschaft herum, ob Ihnen etwas aufgefallen ist?«

Mary-Anne stammelte nur:

»Nein. Uns ist nichts aufgefallen. Oder dir etwa, Isla?«

»Mir auch nicht«, antwortete Isla, das Mannweib im Overall. »Aber ich muss jetzt sowieso in die Werkstatt, ich bin spät dran.« Damit schob sie sich in den Vordergrund, gab Mary-Anne einen betont langen Kuss und warf Emma einen provozierenden Blick zu. Der Gedanke dahinter war nicht schwer zu erraten: Jawohl, wir sind lesbisch und ein Paar, und wage es nicht, dazu was zu sagen!

Emma lächelte nur: »Schönen Tag dann noch, Isla!« Dann blieb sie seelenruhig in der offenen Tür stehen und sah ihr zu, wie sie in ihren dunkelblauen Astra stieg, wendete und davonfuhr.

Dann guckte sie Mary-Anne ins Gesicht und sagte: »Okay, ich hab's kapiert. Sie leben als Katholikin in einer lesbischen Beziehung mit einer deutlich jüngeren Frau.

Und Sie hatten eine Affäre mit einem verheirateten protestantischen Vikar. Und jetzt haben Sie Angst, dass Ihnen das alles um die Ohren fliegt.«

Statt einer Antwort fing Mary-Anne an zu weinen. Schon wieder Tränen, dachte Emma. Lesbisch oder hetero, es gibt einfach zu viele Frauen, die sich hinter Geheul zurückziehen, wenn ihnen nichts Besseres einfällt.

»Sie haben ja keine Ahnung, wie eifersüchtig Isla ist«, schluchzte es hinter vorgehaltenen Händen.

Die gleiche Story wie unter Heteros: Eifersucht, Misstrauen, Beziehungsknatsch gab es offenbar hüben wie drüben.

»Und außerdem ist Isla tief katholisch. Wenn die das mit Charles erfährt ...« Mary-Annes Tränen kullerten nur so über ihre Wangen.

»Ja, ich weiß schon, die katholische Kirche findet es völlig normal, dass Jesus übers Wasser ging, aber dass zwei Frauen sich lieben, findet sie seltsam«, brachte Emma ihr Standardargument an. »Also, mir ist es völlig egal, mit wem Sie ins Bett gehen und was die Pfaffen dazu sagen, ich will nur eins wissen: Haben Sie Charles Fitzpatrick umgebracht?«

Mary-Anne heulte auf: »Ich könnte keiner Fliege was zuleide tun, am wenigsten Charles.«

»Mary, es nieselt. Es ist nass und kalt. Wollen wir nicht endlich reingehen und uns in Ruhe unterhalten?«

Emma folgte Mary-Anne in die Wohnküche, wo sie den Kessel aufsetzte für den unvermeidlichen Tee. Emma ließ sich am Küchentisch nieder.

»Also, jetzt mal von vorne. Woher kannten Sie Fitzpatrick?«

»Charles war als ganz junger Mann hier in Ballintra in

der protestantischen Gemeinde eingesetzt, gleich nach seiner Ordination. Er sah gut aus und war charmant. Hat alle bezaubert, auch weil er so gut Rugby spielen konnte. Der lokale Club ist mit ihm richtig aufgeblüht.«

»Und Sie sind mit ihm auch erblüht?«

Ein Lächeln zuckte über Mary-Annes verheultes Gesicht, und Emma bekam plötzlich eine Ahnung davon, wie hübsch sie einmal gewesen sein musste.

»Ja, so kann man das sagen. Wir wurden ein Paar, aber nicht offiziell natürlich. Nur heimlich. Offen ging das ja nicht, er protestantisch, ich katholisch.«

»Wann war das ungefähr?«

»1959. Bis er dann diese protestantische Kuh getroffen hat, diese Tante aus Belfast. Die hat er dann auch prompt geheiratet.«

Sei bloß froh, dass dir dieser Serienbetrüger erspart geblieben ist, dachte sich Emma. Laut sagte sie: »Und wann sind Sie sich wieder begegnet?«

»Vor einem Jahr bin ich ihm in Sligo in die Arme gelaufen. Ich war zum Einkaufen dort, und er ging spazieren. Ich hab ihn gleich wiedererkannt ...« Mary-Anne fing schon wieder an zu weinen.

»Und dann haben Sie sich regelmäßig auf halbem Weg in Ihrem Liebesnest in Mullaghmore getroffen?«

»So wie Sie es sagen, klingt das so schmutzig. Dabei haben wir doch nur unsere Jugend nachgeholt! Und das auch nur ganz selten. Immer nur, wenn Isla arbeiten musste oder auf Fortbildung war.«

»Und weil er sich nicht von seiner protestantischen Frau trennen wollte, um noch mehr Jugend nachzuholen, haben Sie ihn schließlich umgebracht. Und fangen Sie nicht schon wieder an zu heulen, die Nummer zieht bei mir nicht.«

»Nun seien Sie doch nicht so grob! Das ist völlig unnötig«, entgegnete Mary-Anne indigniert. »Ich hab ihn nicht umgebracht, und ich wollte auch gar nicht, dass er sich von seiner Frau trennt. Ich liebe Isla. Es war nur so aufregend, mal wieder so zu tun, als sei ich noch 17 Jahre alt!«

»Wusste Isla von Ihrer Beziehung mit Charles?«

»Nein, die wäre durchgedreht, wenn sie das rausgekriegt hätte. Im Gegensatz zu mir lebt Isla schon ihr ganzes Leben lang lesbisch. Wenn die merken würde, dass ich mit einem Kerl …«

»Durchgedreht genug, um Charles zu beseitigen?«, fiel ihr Emma ins Wort. »Vielleicht wusste sie es ja doch und hat das Problem auf ihre Art behoben?«

Mary-Anne starrte Emma ungläubig an: »So etwas würde Isla nie machen. Sie wirkt ein bisschen rau als Automechanikerin und so, aber dahinter steckt eine ganz zarte Seele.«

Emma schwieg. Schweigen war den meisten Menschen so unangenehm, dass sie zu reden begannen und dabei versehentlich die Gedanken ausplauderten, die sie eigentlich am stärksten verbergen wollten. Mary-Anne wurde in der Tat unsicher.

»Wann genau ist Charles denn erschlagen worden?«

»Erdrosselt«, entgegnete Emma. »Er ist erdrosselt worden. Vergangenen Freitag, so zwischen sechs und neun Uhr abends ungefähr.«

Die Erleichterung war Mary-Anne förmlich anzusehen. »Aber da waren wir doch in Belfast!

Wir sind schon mittags losgefahren. Wir treffen uns einmal im Monat mit unseren Freundinnen zum Tanzen im Kremlin in Belfast.«

»Im Kreml? Der ist doch in Moskau.«

»Das Kremlin ist ein schwuler Pub in Belfast. In der Donegal Street. Vergangenen Freitag waren Isla und ich dort.«

Emma guckte ungläubig. Diese Frau Anfang 60, die aussah wie ein Herbstapfel im Frühling, ging freitags in einem schwulen Club in Belfast zum Tanzen? Man konnte einfach niemandem in den Kopf schauen. Aber sie fing sich schnell wieder: »Sie haben also beide ein Alibi. Kann die Tanznummer irgendwer bezeugen?«

Mary-Anne fing an, Namen und Telefonnummern herunterzurasseln, die Emma pflichtschuldig in ihr Notizbuch schrieb.

»Wir werden das prüfen. Bitte halten Sie sich zu unserer Verfügung.«

Innerlich wusste sie nicht, ob sie erleichtert sein sollte, dass sie diese vom Leben so gezeichnete Frau laufen lassen konnte, oder ob ihr das Herz so schwer war, weil sie mit ihren Ermittlungen schon wieder in einer Sackgasse steckte.

Als Emma schließlich im Büro erschien, ging es in ihrem Zimmer zu wie auf dem Fischmarkt vor Weihnachten, bis auf den Geruch. Emma hatte gerade von ihrem Besuch in Ballintra erzählt und James die Telefonnummern gegeben, an Hand derer er die Alibis von Mary-Anne und Isla überprüfen sollte. James setzte gerade an, Emma von seinen Anrufen in Chur und Brisbane zu erzählen, als Miles in seinem weißen Laborkittel erschien und verkündete: »Ich habe die halbe Nacht an diesem Brief gesessen.«

Man sah es ihm an, Miles war blass um die Nase, und unter seinen Augen lagen dunkle Schatten. Er maulte zwar immer, wenn ihn Em um Tempo bat, aber im Grunde liebte er das Jagen und Sammeln genauso wie seine Kollegen. Und wenn die Nacht dabei draufging.

»Und?« Emma konnte ihre Hoffnung auf einen Durchbruch kaum verbergen.

»Nicht viel. Keine Fingerabdrücke. Der Schreiber muss Handschuhe angehabt haben. Auch keine DNA auf dem Umschlag oder der Briefmarke, die Klebestreifen sind nicht angeleckt worden.«

»Oh, Scheiße. Also haben wir nichts.«

»Abgestempelt ist der Brief in London, Postamt von Kings Cross am frühen Samstagmorgen.«

»Hilft uns das weiter?«

»Nicht wirklich. Das ist mitten in der Stadt und zwischen zwei Bahnhöfen, St. Pancras und Euston. Da kommt die halbe Welt durch.«

»Irgendwas Spezifisches am Briefpapier oder am Drucker, mit dem der Text ausgedruckt worden ist?«

»Das Briefpapier stammt aus dem britischen Postamt, das wird in Stückzahlen verkauft, die in die Hunderttausende gehen. Der Drucker ist von Hewlett Packard, mittlere Preisklasse. Auch von dem sind endlos viele vertrieben worden. Die Dinger stehen in jedem dritten Privathaushalt, in jeder zweiten Firma und auch in unendlich vielen Internetcafés. Der Schrieb kann überall ausgedruckt worden sein. Da kann ich euch leider nicht weiterhelfen.«

Dann stand Dave Lovelock in der Tür: »Gibt's was Neues?«

Emma winkte genervt ab. »Nein, wir haben zwar einen anonymen Brief, aber immer noch keine Spuren, sagt Miles. Oder für dich Herr Munroe.« Betretenes Schweigen.

Dave nahm seinen Mut zusammen und berichtete: »Ich

habe die Telefonverbindungen von Fitzpatrick House mit Telecom Eireann gecheckt, wie besprochen.«

»Und?«, fragte Emma.

»Die haben selber nicht viel telefoniert. Nur das Übliche. Verwandtschaft in Belfast und *The Manors* angerufen. Ein paar Anrufe von der Tochter aus Brisbane. Gelegentlich mal eine Verbindung zur Kirchenzentrale in Armagh. Wenn ich noch was finde, sag ich Bescheid.«

Wieder nachdenkliches Schweigen.

Da steckte Murry den Kopf durch die Tür: »Was ist denn hier los? Schweigeminute? Ist noch jemand gestorben?«

Murry, samt seiner unvermeidlichen, auf die Glatze geschobenen Brille, quetschte sich durch die Tür, und nun war der Raum so voll, dass sich keiner mehr tief einzuatmen traute, weil sonst Bäuche aneinanderstoßen würden.

»Ach Chef«, sagte Emma.

»Ach was?«, sagte Murry.

»Der anonyme Brief aus London gibt nicht viel her, mit dem wir weiterarbeiten könnten«, sagte Miles. »Keine Fingerabdrücke, keine DNA, und Papier und Drucker sind generisch.«

»Scheiße«, sagte Murry.

»Scheiße«, bestätigte Emma. Wieder betretenes Schweigen.

Nun stand auch noch der Bürojunge mit der Post vor der Tür. Er und sein Schiebewägelchen passten beim besten Willen nicht mehr in den Raum, und so drückte er dem zuvorderst stehenden Murry einen Stapel Unterlagen in die Hand: »Für Mrs Vaughan und Mr Quinn.« Geistesabwesend reichte Murry den Stapel an Lovelock weiter, der ihn zu dem schon vorhandenen Durcheinander auf

Ems Schreibtisch packte. Dann schob der Bürobote sein Wägelchen gleichgültig zum nächsten Zimmer weiter.

»Immerhin gibt es eine gute Nachricht«, so Murry. »Dublin hat die Grippe.«

»Aha«, sagte James.

»Aha«, sagte Dave. Und James' Büropalme nickte dazu in der Hitze, die zu viele Menschen auf zu engem Raum erzeugten.

»Aha«, sagte auch Emma, »ich mag die Arroganzlinge aus Phoenix Park ja auch nicht, aber wieso ist das für uns eine gute Nachricht, wenn die Dubliner auf der Nase liegen? Haben wir Pharma-Aktien und verdienen am Grippemittel mit?«

»Das nun leider nicht. Aber das halbe Polizeipräsidium in Dublin ist krankgeschrieben. Deswegen können die uns im Fitzpatrick-Fall diese Woche nicht helfen. Frühestens am Montag können die jemanden zu unserer Unterstützung schicken.«

»Also nix mit Phoenix aus der Asche ... Das ist aber schade ...« Emma musste grinsen. Doch das sah Murry schon nicht mehr, weil er sich gerade aus dem Büro zu befreien und durch die Tür zu schieben versuchte. Da klingelte das Telefon, und Emma wedelte auch Dave und Miles mit der Hand aus dem Büro: »Okay, vielen Dank, euch allen. Danke schön, gute Arbeit ... Ja, wir sehen euch dann später.« Sie riss das Fenster auf, denn nach all den Menschen auf engstem Raum brauchte sie frische Luft. Die strömte herein, kalt und klar, mit einem Hauch von Frühling.

James hatte inzwischen abgehoben und knurrte in den Hörer: »Bist du sicher?«

Pause.

»Okay, und auf die Typen ist Verlass?«
Pause.
»Du hältst das für gesichert?«
Pause.
»Okay, vielen Dank auch. Ich seh dich dann bei McHughs, ich schulde dir ein Bier, oder auch drei.« Dann legte er auf.
»Ronnie?«, fragt Emma.
»Yep.«
»Und?«
»Nicht viel.«
»Verdammt noch mal, ihr katholischen Dickschädel! Muss man euch denn jedes Wort aus der Nase ziehen! Nun rede schon! Oder brauchst du einen Beichtvater, um die Zähne auseinanderzukriegen? Ich kann auch beim Papst anfragen, der kann dir und Ronnie dann ein gutes Führungszeugnis ausstellen. Andererseits – auch Hitler hat von Rom die Unbedenklichkeitserklärung gekriegt!« Emma platzte fast vor Ungeduld.
James blieb unbeeindruckt: »Ich hole mir jetzt mal einen Kaffee, und wenn Madam sich dann beruhigt hat und wieder normal mit den Menschen reden kann, auch wenn es nur arme, wortkarge Katholiken ohne Beichtvater sind, dann komme ich wieder.« Er nahm gelassen seine Kaffeetasse, lächelte sein unwiderstehlichstes Grübchen-Lächeln und erhob sich. Emma nutzte den kurzen Moment des Alleinseins und warf zwei Tabletten ein. Sofort ging es ihr besser.

August 1965

Nun waren sie also zurück in *The Manors*, und oberflächlich betrachtet nahm das Leben seinen üblichen Gang. Kühe melken, Hühner, Schweine, Gänse füttern, Heu machen. Das Wetter passte zur Stimmung, wie häufig im August an der irischen Westküste. Oft waren es selbst mittags nur 16 oder 17 Grad bei grau verhangenem Himmel. Reihum kam die ganze Nachbarschaft zu Besuch und bewunderte Margarets Sohn. Wie still, dünn und traurig Kaitlin daneben stand, wenn alles den kleinen Tom begurrte, schien keiner so recht zu bemerken. Sie wanderte wie ein Geist durchs Haus und über den Hof, tat, was man ihr auftrug, und sprach wenig. Nur, wenn sie ihren Neffen im Arm hielt, schien für ein paar Momente das Leben in sie zurückzukehren.

Mutter hatte nicht aufgegeben. Sie und Vater seien zu alt, um die Farm zu betreiben, und Ian alleine würde es auch nicht schaffen. Kaitlin sollte jetzt endlich zurück nach Hause kommen, ihre Pflicht tun und helfen. Kaitlin schien sich vor der Rückkehr nach Irland regelrecht zu fürchten. Wovor genau, war jedoch nicht aus ihr herauszukriegen. Schließlich hatte Margaret beschlossen, sie zu begleiten. Ihrem Mann tischte sie irgendeine Geschichte von Sommerferien in Irland auf. Die Luft in Sligo sei besser für den kleinen Tom, weit weg von den Textilfabriken in Yorkshire. Stattdessen frische Seeluft. Josh hatte zugestimmt, ein bisschen zu schnell übrigens für Margarets Geschmack. Vermutlich ging ihm das nächtliche Gebrüll seines Sohnes auf die Nerven.

Warum jedoch Kaitlin überhaupt bereit war, zurückzukehren, verstand Margaret nicht. Sie an ihrer Stelle würde in England bleiben, sich irgendwo einen Job suchen und ganz neu anfangen. Sie war doch noch jung. Die Motive ihrer Schwester konnte Margaret nur erahnen: Wenn sie wissen wollte, wie es ihrem Baby ging, würde ihr nichts anderes übrigbleiben, als auf die Insel zurückzukehren. Schon wahr, diese grässliche Kirchentante Magdalena von *Bon Cœur* würde ihr niemals etwas über den Verbleib des Kindes verraten. Aber Charles musste doch Bescheid wissen. Vielleicht ließ der sich erbarmen, ihr zu sagen, wo das kleine Mädchen abgeblieben war?

Nun also Irland, die vertrauten Gerüche und Geräusche. Grunzende Schweine, pickende Hühner, das Gebell der Schäferhunde. Das Aroma von Mist in der Luft. Hinter den Hügeln das Meer. Seit Jahrtausenden kämpften die Menschen hier darum, dem rauen Klima und der kargen Erde ihren Lebensunterhalt abzuringen. Warum eigentlich?, fragte sich Margaret immer wieder. Das Leben weiter südlich, in Kerry oder gar auf dem europäischen Festland, wäre für ihre Vorfahren so viel leichter gewesen. Und doch – die Menschen hielten fest an Sligo, trotz des katastrophalen Wetters und der Hungersnöte, die immer wieder dort herrschten. Gut, viele waren auch gegangen. Allein in den Hungerjahren zwischen 1847 und 1851 hatten über 30 000 Menschen über Sligos Hafen das Land verlassen – nach England, Amerika, Australien. Doch überall im County lagen Steine herum, die nachweislich schon 7000 bis 5000 Jahre vor Christus von Menschenhand bearbeitet worden waren. In allen möglichen Ecken im County fanden sich frühmittelalterliche Gräber, Klöster und Türme. Die Grabsteine von Carrowtemple – ein paar

Kilometer südlich und im Landesinneren von Dromore West gelegen – zeigten Menschen, wie sie sich im zehnten Jahrhundert selbst gesehen hatten: aufrecht und im wahren Sinn des Wortes dickköpfig. Das Größte an diesen in den grauen Stein geritzten Menschenfiguren war ihr Kopf. Das Zweitgrößte die Füße. Starrsinnig und fest auf die Erde gepflanzt, so als wollten sie sagen:»Hier gehe ich nicht mehr weg, es sei denn, Gott beruft mich ab.«

Heute war Rosa zu Besuch, Margarets Freundin aus Kindertagen. Sie hielt den kleinen Thomas im Arm und gurrte:»Na, du Kleiner? Bist du nach Hause gekommen zu Tantchen Rosa, nach *The Manors*, nach Irland ... nach Sligo?« Zum ersten Mal in ihrem Leben konnte Margaret ihr nicht die Wahrheit sagen. Es gab noch ein Kind – aber es fehlte. Dieses Kind durfte nicht nach Hause kommen zu Tantchen Rosa nach *The Manors*.

Auch Charles wollte nicht erscheinen. Er und Jeane waren für den Sommer zurück in Irland von Gott weiß woher in der Welt und residierten in Armagh, samt ihrem Sohn Ron, der im Jahr zuvor auf die Welt gekommen war. Wenn Margaret ihre Mutter fragte, warum Charles nicht auch mal nach *The Manors* kam, versteinerte sich ihr Gesicht:»Frag deine Schwester!«

Das jedoch ersparte ihr Margaret. Stattdessen nahm sie eines Tages einfach den Bus und machte sich auf den Weg nach Armagh. Sie starrte hinaus in die irische Symphonie aus Grün und Grau. Cottages, reetgedeckte Dächer, pittoreske Armut überall. Doch Margaret sah nicht wirklich hin, denn zum ersten Mal seit Wochen war sie alleine und hatte Zeit, über ihre Familie nachzudenken. Was ihr da durch den Kopf ging, gefiel ihr gar nicht. Die

Meinung der Nachbarn war wichtiger als das Glück der eigenen Kinder, Religion bedeutender als Liebe, das Ansehen ihres Bruders wertvoller als die Wahrheit. Immerhin – sie hatte ihren kleinen Tom, und der war heute bei seiner Tante Kaitlin bestens aufgehoben. Es würde ein langer Tag werden, aber abends wäre sie ja wieder zurück bei ihrem Kind.

Ein paar Stunden später war Charles nicht gerade begeistert, seine Schwester zu sehen.

»Was willst du denn hier?«, wollte er wissen, als er ihr auf ihr wiederholtes Klopfen hin die Tür aufmachte.

»Dich sehen!« Margaret war ziemlich verschreckt von seiner Kälte. »Darf ich nicht hereinkommen?«

Widerwillig bat er sie ins Haus.

»Jeane und der Kleine sind in Belfast bei ihrer Schwester. Ich hatte mir etwas Ruhe erhofft!« Als wäre sie ein offizieller Gast und kein Familienmitglied, ging er voraus in ein kleines Studierzimmer und nicht wie sonst üblich in die Küche. Margaret folgte ihm. Charles ließ sich schwer in seinen Sessel fallen, er bot ihr nicht mal einen Stuhl an, geschweige denn eine Tasse Tee. Gastfreundschaft konnte sie also auch von der Liste der Werte streichen, die in ihrer Familie zählten. Charles schwieg, also hob Margaret an:

»Ich wollte dich nicht stören. Eigentlich nur um Hilfe bitten. Kaitlin geht es furchtbar schlecht!«

»Die kleine Schlampe! Man muss sich ja schämen, so eine in der Familie zu haben ...«

»Charles!«, entfuhr es Margaret. »Versündige dich nicht! Du sprichst von deiner eigenen Schwester!«

»Schöne Schwester! Eine, die mir nur Schande macht!

Und jetzt quält sie mich auch noch fast täglich mit Briefen, in denen sie wissen will, was aus ihrem Sündenbalg geworden ist!«

»Oh, ich wusste nicht, dass sie dir schreibt.«

»Margaret, du weißt eine ganze Menge nicht.«

»Ich weiß mehr als genug, glaub mir. Wo ist das Kind? Was ist aus dem Baby geworden?«

»Dem Kind geht es gut. Es ist in der Obhut von guten, protestantischen Schwestern, die über seine christliche Erziehung wachen.«

»Aber Kaitlin liebt ihr Kind doch so!«

»Ach was, Liebe! Das Kind ist im Waisenhaus besser aufgehoben. Wir suchen nach einem Ehepaar, das ein Adoptivkind aufnehmen will.«

»Welche Ausrede hat eigentlich der Vater des Kindes, die beiden derart im Stich zu lassen?«

»Der Vater? Wer soll das sein?« Charles' Stimme wurde schneidend.

»Charles, du weißt ganz genau …«

»Schluss damit!«, donnerte Charles. »Wer der Vater ist, weiß bei deiner sündhaften Schwester kein Mensch!« Charles fing an zu schreien. Sein rundes Gesicht über dem weißen Beffchen war plötzlich verzerrt vor Hass: »Kaitlin ist eine schmutzige Lügnerin. Was kann ich dafür, wenn sie mit jedem im Dorf ins Bett geht? Und jetzt Ehrenmänner bezichtigen! Die spinnt wohl! Und du glaubst ihr auch noch! Was bildet ihr blöden Weiber euch eigentlich ein? Ihr habt wohl vergessen, wo euer Platz ist?«

»Aber Charles, Kaitlin würde nie …« Margaret verspürte einen dicken Kloß im Magen.

Doch ihr Bruder schrie weiter: »Eure verdammten Schandmäuler! Ist euch eigentlich klar, dass ihr mit euren Geschichten meine Karriere bedroht? Und nicht nur meine!«

»Es geht hier um unsere Schwester und ihr Baby. Die sind doch wichtiger als deine Karr…«

Charles ließ sie nicht ausreden: »Wenn Kaitlin und du, wenn ihr nicht endlich eure Zunge im Zaum haltet, wird das Konsequenzen haben! Ich lasse das Kind ins Ausland bringen, und Kaitlin wird es nie wiedersehen! Die Kirche hat lange Arme und ein gutes Gedächtnis. Zudem wird es eine Verleumdungsklage gegen Kaitlin geben, das ist schon mal sicher. Und wem werden sie wohl glauben? Einer kleinen Schlampe, einer gefallenen Frau und ihrer hysterischen Schwester – oder den Vertretern der Church of Ireland? Sag Kaitlin, sie soll mich, die Kirche und das Kind in Frieden lassen. Schluss mit diesen Lügen! Sonst knallt's! Mutter ist auf meiner Seite, die jagt euch vom Hof, sollte von alledem je etwas nach außen dringen.«

März 2005

Endlich kam James zurück. Er roch nach Zigarettenrauch – war wohl mal wieder schwach geworden. Emma war immer noch sauer, weil sie ihm alles aus der Nase ziehen musste, und reagierte nicht mal, als er ihr eine Tasse neben die Tastatur stellte.

»Na komm, Chefin, hab dich nicht so!«

Wenn du wüsstest, wie dieses Land und seine Bewohner mir auf die Nerven gehen! Statt einzulenken, nahm Emma sich den Stapel Briefe, Dokumente und Unterlagen vor, den der Bürobote vorher vorbeigebracht hatte. Sie ignorierte James und ihren Kaffee und begann zu lesen.

James wiederum ignorierte das Ignoriertwerden und berichtete:

»Ich hab also mit Chur und Brisbane telefoniert. Bill Sargent war tatsächlich zum Tatzeitpunkt am Freitag in der Schweiz und hat die Geburtstagsfeier seiner Tochter beaufsichtigt. Die Schwiegermutter war auch da und hat das bestätigt. Außerdem gibt es zehn kleine Mädchen und die dazugehörigen Mütter, Bills Alibi ist wie in Stein gemeißelt. Und auch Alice Fitzpatrick sagt, sie habe Brisbane nicht verlassen, sie hat ebenfalls diverse Zeugen, die bestätigen können, dass sie die ganze Zeit in Australien war. Theoretisch könnten wir beim australischen Grenzschutz nachfragen, ob sie das Land wirklich nicht verlassen hat, die Passdaten von ein- und ausreisenden Iren oder Briten sind ja alle im Computer der Australian Border Protection Agency erfasst, aber ich halte das eigentlich für unnötig ...«

»Hm«, murmelte Emma und sah nicht mal auf.

»Das vorhin am Telefon war in der Tat Ronnie«, fuhr James unverdrossen fort. »Er hat sich umgehört. Mit wem genau er gesprochen hat, will er mir natürlich nicht sagen. Vermutlich sind ein paar echt schlimme Finger dabei, von denen die Polizei besser nichts erfahren sollte. Aber er glaubt, dass die Jungs wissen, wovon sie reden, und vertrauenswürdig sind – zumindest, wenn es um die Information geht, was Fitzpatrick zugestoßen ist. Er sagt, die IRA oder eine ihrer Splittergruppen waren das nicht. Die Republikaner hätten Fitzpatrick in den 80er Jahren eine Zeitlang auf dem Kieker gehabt und ihn auch liebend gern erschossen. Ein paar Drohbriefe haben sie ihm wohl geschickt. Auch, weil sie glaubten, dass er vielleicht für die Briten spioniert. Aber dann sei er wieder nach China oder sonst wo hin auf Mission verschwunden und aus ihrem Blickfeld geraten. Dann sei er pensioniert worden, und keiner wollte mehr was von ihm ...« Nun wurde es James aber doch zu dumm.

»Em, hörst du mir überhaupt zu?«

Endlich blickte Emma auf.

»Ich habe hier noch einen anonymen Brief. Diesmal an die Mordkommission der Polizei in Sligo gerichtet, also an uns. In Manchester abgestempelt.«

»Oh, verstehe. Okay. Und was steht drin?« James kam um den Schreibtisch herum, um Emma über die Schulter zu gucken. Noch im Gehen zog er sich Latexhandschuhe an. Vor Emma lag ein altes Schwarzweißfoto von einem hübschen jungen Mädchen, vielleicht 19 oder 20 Jahre alt. Nicht viel älter jedenfalls. Sie lächelte fröhlich in die Kamera, auf ihrer Schulter lag ein dicker Zopf. Emma, die jetzt ebenfalls Latexhandschuhe übergestreift hatte, drehte das Foto vorsichtig um. Auf der Rückseite stand nur eine Jahreszahl, in schwarzer Tinte geschrieben: »1963«.

Emma steckte das Bild in eine Tüte für Beweismittel. Ebenso den Umschlag, abgestempelt am Montag in Manchester Piccadilly.

Der Brief war kurz: »Charles war ein Schwein.« Auch er wanderte in eine Tüte und wurde genau beschriftet: Wer, wo, wann, was.

»Na, dass Charles ein ganz allerliebstes Kerlchen war, wussten wir ja schon von Brief eins«, sagte James trocken, doch Em war bereits am Telefon:

»Miles, ich fürchte, du musst schon wieder ran. Wir haben noch einen Brief.«

Pause.

»Ja, die gleiche Prozedur noch mal. Fingerabdrücke,

DNA ... das komplette Programm. Diesmal auch ein Foto; kannst du rauskriegen, wo das entwickelt worden ist?« Emma legte den Hörer weg.

»O.K., die IRA können wir vergessen«, sagte Emma, nun zu James gewandt. »Ronnie hat recht. Terroristen schicken keine 40 Jahre alten Fotos aus Manchester an die Polizei.«

»Also hast du mir ja doch zugehört ...« James lächelte.

Als sich ihre Augen trafen, mussten die beiden lachen. Gleichzeitig ärgerte sich Emma, weil ihr Herz schneller schlug, wenn sie und James zusammen Spaß hatten. Der Kerl ist dein Kollege und auch noch ein paar Jahre jünger als du, reiß dich gefälligst zusammen, Emma! Bevor sie bei ihren eigenen Gedanken errötete, gab sie sich betont geschäftlich:

»Ich fotokopiere den Brief und das Foto und fahre damit zu Jeane. Irgendwer weiß hier mehr als wir. Besonders, wenn dieser Mist hier bis in die 60er Jahre zurückreicht!«

»Sieht so aus, als sei das eine alte Weibergeschichte!«, meinte James.

»Bring du die Originale von Brief und Foto bitte zu Miles und dränge auf Eile. Ich will endlich wissen, was eigentlich los ist. Wenn die Fitzpatricks mir nicht bald sagen, was hier abgeht, nehme ich die ganze Bagage in Beugehaft – und wenn Murry und der Bischof in Armagh darüber einen Herzanfall kriegen!«

Als Emma vom Kopierer zurückkam, stand ihr Exmann Paul im Raum. James nahm ihr sanft die Beweismitteltüten aus der Hand und verließ diskret den Raum.

»Was willst du denn hier?«, begrüßte Emma ihren Geschiedenen.

»Hallo, Emma. Ich will mit dir über Stevie und deine Erziehungsmethoden reden!«

»Aha. Und dafür kommst du extra auf die Wache? Hätten wir das nicht auch am Telefon oder bei einer Tasse Tee im Café bereden können?«

»Was ich zu sagen habe, duldet keinen Aufschub, und du bist ja sowieso nie zu Hause.«

»Ach komm mir nicht schon wieder damit, ich habe keinen Neun-bis-fünf-Job, aber ich bin eine gute Mutter.« Emma spürte die altvertrauten Schuldgefühle der berufstätigen Mutter. Jetzt nur nicht durchdrehen!

»Nein, das bist du nicht«, fuhr Paul mit schneidender Stimme fort. »Der Junge hat eine Freundin! Mit 15! Und dir fällt nichts Besseres ein, als ihn auch noch in ihre Arme zu jagen!«

»Wie habe ich das denn geschafft, deiner Meinung nach? Weil ich so ein grässliches Weib bin, sucht er sein Heil bei anderen Wesen weiblichen Geschlechts, oder wie?« Emma strich sich lachend die langen Haare aus dem Gesicht.

»Du hältst dich wohl für witzig! Er hat eine Fünf in Mathe! Das ist schon schlimm genug und bedeutet vor allem, dass du dich nicht genug um ihn kümmerst. Wann auch, du bist ja nie zu Hause! Und dann schlägst du ihm auch noch vor, dass er sich von der kleinen Schlampe helfen lässt!«

»Woher weißt du denn, dass sie eine kleine Schlampe ist?«

»Einen Freund! Mit 15! Wir sind hier in Irland! Auf dem Land! Hier herrscht eine andere Moral als bei dir zu Hause in New York!«

»Moment mal, ich bin so irisch wie du! Und dass meine

Moral nicht besonders standhaft war, wusstest du seinerzeit in New York sehr zu schätzen ...«

»Komm mir jetzt nicht damit ...«

Emma unterbrach ihn: »Du hast mit den alten Kamellen angefangen. Aber gut, soweit ich weiß, ist Sophie ein sehr nettes, höfliches Mädchen mit guten Noten. Sie ist in Mathe besser als Stevie. Warum sollte sie ihm nicht bei den Hausaufgaben helfen?«

»Weil die zwei dann unbeaufsichtigt in Stevies Zimmer sitzen, und du bist unterwegs, irgendwelche Autodiebe jagen! Die Nachbarn werden reden, und ich muss mir wieder anhören, dass der Junge Dummheiten macht. Und dann hängt die Kleine ihm nachher noch einen Balg an. Die ruiniert sein ganzes Leben ...«

So wie ich deines, damals. Das Ergebnis war Stevie. Laut sagte sie: »Erstens jage ich keine Autodiebe, sondern ermittle gerade in einem Mordfall. Und zweitens ist es nicht meine Schuld, dass du so viel auf das Geschwätz der Nachbarn gibst. Stevie ist ein guter Junge und Sophie ein nettes Mädchen. Die beiden haben sich lieb, aber das heißt noch lange nicht, dass sie Unsinn machen! Der irische Moralwahn ist bei dir ja schon pathologisch.« Innerlich jedoch nagte das schlechte Gewissen an ihr: Sie musste wirklich mit Stevie über Verhütung reden. Eine Teenager-Schwangerschaft wäre das Letzte, was sie im Moment gebrauchen könnte.

»Ich habe genug von deinen Ausreden. Ich werde das Sorgerecht für Stevie beantragen!«

Paul drehte sich auf dem Absatz um und knallte die Bürotür ins Schloss.

Scheiße, das hat mir gerade noch gefehlt!

Zwei weitere ihrer kostbaren Tabletten fanden den

Weg in Emmas Magen. Dann wählte sie zitternd Laura McDerns Nummer. Deren Sekretärin stellte sie auch sofort durch. Die hatte offenbar Erfahrung und erkannte panische Klienten an der Stimmlage.

»Hi, Darling, wie isses?«, kam Lauras fröhliche Stimme aus der Leitung.

»Hi, konnte auf der Fitzpatrick-Beerdigung nicht mit dir quatschen, war dienstlich da.«

»Yep, das habe ich mir schon gedacht. Und sonst? Biste mal wieder reif für einen Drink im Hardigans?«

»Das auch. Aber vor allem bin ich bald reif für die Irrenanstalt. Paul war gerade hier. Er will das Sorgerecht für Stevie beantragen.«

»Wieso das denn?«

»Wie neulich im Pub schon verkündet: Der Junge hat 'ne Freundin. Und 'ne Fünf in Mathe.«

»Das ist nicht dein Ernst!«

»Doch, er hat wirklich 'ne Fünf.«

»Nicht das, sondern, dass Paul deswegen das Sorgerecht beantragen will.«

»Auch das ist ernst gemeint. Ich kümmere mich nicht genug und jage ihn in die Arme einer jungen Nixe, die sein Leben ruinieren wird. So wie ich damals seines vor 16 Jahren. Und dann geht es ihm darum, was die Nachbarn sagen, wenn das Mädel bei uns ein und aus geht.«

Zu ihrer Überraschung stellte Emma fest, dass sie Tränen in den Augen hatte.

»Na, ein Rechtsexperte ist dein Ex aber nicht gerade. So einfach ist das nicht mit dem Sorgerecht. In der Regel steht das der Mutter zu, und im Streitfall werden auch die Kinder gehört, wenn sie alt genug dafür sind. Also wenn Stevie nicht aktiv zu seinem Vater will, hat Paul keine Chance ...«

Emma musste raus hier. Sie schmiss die Kopien des zweiten anonymen Briefs in ihre Tasche, schnappte sich ihre unvermeidliche schwarze Lederjacke und war aus der Tür. Sie ging zu Fuß, um Luft zu schnappen und sich zu beruhigen. Sligo war geschäftig an diesem Mittwochmittag. Sie ging nach Norden in die Teeling Street und bog links in die Market Street ein. Eigentlich hätte sie jetzt nur noch geradeaus gehen müssen, um zu Fitzpatrick House in der John Street zu kommen. Doch Emma bog rechts in die Water Street ein und ging zunächst auf den Garavogue River zu. Sie blieb stehen und starrte auf das torfbraune Wasser des Flusses. Sammelte ihre Gedanken und ging weiter die Rockwood Parade entlang. Der Blick auf die bunten Ladengeschäfte und Kneipen auf der anderen Seite des Kais war wohltuend: Es gab noch eine Realität jenseits von Mord, durchgedrehten Exgatten, drohender Einmischung aus Dublin und Sorgerechtsprozessen. Tatsächlich war die Welt an diesem Frühlingstag beruhigend normal. Die Bäume zeigten die ersten Blätter, frühe Touristen standen auf dem Fußgängersteg über das Wasser und machten Fotos, die Spatzen auf dem Trottoir trieben, was Spatzen so treiben, und die Hausfrauen kauften wie seit Jahrhunderten Schinken und Kohl fürs Abendessen.

Plötzlich stand sie vor der Praxis von Dr. Kennedy. Da war sie schon lange nicht mehr gewesen. Die Sprechstundenhilfe erinnerte sich an sie, oder tat zumindest so, als sie Emmas alte Karteikarte aus dem Archivschrank gefischt hatte.

»Da haben wir Sie ja, Mrs Vaughan. Sie waren schon lange nicht mehr da!«

»Wo die Schmerzen herkommen, wissen wir ja, und ansonsten hab ich zum Kranksein zu wenig Zeit.« Emma lächelte breit. »Meinen Sie, ich könnte schnell auch ohne Termin mal meinen Kopf in Dr. Kennedys Zimmer stecken?«

Zehn Minuten später saß sie dem alten Arzt gegenüber und spulte ihren Monolog ab: Schmerzen im Rücken, in den Beinen, das viele Sitzen im Büro. Der Unfall, schlaflose Nächte vor Schmerz ... Belastung im Job, alleinerziehende Mutter, keine Zeit für einen Kuraufenthalt ...

Kennedy wühlte in Emmas Unterlagen und schrieb mit – »Deswegen waren Sie zuletzt vor drei Jahren bei mir!«

»Ja, zwischendurch ging es mir besser. Es war alles in Ordnung. Aber jetzt habe ich so einen Stress auf der Wache, mein Sohn hat Probleme in der Schule, und mir wächst alles über den Kopf. Das ist mir ins Kreuz gefahren, die alte Verletzung, Sie wissen schon. Ich glaube, ich brauche wieder ein Rezept, das mich über die kommenden paar Wochen bringt.«

»Oxycodon?«

»Das Zeug, das Sie mir damals gegeben haben. Hieß das so?«, log Emma ihm Unwissenheit ins Gesicht.

»Mrs Vaughan, es ist sonst nicht meine Art, ohne gründliche Untersuchung einfach so ein Rezept auszustellen. Aber das hier ist offenbar ein Notfall, und ich mache eine Ausnahme. Aber bitte kommen Sie bald wieder für eine gründliche Anamnese, Carolyn an der Rezeption gibt Ihnen einen Termin.«

30 neue Tabletten. Nicht übel, dieser Doktor Kennedy.

Auf der Straße atmete Emma tief durch – irgendwie würde es schon weitergehen. Es ging ja immer irgendwie weiter. Schließlich wandte sie sich nach links und nahm die

O'Connell Street. Dort freute sie sich über die hübschen weiß, grün oder rosa gekalkten Giebel und Gauben der zweigeschossigen Häuschen und versuchte, die Ladenketten darunter auf Straßenhöhe zu ignorieren. Billigklamotten von Penneys, Telefone von O2 und Kreditverträge von Permanent tsb, eine dieser auf modern getrimmten Banken, die Hypotheken verkauften, als seien es Pfefferminzbonbons. Die Boomjahre des keltischen Tigers fraßen sich offenbar schamlos in die menschliche Vernunft. Emma musste an die TV-Werbung der Bank of Ireland denken, eine der größten Handelsbanken im Land. Die taten ganz offen so, als sei es okay, die Bank anzulügen, wenn man Geld geliehen haben wollte. In einem Spot zum Beispiel fragte eine junge Frau nach klingendem »Ching-Ching« für Zahnspangen ... Aber aus den Untertiteln ging eindeutig hervor, dass sie das Geld wollte, um sich auf Pump Schuhe zu kaufen. Das wird noch in Tränen enden – war zumindest Emmas Vorhersage.

Endlich kam rechts die St. John Street und dann nach einigen Metern links Fitzpatrick House. Sein Eingang lag immer noch genauso unnahbar hinter Pfeilern von der Straße zurückgesetzt wie seit eh und je. Emma warf noch einen Blick auf die dunkel drohende Kirche, die versetzt hinter dem Haus stand, klingelte und stand schließlich vor Jane Milk, geborene Fitzpatrick.

»Ja, bitte?«, sagte die, als hätte ein Penner nicht am Dienstboteneingang geklopft, sondern versehentlich die Auffahrt für die Herrschaft benutzt.

»Emma Vaughan von der Garda. Wir haben uns gestern schon kurz auf der Beerdigung Ihres Vaters begrüßt. Ich hätte gerne mit Ihnen und Ihrer Mutter gesprochen.«

»Kommen Sie rein.« Emma wurde in die Küche geführt, in der sie schon nach der Tat mit der Haushaltshilfe Mrs Greenbloom gesessen hatte.

»Wollen Sie einen Tee?«

»Gerne.« Jane, eine kleine, gedrungene Frau mit zu kurz geratenen Beinen, stellte den Kessel auf und verließ den Raum, vermutlich, um ihre Mutter zu holen. Wenig später erschienen die Damen, und nun zeigte sich auch eine gewisse Familienähnlichkeit. Weniger in reinen Äußerlichkeiten, sondern in Haltung und Gesichtsausdruck. Emma musste an zwei weibliche Nussknacker denken. Gut frisiert und perlenbeohrringt, aber mit stählernem Kiefer.

»Jane, wie kommen Sie denn mit der Renovierung von *The Manors* voran?«, eröffnete Em die Schachpartie.

»Gut. Aber ich weiß nicht recht, warum meine Maurerarbeiten die Polizei beschäftigen?«

»Wir suchen den Mörder Ihres Vaters.«

»Ach, und den vermuten Sie unter meinen Maurern? Skandalös genug, dass der Fall noch immer nicht gelöst ist. Wir sind schon beim Polizeipräsidium in Dublin vorstellig geworden. Offenbar ist Sligo der Herausforderung nicht gewachsen.«

»Die in Dublin haben die Grippe, Sie werden noch ein paar Tage mit uns Dorfpolizisten auskommen müssen«, entgegnete Emma gelassen. Sie machte eine kleine Pause: »Haben Sie einen Mietvertrag mit Ihrem Onkel gemacht?«

»Mit Ian? Nein, wieso?«

Jane stand auf, um Tassen auf den Tisch zu stellen und den Tee aufzugießen. Ihre kurzen Beine ließen ihren Hintern ziemlich dicklich wirken, stellte Emma befriedigt fest. Laut sagte sie: »Nun, weil Ian den Titel auf *The Manors* hält, Sie mit Ihrer Familie aber dort leben werden. Meiner Kenntnis nach macht man bei so was einen Mietvertrag.«

»Ian hat sich im Dorf ein Haus gebaut und meinem Mann und mir gestattet, *The Manors* wieder herzurichten. Das bleibt in der Familie, da brauchen wir keine Verträge.«

Jane fasste sich kurz ordnend in die Haare. Eine Geste der Unsicherheit, der Rückversicherung, so wie sich ein Bulle manchmal unwillkürlich in die Jacke fasste, um zu sehen, ob seine Dienstwaffe auch tatsächlich noch im Schulterhalfter steckte.

»Sie investieren also ohne jede Sicherheit?«

»Wie meinen Sie das?«, wollte Jane wissen.

»Ian hält den Titel aufs Land, ein eindeutiges Testament hat er meinen Erkenntnissen nach nicht gemacht. Bleibt das so, haben alle Cousinen und Cousins den gleichen Erbanspruch auf *The Manors*. Also Bill und Tom gleichermaßen wie Sie und Ihre Schwester Alice in Brisbane. Aber das ist Ihnen doch sicher bekannt?«

»Mein Vater hat mit Ian geredet, und er war auch bei unserer Anwältin. Ich dachte, das sei alles geregelt.«

Jane sah betroffen aus, betroffener zumindest als auf der Beerdigung ihres Vaters.

»Soweit wir wissen, ist nichts geregelt«, entgegnete Emma, »und die Sargent-Brüder sind nicht begeistert von der Entwicklung auf *The Manors*.«

»Aber was hat das mit dem Tod meines Mannes zu tun?«, mischte sich nun Jeane ein.

»Das frage ich Sie. Sie und Ihre Tochter! Sie verschweigen mir so einiges, nicht wahr?«

»Was zum Beispiel?« Jeanes Gesichtsausdruck war noch verschlossener als zuvor, auch wenn Em um viel gewettet hätte, dass diese Frau nicht noch ablehnender hätte aussehen können.

»Och, warum zum Beispiel hat sich Charles bei der Rechtsanwältin Laura McDern nach dem Erbrecht unehelicher Kinder erkundigt?«

»Davon weiß ich nichts.«

»Wovon wissen Sie nichts? Dass Ihr Mann bei der Anwältin war? Oder wissen Sie nichts vom irischen Erbrecht? Oder wissen Sie nicht, warum er nach unehelichen Kindern gefragt hat?«

»Das alles ist mir komplett neu. Ich habe keine Ahnung, wovon Sie reden.«

»Und wer ist das hier?« Emma legte die Kopie des Schwarzweißfotos der jungen Frau aus dem anonymen Brief auf den Küchentisch. Dabei sah sie aber nicht auf das Bild, sondern in die Gesichter der Frauen. Jeanes Augen weiteten sich für den Bruchteil einer Sekunde. Sie hatte die Frau erkannt. Jeane nahm die Kopie in die Hand:

»Wo haben Sie das her?«

»Das ist die Kopie eines Fotos, das an die Polizei in Sligo geschickt worden ist. Heute Morgen angekommen. Und der Grund meines Besuchs.«

»Das ist Kaitlin, vor vielen, vielen Jahren. So hat sie ausgesehen, bevor Charles und ich geheiratet haben«, ließ sich Jeane nun vernehmen. »Das muss Anfang der 60er Jahre aufgenommen worden sein.«

»Kaitlin? Also die früh verstorbene Schwester Ihres Mannes?«

»Genau.«

»Und warum wird dieses Foto an die Mordkommission im Fall Fitzpatrick geschickt, wenn ich fragen darf, meine Damen?«

Jeane hob ihren Blick von dem Bild und sah Emma in die Augen: »Ich habe keine Ahnung.«

»Was war damals los? Als dieses Foto entstanden ist?«

»Charles war damals ein junger Pastor in Ballintra und machte mir den Hof. Seine Schwester Margaret war schon als Lehrerin nach England gegangen. An eine teure Privatschule, die hieß Malthus oder so ähnlich. Kaitlin und Ian kannte ich zu der Zeit noch kaum. Ich war ja nur ein oder zwei Mal auf *The Manors* zu Besuch, um Charles' Eltern kennenzulernen.«

»Sie haben also keine Ahnung, was damals los war und warum man uns das Bild schickt?«

»Nein.« Versteinerte Mienen bei beiden Damen.

»Sie kriegen erstaunlich wenig mit, muss ich sagen.«

»Was wollen Sie mir damit unterstellen?«, herrschte Jeane zurück.

»Gar nichts. Nur dass Sie offenbar nur zur Kenntnis nehmen, was Ihnen in den Kram passt.«

»Das ist unerhört.« Jeanes Stimme war leise und drohend geworden. Ihre Verachtung hing in der Luft wie Nebel. »Ich werde mich über Ihre Impertinenz beschweren. Nicht nur, dass Sie immer noch im Dunkeln stochern, was den Tod meines Mannes betrifft, nun attackieren Sie auch noch seine trauernde Familie! Sie sind eine Schande für die Garda. Verlassen Sie mein Haus.«

»Bemühen Sie sich nicht. Ich finde alleine raus.«

Was für ein Scheißtag. Was für ein Scheißjob. Wäre ich bloß Hebamme geworden, dann würde ich wenigstens gelegentlich nette Leute treffen. Einem Impuls folgend, ließ Emma Fitzpatrick House links liegen und ging auf die düstere Kirche zu, die ein Stück von der Straße zurückgesetzt hinter Jeanes Festung in der Wiese stand. Mit Zinnen wie eine Burg hockte sie da auf einer leichten Erhebung im Gelände und blickte müde auf die ersten Glockenblumen des Jahres herab.

Kein Wunder, dass du erschöpft bist, siehst du doch schon seit zwölfhundert und irgendwas den Menschen bei ihrem Unsinn zu! Emma nickte dem Kirchturm einen Gruß zu, drückte die Tür des alten Gemäuers auf und spürte sofort die beruhigende Kühle der alten Steine. Wie viele Tränen hier wohl schon vergossen worden waren? Die rohen Wände waren nicht nur mit Kerzenrauch vollgesogen, sondern auch mit den Gebeten, Hoffnungen, Stoßseufzern und Jubelrufen der Generationen. Emma ging über den roten Läufer im Mittelgang auf den Altar zu und schnupperte den vertrauten Geruch alter Kirchen – Staub, Angst, Kerzenwachs, verwelkte Blumengebinde, Schweiß und ungewaschene Chorknaben. Über ihr wölbte sich die Decke wie eine Halbkugel. Sie setzte sich in eine Bank und studierte die beiden Glasfenster rechts und links des Mittelgangs. Eines davon war den Großeltern von W.B. Yeats gewidmet. Wenn man ein Gutes sagen konnte über Kirchen in Irland, dann das: Sie waren das Gedächtnis des Landes. Alles, was hier je passierte, wurde von den Kirchen notiert und festgehalten. Alles war verzeichnet, beobachtet und niedergeschrieben – und beileibe nicht nur in Glasfenstern.

Auf dem Nachhauseweg kaufte Emma im Supermarkt Brötchen, Tomaten, eine Gurke und Gehacktes. Sie würde Stevie heute Abend Hamburger servieren, Zwiebeln und Ketchup waren sicher noch im Kühlschrank. Dazu ein leckeres Bierchen für Muttern und Apfelsaft für das kleine

Mathe-Genie. Derart ausgestattet konnte sie dann wohl das schwierige Gespräch führen, das anstand. Doch bei der Vorstellung, dass ihr Sohn vielleicht tatsächlich lieber bei seinem Vater hausen würde, wurde es Emma ganz bang.

Als sie sich durch die Türe schob, wummerte ihr U2 entgegen. »How to Dismantle an Atomic Bomb«. Em liebte Bono und die Jungs fast ebenso sehr wie ihr Sohn. Sie kickte die Boots von ihren Füßen und tanzte in die Küche. Die hatte Sohnemann heute ausnahmsweise auch mal aufgeräumt. Was sollte sie nur machen, wenn dieser Saukerl ihr das Kind wegnahm? Sie würde Paul am liebsten erwürgen ... Aber ganz langsam. Emma hatte angefangen, das Hackfleisch zuzubereiten, und sang dabei »Love and Peace or else« laut mit und hörte so gar nicht, dass Stevie aus seiner Bude gekrochen war.

»Du musst mich nicht mit Hamburgern bestechen«, sagte er und legte seiner Mum von hinten die Arme um die Hüften, fast so wie früher, als er noch ein kleiner Junge war. Em hatte einen Kloß im Hals. Heute war ganz offenbar Heulsusentag. Sie drehte sich um und nahm den spindeldürren Kerl in die Arme.

»So, und jetzt müssen wir über Verhütung reden.«

»Mama, mach dich nicht lächerlich!« Stevie versuchte, cool zu tun, war aber ganz rot geworden.

»Eine Teenager-Schwangerschaft ist ganz und gar nicht lächerlich, und du kennst die Gesetze in Irland. Abbruch ist und bleibt verboten, und ich habe überhaupt keine Lust, schon wieder einem kleinen Würmchen die Windeln zu wechseln. Zumindest jetzt noch nicht.«

»Ja, aber wie Sex geht, brauchst du mir nicht zu erklären, das weiß ich schon.«

Emma grinste: »Also, stell dir mal die Bienchen vor ...«
Stevie wand sich.

»Am besten besorgen wir euch Kondome. Ich sag ja gar nicht, dass du die benutzen sollst. Die kannst du auch einfach in die Schublade legen, davon geht die Welt auch nicht unter. Aber du solltest welche haben, das ist sicherer. Ich geh in die Apotheke und kauf dir die Dinger. So, und jetzt gibt's erst mal was zu futtern!«

Als Stevie wieder in seinem Zimmer verschwunden und das Chaos in der Küche beseitigt war, griff Emma zum Telefon. Wieder der australische Akzent und eine Satzmelodie, die alles in eine Frage verwandelte.

»Einen Moment? Ich stelle Sie durch?«

Dann erneut Tom Sargent, diesmal leicht genervt: »Hallo, was ist denn noch?«

»Ich weiß, dass Sie im Stress sind. Aber Sie haben letztes Mal Ihre früh verstorbene Tante Kaitlin erwähnt ... Ihre zweite Mutter in Irland. Erinnern Sie sich?«

»Ja klar, Kaitlin, die große Liebe meiner Kinderjahre.«

»Wir bei der Mordkommission hier haben einen anonymen Brief gekriegt mit einem Schwarzweißfoto aus dem Jahr 1963. Es zeigt eine junge Frau mit einem dicken Zopf; Jeane Fitzpatrick hat sie heute als ihre Schwägerin Kaitlin identifiziert.«

»Warum schickt jemand der Garda in Sligo ein Foto von Kaitlin aus dem Jahr 1963? Meine Tante ist doch seit vielen Jahren tot ...« Tom klang ungläubig.

»Genau das frage ich Sie. Können Sie sich an irgendwas erinnern, das mit Kaitlin und Charles Fitzpatricks Ermordung zu tun haben könnte?«

»Nein, nur, dass Kaitlin ihren Bruder wirklich überhaupt nicht mochte und ihn gemieden hat, wo es irgend ging.«

»Nun, dann will ich Sie nicht mehr länger aufhalten. Vielen Dank ...« Em wollte gerade auflegen, als es aus dem Hörer kam: »Mrs Vaughan, eine Sekunde noch ...«

»Ja, ist noch was?«

»Keine Ahnung, ob das wichtig ist, aber mir ist gerade was eingefallen. Ich war ein kleiner Junge, acht oder neun Jahre alt und wie immer in den Sommerferien auf *The Manors*. Kaitlin hatte mich mit ins Dorf genommen ... Sie hatte so einen kleinen alten Motorroller, mit dem ist sie herumgeflitzt. Sie können sich nicht vorstellen, was die alles auf dem Ding transportiert hat. Irgendwann hatte sie mal ein ganzes Schaf hinten drauf. Das hatte sich verlaufen, und Kaitlin wusste sich nicht anders zu helfen. Das war vielleicht ein Bild, meine winzige Tante auf der Vespa und hinten drauf ein laut blökendes, völlig verdrecktes Schaf ...«

»Ja, und?«

»Also, wir waren im Dorf, es war ein heißer Sommertag. Auf dem Rückweg hatten wir solchen Durst, dass wir einen Stopp beim Pub eingelegt haben. The Limping Cow. Da standen wir am Tresen und haben Limonade getrunken, als ein anderer Gast, ein dorfbekannter Saufkopf, mit dem Finger auf meine Tante zeigte und immer wieder sagte: ›Kaitlin Fitzpatrick, ich weiß, was du getan hast. Kaitlin Fitzpatrick, ich weiß, was du getan hast ...‹«

»Wie hat Ihre Tante reagiert?«

»Sie ist weiß geworden wie die Wand. Ich hab gedacht, gleich fällt sie mir um. Aber dann kam der Wirt, Paddy Joe, hat den Kerl am Kragen gepackt und gezischt: ›Halt die Schnauze, du altes Arschloch, noch ein Wort und du kriegst Hausverbot.‹ Dann hat er ihn rausgeschmissen.«

»Paddy Joe? Ich glaub, den gibt es heute noch«, wunderte sich Emma. »So alt sah der gar nicht aus.«

»Nee, das ist der Sohn. Noch ein Paddy Joe. Sie kennen doch Irland. Generationen von Paddy Joes.«

»Haben Sie je rausgekriegt, worauf der Mann damals angespielt hat und warum das Ihre Tante so verstört hat?«

»Nein. Ich war ja nur ein kleiner Junge. Ich hab versucht, meine Tante zu trösten und ihr einen Kuss zu geben, aber wirklich geredet haben wir darüber nie. Heute wäre das vielleicht möglich, aber Kaitlin ist schon so früh gestorben, dass wir einfach nie genug Zeit hatten für Erwachsenengespräche.«

»Warum ist sie so früh gestorben?«

»Soweit ich mich erinnern kann, hatte sie ein Lungenemphysem. Die Iren nennen das Farmers Lunge – die harte Arbeit und dann der ewige Staub von faulendem Gras, der beim Heumachen und beim Füttern eingeatmet wird.«

»Die arme Frau. Hat sich also zu Tode gearbeitet.«

»Ja, irgendwie schon. Aber meine Mutter hat immer über ihre Schwester gesagt, sie sei an gebrochenem Herzen gestorben. Was genau sie damit gemeint hat, war allerdings nicht aus ihr herauszukriegen.«

Kapitel 9

Kindergarten

Am Donnerstagmorgen schüttete es in Strömen. Als Em endlich ziemlich durchnässt in ihrem Auto saß, sprang der Peugeot nicht an. Scheißkarre! Vermutlich hatte Emma sich mal wieder nicht genug gekümmert und es fehlte Öl oder Kühlflüssigkeit oder irgendetwas anderes Lebenswichtiges für ein Auto. Wütend auf sich selbst und ihre Unfähigkeit, hämmerte Emma mit beiden Fäusten auf das Lenkrad ein. Sie konnte sich einfach nicht dazu bringen, sich mit Motoren zu beschäftigen, viel zu langweilig. Schlimm genug, dass man sie immer wieder mit Sprit füttern musste. Früher hatte sich Paul um das Familienauto gekümmert, aber das war lange vorbei. Em wühlte in ihrer Handtasche. Das Handy hatte sie offenbar auch vergessen, es hing wohl immer noch in der Küche am Ladegerät. Laut fluchend rannte sie mitten in dieser Sintflut in ihre Wohnung zurück, um erst den Mechaniker und dann ein Taxi anzurufen.

Als sie gefühlte Stunden später mit hämmernden Kreuzschmerzen endlich im Büro ankam, machte James ein langes Gesicht.

»Du sollst zum Chef. Sofort.«
»Herrje, was will der denn?«
»Keine Ahnung, aber Murry ist stocksauer. Hast du was ausgefressen?«

»Nö, nicht wirklich. Ich habe nur Jeane Fitzpatrick gesagt, dass sie eine verlogene, selbstsüchtige Kuh ist.«

»Oh, super. Klingt gut. Exakt diese Wortwahl?«

»Nicht ganz, aber so ziemlich.«

»Na dann viel Spaß mit dem Chef.«

Zwei Oxycodon und ein paar Minuten später klopfte sie an Murrys Tür.

»Herein!«, knurrte es zurück.

»Guten Morgen, Chef.« Emma wurde ignoriert. Murry las in irgendwelchen Unterlagen. Schließlich blickte er auf. »Ist ja toll, dass Sie sich auch mal wieder im Büro blicken lassen. Wissen Sie eigentlich, wie spät es ist?«

»Tut mir so leid, mein Auto …«

»Ja, ja, der Hund hat die Hausaufgaben gefressen! Ich habe überhaupt keine Lust auf Ihre Ausreden, Mrs Vaughan.« Emma wurde es ganz mulmig, wenn Murry sie mit ihrem Nachnamen anredete, bedeutete das erfahrungsgemäß den Ausbruch einer neuen Eiszeit.

»Ich bin überhaupt nicht zufrieden mit Ihrer Arbeit«, fuhr Murry fort, ohne Emma auch nur einen Stuhl anzubieten. Stehend musste sie sich seine Tirade anhören. Jeane Fitzpatrick habe sich beschwert, beim Polizeipräsidenten in Dublin, und der habe sich wiederum bei ihm beklagt. Charles Fitzpatrick sei eine Säule der Gemeinde gewesen, bekannter Mann, blabla, respektloses Auftreten der Beamten, blabla, Mangel an der fundamentalsten Höflichkeit, blabla, Rücksicht auf die Familie, blabla, Image der Polizei in Gefahr, gerade bei der Church of Ireland, blabla.

»Und dann hat er mich gefragt, ob wir inzwischen eine Vorstellung von Motiv und Täter haben, Mrs Vaughan. Und da musste ich meinem Chef sagen, dass das nicht der Fall ist. Kein Motiv, keine Spuren, kein Täter!«, fuhr Murry fort.

Emma schwieg.

»Was sagen Sie dazu, Frau Kollegin?«

»Dass wir gar keine Forensik haben, stimmt nicht, es gibt einen halben Fingerabdruck, der allerdings nicht zuzuordnen ist, und zwei anonyme Briefe, einen aus London, einen aus Manchester. An der Analyse des zweiten arbeitet Miles Munroe noch.«

Da klingelte Murrys Telefon. Er hob ab, lauschte und bellte dann:

»Soll raufkommen!«

Er knallte den Hörer auf die Gabel und fauchte Emma an:

»Jetzt haben wir den Salat! Dublin steht vor der Tür.«

Emma wandte sich zum Gehen.

»Sie bleiben gefälligst hier! Das haben Sie durchzustehen! Ich habe mich doch nicht nach Sligo versetzen lassen, um mich weiterhin über Kollegen aus der Zentrale aufzuregen!«

Es klopfte, und ohne eine Antwort abzuwarten, betrat ein großer Mann den Raum. An dem war irgendwie alles viereckig. Das Kinn, die Schulterpartie, die schweren Hände.

»Guten Morgen, ich bin Eamon Kelly vom Morddezernat in Dublin. Ich soll das Team hier unterstützen.«

Murry erhob sich schwer aus seinem Stuhl und streckte seine Hand über den Schreibtisch zum Gruß.

»Guten Morgen und herzlich willkommen, ich bin Paul Murry und hier der leitende Beamte. Das hier ist Emma Vaughan, die im Moment die Ermittlungen im Fall Fitzpatrick leitet. Sie wird Sie ins Bild setzen.«

Emma blieb einfach stehen und schwieg, die Miene unbewegt

Kelly ließ das kalt. »Ab sofort leite ich die Ermittlungen, Anweisung von ganz oben.«

In Emmas Augen schien seine ganze Haltung auszudrücken: Mit Kollegialität kommt man nicht weit.

»Ich brauche ein Büro, eine große Tasse Kaffee und sämtliche Ermittlungsunterlagen. Sobald ich mich eingelesen habe, will ich eine Konferenz mit allen Beteiligten, inklusive Forensik und Pathologie. Sagen wir um zwölf? Wo ist der Konferenzraum?«

Murry nickte.

Kelly nickte. »Leider konnte ich meinen Partner nicht mitbringen, der hat die Grippe. Könnte ich bitte einen Kollegen zugeteilt kriegen? Am besten jemanden, der bisher nicht mit dem Fall betraut war und unvoreingenommen auf die Fakten blickt?« Kelly guckte Emma in die Augen und lächelte. Dabei sah er aus wie ein Krokodil.

»Patrick Sloan ist ein guter Mann, ich werde ihn gleich informieren«, beeilte Murry sich zu sagen, während er bereits zum Hörer griff, um dienstbeflissen für Kelly einen Arbeitsplatz und einen Kompagnon zu organisieren. Auch das noch, dachte Emma, jetzt habe ich zusätzlich zu dem Fall auch noch zwei selbstverliebte Idioten am Hals.

Um zwölf versammelten sich alle in dem kleinen Konferenzraum des Serious Crime Units: Laborratte Miles, Dr. McManus, Emma, James und Dave. Dazu Eamon Kelly und Patrick Sloan, der sich das Grinsen nicht verkneifen konnte. Hatte es sich doch herumgesprochen wie ein Lauffeuer, dass Dublin und Murry Emma die Fitzpatrick-

Ermittlungen abgenommen hatten. Emma konnte Sloans Gedanken förmlich hören:

»Endlich kriegt diese respektlose, unmoralische, geschiedene, alleinerziehende, feministische, protestantische Kuh den Schlag auf die Hörner, den sie verdient!«

Kelly ließ die Gelenke in seinen Fingern knacken, ein Geräusch, das bei Emma immer Gänsehaut verursachte, und ergriff das Wort.

»Mrs Vaughan, vielleicht fassen Sie den Stand der Ermittlungen bis dato mal zusammen?«

Der traute sich was, Murry in seinem eigenen Büro die Konferenzleitung abzunehmen. Doch Murry kuschte. Feigling! Betont sachlich begann Emma also ihren Bericht. Danach waren Dr. McManus und Miles Munroe dran.

»Gibt es schon neue Erkenntnisse zu dem zweiten Brief und dem Foto?«, hakte Emma nach.

»Wie beim ersten Schreiben ist der Absender sehr vorsichtig vorgegangen. Keine DNA. Drucker und Briefpapier sind generisch. An der Frage, wo das Foto wohl entwickelt worden ist, arbeiten wir noch. Vermutlich irgendwo hier in Sligo«, antwortete Miles und vermied es dabei sorgfältig, Kelly anzusehen. Dann folgte eine längere Diskussion eines möglichen Motivs und der Frage, warum jemand diese Briefe geschickt hatte; erst an die Witwe und dann auch noch ausgerechnet an die Polizei.

Emma setzte ein interessiertes Gesicht auf, stellte auf Durchzug und ließ ihren Assoziationen freien Lauf. Wieso konnte Kaitlin Charles nicht ausstehen? Was hatte der seiner Schwester angetan? Wer rächte hier eigentlich was? Und warum erst jetzt? Kaitlin war schließlich schon seit vielen Jahren tot. Angeblich an gebrochenem Herzen gestorben ... Was immer das zu bedeuten hatte. Aber was hatte am Ende zu dem Mord geführt? Und was, zum Teufel, war in Charles' Schreibtisch gewesen – was hatte der Mörder gesucht? Und wieso kamen die anonymen Briefe aus England? Plötzlich boxte sich James' Ellbogen unsanft in ihre Seite.

»Mrs Vaughan?«, hörte sie gleichzeitig Kellys Stimme.

»Was?« Ihr Blick fiel auf den neben Kelly sitzenden Sloan, der süffisant grinste.

»Es wäre nett, wenn Sie uns Ihre geschätzte Aufmerksamkeit schenken könnten«, ätzte Kelly. »Ich habe Sie gefragt, wie Sie nun weiter vorgehen wollen?«

»Lieber Eamon, Sie sind doch jetzt der Chef in diesem Fall. Sagen Sie mir, wie wir weiter vorgehen wollen«, lächelte Emma. Es war das erste Mal, dass Kelly überhaupt direkt mit ihr sprach. Kelly starrte sie sekundenlang an, so als wüsste er nicht, was er mit dieser Kakerlake vor sich anfangen sollte. Schließlich hüstelte Murry. Da wandte sich Kelly ab und begann mit der Verteilung der Aufgaben. Erwartungsgemäß wollte er alles noch mal machen. Jedes Interview, jedes Telefonat. Irgendwann wurde es Emma zu viel, und sie fiel Kelly ins Wort:

»Ich würde gerne nach Manchester fliegen.«

Nun war es an Kelly, überrascht »Was?« zu sagen.

»Ich würde gerne nach Manchester fliegen. Wir haben mit allen Beteiligten gesprochen, bisher hat uns das nicht wesentlich weitergebracht. Wir haben aber noch nicht mit Margaret Sargent, geborene Fitzpatrick, geredet. Ich persönlich glaube, dass die Wurzeln dieses Falls weiter zurückreichen, als uns bisher klar ist. Dafür spricht auch das Foto aus dem Jahr 1963. Jemand hat uns das geschickt, um mit dem Finger in die Vergangenheit zu zeigen. Margaret ist die überlebende Schwester, mit der wir noch nicht gesprochen haben, und sie lebt in Manchester. Von da kam der zweite Brief. Das kann kein Zufall sein. Ich finde, wir sollten mit ihr reden.«

»Guter Gedanke, setzen Sie sich mit den Kollegen in Manchester in Verbindung, erklären Sie den Fall und bitten Sie darum, dass jemand bei der alten Dame vorstellig wird.«

»Nein, ich möchte selber nach Manchester fliegen und mit Margaret reden.«

Kelly war Widerspruch offenbar nicht gewohnt und zog die Augenbrauen hoch.

»Ich finde, wir sind es der Familie Fitzpatrick schuldig, dass wir das nicht einfach delegieren, sondern selbst tätig werden«, legte Emma nach.

»Das fällt Ihnen früh ein, Frau Kollegin. Bisher haben Sie es nur geschafft, so ziemlich alle Hinterbliebenen gegen sich aufzubringen.« Kelly klang fast drohend.

»Mordermittlungen sind leider kein Sonntagsausflug, das weiß niemand besser als Sie, Eamon, nicht wahr?« Emma lächelte süß. »Nach so einem Gewaltverbrechen trauern die betroffenen Familien und sind besonders empfindlich, da schlagen die Wellen schon mal hoch. Und die Fitzpatricks sind ja schließlich bekannte Leute, daher auch die besondere Sensibilität. Genau deswegen schlage ich ja vor, dass wir uns entsprechend engagieren und selbst mit Margaret Sargent sprechen. Ganz informell übrigens. Ich bin nämlich nicht sicher, dass die Fitzpatricks begeistert davon wären, wenn wir der alten Dame die lokale Polizei in Uniform auf den Hals jagen ...«

Emma erkannte sich selbst nicht wieder, Schmeicheleien und diplomatische Verrenkungen waren sonst nicht ihr Stil. Aber wenn es der Sache diente, sollte es ihr recht sein. James' fragenden Blick ignorierte sie. Er wusste ja, dass Margaret an Demenz litt, war aber loyal genug, um das in dieser Runde nicht an die große Glocke zu hängen.

Kelly wandte sich an Murry: »Gibt es für so was ein Budget?«

Emmas Herz sank, es gab alles Mögliche in Sligo, aber sicher kein Budget.

Doch Murry ließ zu ihrem Erstaunen vernehmen: »Ein Flug nach Manchester müsste machbar sein.«

Offenbar wollte er sich vor Kelly mit einem Mangel an Finanzen nicht noch eine Blöße geben, nachdem er sich schon in seiner eigenen Wache die Leitung der Konferenz aus der Hand hatte nehmen lassen. Peinlich genug, dass er Dublin und seinen Bossen bislang keine Lösung zu dem Fitzpatrick-Fall präsentieren konnte. Emma ahnte außerdem, dass Murry jeglichen weiteren Konflikt vermeiden wollte, würde der ihn doch bei der Einhaltung eines frühen Feierabends stören. Schließlich war es Frühling, der Golfplatz lockte. Und seine Köter wollten ausgeführt werden. Umso besser also, wenn seine rebellische Ermittlerin mal zwei Tage weg war und sich nicht mit Kelly, den Fitzpatricks und dem Präsidium in Dublin anlegte. Dafür kriegte er von Emma jetzt auch ein strahlendes »Danke, Chef!« verpasst. Eine Anrede, die bei Kelly auch klarstellen sollte, wer aus Emmas Sicht hier wirklich was zu sagen hatte.

Im Rausgehen zischte ihr Sloan zu: »Schön geschleimt, Frau Kollegin. Shopping in Manchester, was? Na, dann viel Spaß!«

Doch bevor Emma tief Luft holen und zurückschießen konnte, erklang Murrys Stimme von hinten: »Emma, bleiben Sie bitte noch kurz hier.«

Immerhin benutzt er jetzt wieder meinen Vornamen, dachte sich Em und drehte sich um.

»Gut gepokert.«

Das war Murrys Kommentar, als alle anderen verschwunden waren. Er lehnte sich in seinem Stuhl zurück, legte beide Hände flach auf den Tisch und schaute prüfend seine Detektivin an.

»Moment mal, ich bin wirklich der Meinung, dass ...«

»Ist ja schon gut«, unterbrach sie Murry, »buchen Sie sich einen billigen Flug und ein noch billigeres Hotel. Ich werde schon irgendwo das Geld dafür auftreiben. Ich will ja auch nicht, dass uns dieser Angeber aus Dublin die Butter vom Brot nimmt.«

»Aye, aye, Sir.« Emma grinste und wollte schon gehen, als Murry sie zurückhielt.

»Und rufen Sie vor allem die Kollegen in Manchester an und sagen Sie Bescheid, dass Sie zu einem informellen Informationsgespräch kommen.«

»Muss das sein?«

»Yep.«

Als sie endlich auf dem Flur stand und Murrys Tür hinter sich zugezogen hatte, holte Emma hörbar tief Luft. Geschafft! Es hatte was für sich, ausnahmsweise mal sein Temperament im Zaum zu halten und strategisch vorzugehen, wie sie zugeben musste. Langsam wanderte sie den Gang runter zu ihrer eigenen Kemenate. Dort saß James mit zwei Tassen dampfendem Kaffee.

»Wo bleibst du denn? Dein Kaffee wird kalt.« James lächelte sein berüchtigtes Grübchenlächeln, und Emma schmolz innerlich dahin. Sie grinste zurück und ließ sich in ihren Stuhl fallen.

»Ich hab übrigens heute Morgen schon in Belfast angerufen und mit ein paar von den Trullas gesprochen, mit denen diese Mary-Anne Kilgallon und ihre Isla den Freitagabend verbracht haben wollen«, sagte James.

»Oh, ich verstehe. Wenn sich Frauen für dich interessieren, dann sind es Mädels, Ladys oder Schätzchen. Wenn sie das nicht tun und lieber mit anderen Frauen in einer Lesbenbar abhängen, dann sind es Trullas?«

James verzog das Gesicht. »Ach, hab dich nicht so, gerade du müsstest doch wissen, dass ich das weibliche Geschlecht in all seinen Ausprägungen sehr verehre.« Dazu ein Zwinkern.

»Ach James. Vielleicht sollten wir diese Art von Konversation besser bleiben lassen? Sie bringt nicht gerade unsere besten Eigenschaften ans Licht.«

»Ich habe keine ›beste Eigenschaft‹. Ich habe höchstens ›am wenigsten schlechte Eigenschaften‹. Der am wenigsten miese Charakterzug muss bei mir eben als der beste herhalten.«

Emma musste lachen. »Du bist vielleicht ein Macho, aber wenigstens bist du unterhaltsam. Aber zurück zum Job. Was haben dir die ›Trullas‹ aus Belfast denn so erzählt?«

»Na ja, Mary-Anne und Isla, beide waren tatsächlich in Belfast Freitagabend. Im Kremlin. Trinken und Tanzen. Übernachtet haben sie bei einem befreundeten Paar. Einer gewisse Colleen O'Dea und einer Dolly Murphy. Passenderweise wohnen die zwei in South Belfast in der My Ladys Road … Mit der O'Dea hab ich gesprochen, die bestätigt das Alibi.«

»Noch jemand?«

James wühlte in seinen Notizen.

»Ja, und dann noch eine Mary Brady, eine ehemalige Freundin von Isla. Die war auch im Kremlin die Nacht und hat die beiden gesehen. Hat Gift und Galle gespuckt, dass Isla jetzt mit ›so 'ner Alten‹ – ihre Worte, nicht meine! – abhängt. Aber ich vermute, das Alibi der beiden steht damit erst recht.«

Emma runzelte die Stirn. »Womit wir also wieder bei null wären in diesem verkorksten Fall. Irgendwie hatte ich das schon vermutet.«

»Du und deine Vermutungen. Willst du deswegen nach Manchester? Auch so 'ne Vermutung?«

Emma guckte unbeteiligt. »Kann schon sein.«

»Jedenfalls hast du da heute 'ne echt steile Kurve genommen. Ich dachte, Murry ist kurz davor, dir den Kopf abzureißen, und stattdessen leierst du ihm ein Ticket nach Manchester aus dem Kreuz. Hast du ihm eigentlich gesagt, dass Margaret Sargent dement ist?«

»Ehrlichkeit wird als Tugend überbewertet.«

»Nicht, wenn Ehrlichkeit die einzige Tugend ist, die eine hat!«

Emma grinste müde.

»Charmant, Herr Kollege! Aber mal im Ernst: Schlimmer als Ian kann die alte Sargent auch nicht drauf sein.« Emma war plötzlich ganz erschöpft und trank dankbar ihren Kaffee.

»Ach komm, verarsch mich nicht.« James war ernst geworden: »Was willst du wirklich in Manchester, Emma?«

»Ich will tatsächlich mit Margaret reden, James. Ich hoffe, dass in ihrem Langzeitgedächtnis noch was übrig ist von früher. Vor allem will ich ihre Reaktion auf Kaitlins Foto sehen. Ich hoffe einfach, dass ich endlich auf ein Motiv für den Mord an Fitzpatrick stoße. Das alles wurzelt tief in der Vergangenheit, irgendwo in *The Manors*, meiner Meinung nach.«

Dann kam sie endlich dazu, James von ihrem vorabendlichen Telefonat mit Tom Sargent in Sydney zu berichten.

»›... ich weiß, was du getan hast ...‹«, wiederholte James nachdenklich. »Na, dann buch dir mal 'nen Flug.«

August 1965

Reifen quietschten, Matsch spritzte. Im Hof stand ein weißer Austin Morris 1100. Margaret war gerade beim Abspülen in der Küche und lief vors Haus, um zu sehen, wer mit so einem coolen Gefährt angebraust war. Heraus stieg Charles, wie immer im schwarzen Anzug mit dem unvermeidlichen weißen Vikarskragen. War er also doch gekommen, um seine Familie zu sehen.

»Hallo, Charles, wo sind denn Jeane und das Baby?«, begrüßte sie ihren Bruder.

Der hielt sich jedoch mit Grußformeln nicht lange auf. »Ich bin nicht zum Vergnügen hier. Das wird keine Familienfeier. Ich bin nur gekommen, weil ich mit Kaitlin reden muss!«

Die hatte das Auto ganz offenbar auch gehört und kam inzwischen über den Hof gelaufen. Als sie ihren Bruder erkannte, zogen abwechselnd ein Ausdruck, der Margaret an Ekel erinnerte, und Hoffnung wie Wolken über das Gesicht ihrer kleinen Schwester hinweg.

»Charles!«, sagte Kaitlin fast atemlos. »Hast du Neuigkeiten von meiner Tochter? Wo ist mein Baby?«

Der packte seine Schwester jedoch nur fest am Arm und

sagte: »Sei nicht so laut. Wir machen jetzt einen Spaziergang!«

Er zog die widerstrebende Kaitlin über die Schafweide vor dem Haus in Richtung Obstgarten, und die lebenden Wollknäuel sprangen entsetzt davon. Sogar den Schafen war der wütende Mann in Schwarz unheimlich. Margaret blieb an der Haustür stehen und beobachtete die beiden. Außer Hörweite blieb Charles schließlich stehen und gestikulierte auf seine Schwester ein. Gesten wie Schläge. Kaitlin wurde immer kleiner, wich zurück. Drehte sich schließlich um und rannte zum Haus. Margaret sah, dass sie weinte. Sie wollte Kaitlin in der Tür aufhalten und in den Arm nehmen, doch die schob sie nur zur Seite und lief in den Flur, die Treppe hoch in ihr Zimmer.

Schließlich kam auch Charles zurück, den Mund so zusammengepresst, dass er aussah wie ein lippenloser Riss in seinem Gesicht.

»Charles. Komm doch rein, Mutter freut sich bestimmt, dich zu sehen«, versuchte Margaret so etwas Ähnliches wie Normalität herzustellen.

Doch Charles hatte schon die Autotür in der Hand. An seinen Wagen gelehnt, sagte er:

»Sag deiner Schwester, sie soll dieses Kind endlich vergessen. Das ist besser für alle Beteiligten. Wenn sie noch einen einzigen Brief nach Armagh oder sonst wo hinschickt, der mit dem Kind zu tun hat, wird sie das bitter bereuen. Die Kirche hat einen langen Arm.«

Margaret sah dem Austin Morris mit der nordirischen Nummer noch lange nach.

März 2005

Emma lauschte müde dem einschläfernden Brummen der Motoren. Sie war früh aufgestanden, ins benachbarte County Mayo nach Knock zum Flughafen gebraust und hatte im Radio den Todesnachrichten gelauscht. Noch so eine irische Spezialität, die sie nicht nachvollziehen konnte. Ihre Landsleute waren besessen vom Tod. Schon früher, zu Hause in New York, gab es für Emmas Mutter keine wichtigeren Neuigkeiten aus der alten Heimat als die, wer gestorben war. »Ah, der alte O'Grady. Kein Wunder, der war dem Alkohol verfallen ...« oder »Patrick Dunne – der hatte es immer schon auf der Brust!«, lauteten ihre Kommentare, wenn sie aus den Briefen ihrer Schwester von den neuesten Dramen erfuhr. Emma hatte das für eine morbide Marotte ihrer Frau Mama gehalten, doch nach ihrem Umzug nach Sligo war ihr klargeworden, dass das obsessive Studium der Todesanzeigen zum irischen Nationalcharakter gehörte. Mittlerweile wurde die Liste der jüngst Verstorbenen im Radio verlesen, und Emma hatte es sich zum Sport gemacht, beim Fahren und Zuhören zu zählen, welche Phrase wie oft wiederholt wurde. Heute war sie auf drei »sadly missed« gekommen, zwei »peacefully at home« und zwei »unexpectedly«. So verging immerhin die Zeit am Steuer schneller. Als sie endlich angekommen war, wunderte sie sich wieder einmal über die Existenz dieses witzigen »internationalen« Flughafens. Verlassen lag er in den menschenleeren, einsamen Hügeln von Knox. 1897, nach einer Serie von Hungersnöten, hatten in dem kleinen Dorf Knock zwei Hausfrauen an einem regnerischen Augustnachmittag auf dem Weg nach Hause die Jungfrau Maria und noch ein paar katholische Heilige gesehen – welche genau konnte Emma sich nicht merken. Jedenfalls war die heilige Truppe Berichten zufolge umschwirrt gewesen von Engeln. Ein Lamm und ein Kreuz sollten auch dabei gewesen sein. Kein Wunder, in Irland ging ja gar nichts ohne Lämmer.

Andere Dörfler erinnerten sich hinterher an ein helles Licht, das sie gesehen haben wollten. In der bitterarmen Gegend waren alle vermutlich leicht wahnsinnig vom Hunger, das zumindest war Emmas Interpretation der Visionen. Die Kirche sah das natürlich anders, und 1936 war das Hungerdelirium vom Vatikan als Wunder anerkannt worden. Doch das eigentliche Mirakel war, dass 1986 in der verarmten Gegend nach einer jahrelangen Kampagne des Priesters James Horan ein internationaler Airport gebaut wurde – spöttische Zungen sagten, die Landebahn sei nur entstanden, um mal wieder einen Papst nach Irland zu locken. Amen!

Beim Einchecken in ihren Ryanair-Billigflieger schließlich hatte sich Emma wie immer über die Zusatzkosten für ihr Gepäck geärgert und beim Abheben – auch das wie immer – ängstlich die Armlehnen umklammert. Mörderjagen war kein Problem, wohl aber latente Flugangst.

Jetzt zog unter ihr die Irische See vorbei. Auf Emmas Schoß lag Maeve Binchys »Insel der Sterne« – ungelesen. Emma konnte sich nicht auf den Text konzentrieren, stattdessen dachte sie an Steve, der heute Morgen noch im Bett gelegen hatte, als sie das Haus verließ. Die kommenden zwei Tage würde er bei seinem Vater verbringen, der seinen Sohn plötzlich ganz für sich haben wollte. Ach Stevie, wenn du wüsstest, dachte Emma, die sich gut an Pauls Ärger erinnern konnte, als sie ihm damals ihre Schwangerschaft gestanden hatte. »Was denn, jetzt schon?«, hatte er geschimpft. Und er hatte ja recht gehabt, sie waren beide noch so jung gewesen, Emma gerade mal 20.

Nach dem Abitur hatte sie keine Ahnung, was sie mit ihrem Leben anfangen sollte, und da ihren irischen Eltern der geplante wirtschaftliche Neustart in New York nie so ganz gelungen war und sie ihre Tochter finanziell nicht weiter unterstützen konnten oder wollten, fing Emma an, ziemlich ziellos herumzujobben. Schließlich hatte sie sich einem Impuls folgend in Joe Brady's Irish Pub in der Maiden Lane im Süden Manhattans als Kellnerin beworben. Das war ein dunkler, nach Bier stinkender Laden voll auf Hochglanz poliertem gelben Messing und den unvermeidlichen Kleeblättern und Harfen hinterm Tresen. Beim Vorstellungsgespräch vor Ort hatte der Wirt Emma nicht geglaubt, dass sie tatsächlich Irin war, klang sie doch als Kind der verwahrlosten Lower East Side so amerikanisch wie nur irgendeine US-Göre.

»Du kannst hier nicht arbeiten. Du bist zwar hübsch genug, um die Banker der Wall Street um die Ecke anzulocken, aber du musst auch irisch klingen, und das tust du nicht«, hatte er nach einer gründlichen Musterung gesagt – und dabei selber durch und durch amerikanisch geklungen.

»Aber ich bin wirklich Irin!«

»Lüg mich nicht an, du bist doch sicher irgendwo auf dem Land abgehauen. Kansas? Illinois?«, kam es mit breitem Brooklyn-Akzent zurück.

»Ich bin hier in Manhattan aufgewachsen, in der St. James Street, beim Polizeipräsidium, um die Ecke. Aber meine Eltern sind aus dem County Sligo, irische Westküste ...«

»Du klingst aber überhaupt nicht so ...«

Da mischte sich ein gut gewachsener Hüne mit lachenden Augen ins Gespräch, der zuvor schweigend hinter dem Tresen Gläser poliert hatte: »County Sligo. Wirklich? Woher genau?«

Sein irischer Akzent war in der Tat unverkennbar, der Kerl vor ihr sprach genauso breit wie ihre Eltern.

»Ballymote. Aber ich war als Kind nur ganz selten mal da, in den Ferien ... Ich bin hier in New York City zur Schule gegangen.«

»Okay, was ist das Wichtigste an Ballymote?«, kam es in irischem Singsang zurück.

»Aus meiner Sicht: meine Oma. Die hatte ein Haus da, nicht weit von einem steinalten, ziemlich zugewachsenen Hügelgrab. Sie hat mir immer erzählt: ›Auf dem Grab tanzen nachts die kleinen Leute, die Feen.‹ Ich hab nächtelang auf dem Fensterbrett gesessen, um die Feenprinzessin zu sehen ...« Emma grinste den jungen Iren an.

»Aber aus deiner Sicht ist das Wichtigste an Ballymote vermutlich die alte Burg aus dem 13. Jahrhundert. Hat irgendein normannischer Earl of Ulster oder so gebaut. Als Kind haben mich die alten Steine jedoch wenig interessiert.«

Der Hüne grinste zurück, wandte sich an seinen Chef und meinte:

»Die ist schon okay und übrigens wirklich aus Irland. Das mit dem Akzent kriegen wir auch noch hin. Ich bring ihr bei, so zu reden wie ihre Eltern!«

Genau das hatte Emma immer vermeiden wollen: so zu klingen wie ihre Eltern, so fremd, so ländlich, so heimwehkrank. Sie war stolz darauf, eine New Yorker Klappe zu haben. Doch damals hatte sie eine freche Antwort runtergeschluckt – nicht unbedingt, weil sie für diesen blöden Ami in dem falschen Irish Pub arbeiten wollte, sondern weil irgendwas an dem großen Fremden sie magisch anzog. Wie sich herausstellte, hieß der Alibi-Ire, der Joe Brady's Pub einen Anstrich von Authentizität verleihen sollte, Paul Vaughan, war protestantisch wie Emma und stammte aus dem Städtchen Sligo, das ihrem Heimat-County den Namen gab. Am Ende brachte der ihr dann noch viel mehr bei als den Akzent ihrer Eltern. Ihre Schwangerschaft entsetzte ihn dann allerdings fast so sehr wie ihren Vater, der Emma seither nie mehr wieder voll vertraut hatte. Emma durfte gar nicht daran denken, was geworden wäre, hätte sich Paul als irischer Katholik entpuppt ... Vermutlich hätte ihr Vater sie halb totgeprügelt und dann verstoßen.

Am Ende heirateten sie ohne großes Getöse und ohne ihre Familien im Rathaus von Manhattan und gingen wenig später nach Sligo zurück. Erstens reichte ihr Geld kaum für die Miete in New York, und zweitens kriegte auf diese Weise die irische Gemeinde weder auf der einen noch auf der anderen Seite des Atlantiks mit, dass sie ein »gefallenes Mädchen« und schon vor der Hochzeit schwanger gewesen war. Pauls Charme, der zuvor gesprudelt hatte wie der irische Cider vom Fass in Joe Brady's Pub, schäumte da allerdings schon nur noch wie Kamillentee. Eine Frau und ein Kind ... So hatte er sich seine Rückkehr nach Irland nicht vorgestellt. Eher schon hätte er als erfolgreicher Hotelier auf einer Harley-Davidson vorfahren wollen ... Und schon gar nicht wollte er den Saatguthandel seines Vaters übernehmen. Vor diesem Schicksal war er schließlich nach New York abgehauen wie zahllose Immigranten vor ihm.

Doch so war es am Ende, die kleine Familie zog in die

Etage über dem Geschäft ein, und das eheliche Unglück nahm seinen Lauf. Wann immer Paul Lust dazu verspürte, kriegte Emma seine Fäuste zu spüren, meistens grundlos, einfach, weil er frustriert war und zu viel getrunken hatte. Manchmal allerdings provozierte ihn Emma auch, die ihren großen, hübschen Hünen plötzlich nur noch stumpf und banal fand.

Den Kleinen immerhin ignorierte er weitgehend, was Emma sehr recht war. Sie war so einsam in dem fremden Land, dass Steve schnell zur Sonne ihrer ansonsten so dunklen Tage wurde. Steve und ihre praktische, liebevolle, zupackende Schwiegermutter Anne. Gott hab sie selig! Emma hatte sich immer gefragt, wie diese herzensgute Person so einen unreifen Sohn hatte heranziehen können. Doch nun, selbst Mutter eines Teenagers, hatte sie einsehen müssen, dass der elterliche Einfluss auf den Nachwuchs doch relativ gering war, und sah Annes Erziehungsleistung in milderem Licht. Schließlich war Anne es gewesen, die auf Stevie aufgepasst hatte, damit Em auf die Polizeischule gehen und doch noch etwas aus ihrem Leben machen konnte.

Paul empfand das natürlich als Verrat von Mutter und Ehefrau, wollte er doch, dass Em bei ihm im Geschäft arbeitete und die Abteilung Haushaltwaren übernahm, die er zusätzlich zum Saatgut- und Futterhandel aufzubauen im Begriff war. Emma hatte ihn jedoch immer im Verdacht, dass er sich letzten Endes ein wenig davor fürchtete, dass seine Frau zu unabhängig werden könnte. Und zu Recht, hatte sie sich doch ihr Kind geschnappt und war ausgezogen, sobald sie einen festen Job als Polizistin an Land gezogen hatte. Für diese Unabhängigkeit hatte sie teuer bezahlt – mit Pauls Hass, dem Misstrauen ihrer

Garda-Kollegen und dem Schmerz ihres Sohnes, dem sie die mehr oder weniger heile Kinderwelt der Kleinfamilie zerschlagen hatte. Zumal er ziemlich gleichzeitig auch seine geliebte Oma Anne, die an Krebs gestorben war, verloren hatte ... Aber aus Emmas Sicht war so ziemlich alles besser als Pauls Aggressionen und seine Fäuste.

Plötzlich wurde sie von der Stimme der Flugbegleiterin aus ihren Gedanken gerissen: Anflug auf Manchester, hinsetzen, anschnallen, Tisch hochklappen. Ausnahmsweise befolgte Emma brav, was man ihr sagte.

Das Taxi fuhr durch endlose graue Vororte. Ein Reihenhäuschen lehnte sich an das nächste, vielen sah man an, dass ihre Bewohner sich im Kampf um ihre bürgerliche Respektabilität mit Zähnen und Klauen gegen die Armut verteidigten. So manche hatten diese Schlacht schon verloren gegeben, Farbe blätterte von Türen und Fenstern, und Putz bröckelte von den Wänden. Zäune standen schief, Gartentore hingen schräg in den Angeln. Manchester war nordisch, grau, trist. Der Regen machte es Emma auch nicht leichter, irgendetwas Schönes an der alten Industriemetropole zu entdecken, in der früher mal ein Charles Stewart Rolls einen Sir Frederick Henry Royce getroffen und eine Autofabrik gegründet hatte.

Margarets Söhne waren beide von hier abgehauen, der eine in die Schweiz, der andere nach Australien, und auf der Fahrt durch das grau verhangene Manchester konnte Emma das gut verstehen. Zwischendurch ging es über Kanäle und durch alte Industrieanlagen aus Backstein. Viele der verlassenen Fabriken aus dem 19. Jahrhundert hatten kleine Türmchen und fast spätgotisch anmutende, spitz zulaufende Fenster. Komisch, hier sahen die Fabrikhallen alle aus wie Kirchen – und die Kirchen wie Fabrikhallen, schoss es Emma durch den Kopf, als ihr Taxi an einem hässlichen Gotteshaus aus den 1970er Jahren vorbeifuhr. Endlich wurde es grüner, und dann kam Oak Gardens ins Blickfeld. Einzelne Häuser standen verstreut unter Bäumen in einem parkähnlichen Garten. Ausnahmsweise trog ein Flurname wie Oak Gardens also nicht; normalerweise drückten Straßennamen ja nur aus, was zerstört worden war, um Platz für die Bebauung zu schaffen. Wenn eine Straße »In den Erlen« hieß, »Birkenweg« oder wie hier »Eichengarten«, war davon auszugehen, dass die Erlen, Birken oder Eichen das nicht überlebt hatten.

Wenigstens hatten sich die Sargent-Boys bei der Wahl des Altenheims für ihre Mutter nicht lumpen lassen, wenn sie sich schon nicht selbst um ihre Pflege kümmerten, dachte Emma befriedigt. Sie hatte sich übrigens nicht die Mühe gemacht, im Polizeipräsidium in Manchester anzurufen. Sie konnte die Kollegen ja immer noch informieren, sollte eine Festnahme oder irgendetwas anderes Dienstliches notwendig werden. Ihre Dienstwaffe, die bei der irischen Polizei übliche Sig Sauer, und die Handschellen hatte sie dennoch sicherheitshalber eingesteckt. Mit ihrer Polizisten-Hundemarke war das Einchecken einer Waffe am Flughafen kein Problem gewesen. Ich bin inkognito hier; bei dem Gedanken musste Emma fast lachen, bis ihr einfiel, dass sie sich besser ganz schnell eine Ausrede für die Rezeption von Oak Gardens ausdenken sollte, da sie hier ja schlecht ihre irische Polizeimarke zücken konnte. Irgendwie musste sie begründen, warum sie Margaret Sargent besuchen wollte. Sie würde einfach ihren breitesten Sligo-Akzent auflegen und irgendwas von »entfernte Cousine« murmeln.

Tatsächlich gab es gar keine Rezeption, und Emma stand plötzlich mitten in einer Art Wohnzimmer, in dem alte Menschen in schweren Sesseln oder Rollstühlen vor sich hin dämmerten. Es roch nach Desinfektionsmitteln und Toast. Offenbar war das Frühstück gerade vorbei. Ein steinalter Mann schlurfte an ihr vorüber. Oben herum war er völlig angezogen, doch von den Hüften an abwärts schimmerte seine nackte Haut erschreckend weiß, nur unter den Zehennägeln wirkte das Fleisch bläulich. Eine zierliche, junge, indisch wirkende Pflegekraft lief hinter ihm her, während sie irgendwas aus Stoff schwenkte, und rief immer wieder: »James, kommen Sie doch bitte wieder zurück! Sie müssen doch noch Ihre Hosen anziehen!«

Alt werden war nicht lustig. Schon gar nicht, wenn man kratzenden Tweet anziehen sollte. James zog offenbar kalte Beine seinen warmen Hosen vor und marschierte einfach weiter. Emma fand, spätestens mit 80 sollte jeder tun dürfen, was er mag, inklusive unten ohne herumlaufen.

Schließlich entdeckte sie die Stationsschwester, eine rundliche Frau Mitte 50 in einem rosa Schwesternkittel und den typischen weißen Latschen der Medizinerbranche.

»Guten Tag, ich bin Emma aus Sligo in Irland. Ich würde gerne Margaret Sargent besuchen.«

»Ach, das ist aber nett. Besuch aus der alten Heimat! Ich bin Schwester Patty. Margaret ist noch in ihrem Zimmer. Links den Gang runter, Nummer fünf.«

Emma bedankte sich und machte sich auf den Weg. Als sie in den Flur einbog, glaubte sie, sich verhört zu haben: »Kaitlin! Kaitlin!« Und dann wieder: »Kaitlin!«, klang es dumpf durch die Wände. Das kam eindeutig aus Zimmer Nummer fünf. Emma klopfte und machte die Tür auf.

Gleich zwei Gesichter guckten zu ihr hoch. Das einer winzig kleinen, uralten Dame mit einem wirren grauen Haarkranz und einer in dem kleinen Gesichtchen fast übergroß wirkenden Brille. Sie sagte wieder »Kaitlin?«, und diesmal klang es fragend. Daneben stand vorgebeugt eine rundliche Frau um die 40, die gerade dabei war, die Reste des Frühstücks der alten Dame aufzuräumen. Sie richtete sich auf und guckte Emma entgegen: »Guten Tag, kann ich Ihnen helfen? Haben Sie sich verlaufen?«

Emma stand aber nur da und starrte. Es war, als sei das Foto in ihrer Handtasche Wirklichkeit geworden und 20 Jahre gealtert – nur, um sich hier in einen lila Schwesternkittel zu hüllen. Alles stimmte, sogar der dicke Zopf, der der Pflegekraft über die Schulter fiel, sah genauso aus wie der auf dem Foto der verstorbenen Kaitlin mit der Aufschrift »1963«.

Die beiden Frauen starrten sich an, und Emma sah, wie ein Film des Verstehens in der anderen ablief. Dann fasste sie sich und sagte:

»Guten Tag, Emma mein Name. Ich bin aus Sligo, Irland, und will Margaret Sargent besuchen.«

Als Margaret »Sligo« hörte und »Irland«, verzog sich ihr faltiges Gesichtchen zu einem Lächeln. »*The Manors*«, sagte sie dann. Und »Mummy«, und schließlich: »I will raise and go now, and go to Innisfree …«

Emma lächelte zurück und sagte: »Ja, *The Manors*. Da war ich diese Woche auch schon. Und mit Ian habe ich auch gesprochen. Und mit Jeane.«

Dabei ließ sie die Schwester jedoch nicht aus den Augen, die nun wieder fortfuhr, mit der Hand Toastkrümel zusammenzufegen.

»Und wer sind Sie, wenn ich fragen darf?«, sagte Emma,

diesmal bewusst an die Pflegekraft gewendet. »Heißen Sie Kaitlin?«

»Nein, mein Name ist Catherine. Ich arbeite hier. Margaret leidet an Demenz, und ihr Gehirn liefert Wörter aus dem Langzeitgedächtnis, aber das muss nichts heißen, das meiste ist zusammenhangslos.«

»Margarets Schwester hieß Kaitlin, wussten Sie das?«

»Nein«, kam die abweisende Antwort. Catherine schnappte sich das Tablett und verließ mit einem knappen »Ich muss weiter!« das Zimmer, gefolgt von Margarets nun ängstlich klingendem »Kaitlin! Kaitlin!«.

Was jetzt?, fragte sich Emma und ließ den Blick über Margarets Fotosammlung auf einem Beistelltischchen gleiten. Sie erkannte Bill Sargent und eine alte Ansicht von *The Manors*. Die kleinen blonden Buben mit einem Känguru im Silberrahmen müssten die australischen Enkel sein, die Söhne von Tom Sargent.

Doch Emma war nicht ganz bei der Sache, arbeitete ihr Hirn doch fieberhaft: Was genau habe ich hier eigentlich gerade erlebt? Eine Doppelgängerin der verstorbenen Kaitlin. Hatte sich Charles Fitzpatrick deswegen bei Laura McDern nach dem Erbrecht unehelicher Kinder erkundigt? Aber warum sollte ihn das das Leben gekostet haben?

Schließlich setzte sie sich zu Margaret und lächelte die alte Dame an: »Na, haben Sie Heimweh nach Irland?«

Doch Margaret hatte sich längst wieder in ihre eigene Welt zurückgezogen. Emma kramte die Fotokopie von Kaitlins Foto aus ihrer Handtasche und fragte: »Erinnern Sie sich an Ihre Schwester? An Kaitlin?«

»Kaitlin«, murmelte Margaret.

»Und Charles?«

Schweigen.

»Was ist damals passiert? 1963, was war da los?«

Schweigen.

»Haben Sie mir diesen Brief hier geschickt mit dem Foto von Kaitlin? Schauen Sie mal, der ist in Manchester abgestempelt.« Emma zog die Fotokopie vom Umschlag des zweiten Briefs aus ihrer Handtasche und legte ihn zu dem Foto.

Schweigen.

Margaret war schließlich in ihrem Sessel eingeschlafen, Emma packte Foto und Umschlag wieder in ihre Handtasche und beschloss, einen Spaziergang über das Gelände zu machen, um ihre Gedanken zu ordnen. Es regnete immer noch, also setzte sie sich auf eine Bank unter einem Dachvorsprung im Garten des Pflegeheims. Sie kramte ihr Telefon heraus und rief Laura McDern an.

»Hallo, Darling, geht's dir gut?«, kam Lauras fröhliche Stimme über den Äther.

»Geht so. Ich sitze in einem Altenheim in Manchester und weiß nicht weiter.«

»Ich fand eigentlich, du alterst ganz gut. Dass du dich gleich selber in ein Heim einbuchst, halte ich für etwas verfrüht!«

»Sehr witzig!«

»Im Ernst, was willst du denn da?«

»Ich besuche Margaret Sargent, geborene Fitzpatrick, du weißt schon, mein Mordfall. Und da läuft mir doch glatt eine Frau in die Arme, die genau aussieht, wie Margarets lang verstorbene Schwester Kaitlin Fitzpatrick. Das kann kein Zufall sein, aber mein Hirn ist wie blockiert. Was sehe ich hier?«

»Und da rufst du mich an? Ich sitze in meiner Kanzlei

in Sligo und starre auf die jüngste Ausgabe einer Fachzeitschrift für Familienrecht. Ich habe keine Ahnung, was du da gesehen hast!«

»Ja, aber du hast mir neulich im Pub etwas erzählt. Der Besuch des alten Fitzpatrick in deiner Kanzlei. Irgendwas mit Erbrecht und unehelichen Kindern. Ich hab das damals nicht richtig registriert. Was genau hast du seinerzeit gesagt?«

»Keine Ahnung, was genau ich gesagt habe. Fitzpatrick war bei mir, weil er eine Auskunft über das geltende Erbrecht wollte. Er wollte wissen, wer Ansprüche auf das Land und den Herrensitz anmelden könnte. Ich habe damals vermutet, dass es um Margarets Söhne geht.«

»Du meinst, der Alte wollte das Land für seine Kinder sichern und die Kids seiner Schwester als Erben loswerden?«, fragte Emma.

»Anders konnte ich es mir nicht erklären.«

»Laura, du bist ein Schatz. Vielen Dank. Ich melde mich, wenn ich wieder im Lande bin.«

Es gab sehr wohl noch eine andere Erklärung. Aber wie sollte sie die ans Licht zerren?

Inzwischen hatte es aufgehört zu regnen, und Em wanderte gedankenversunken in dem nassen Garten herum. ›Kaitlin Fitzpatrick, ich weiß, was du getan hast, Kaitlin Fitzpatrick, ich weiß, was du getan hast …‹

Kapitel 10

Manchester

Emma war gerade unter einem Baum stehen geblieben, um sich zu orientieren, als ihr Telefon klingelte. Ihr »Vaughan« klang fast wie ein Fauchen.

»Quinn«, knurrte es zurück. Sofort wurden Emmas Züge weicher.

»Was gibt's, Kollege?«

»Du kommst besser schnell zurück, hier passieren merkwürdige Sachen. Kollege Kelly aus Dublin hat sich irgendwie auf eine IRA-Theorie eingeschossen und gräbt in der Szene herum, weil er glaubt, die Republikaner haben Fitzpatrick ermordet.«

»Und ein Radio geklaut? Das ist doch lächerlich, die IRA geht nicht so vor. Außerdem gibt es kein Bekennerschreiben.«

»Erzähl mir was Neues. Aber Kelly glaubt offenbar, dass die neueste Generation der Terroristen ihre Strategie geändert hat und nun verdeckt operiert. Er meint, dass die quasi eine Fassade aufbauen, um jetzt IRA-Morde nicht als solche erscheinen zu lassen.«

»Aber das ist doch Schwachsinn.«

»Es wird noch viel schwachsinniger. Er hat Paul in Verdacht.«

»Paul? Welchen Paul?«

»Deinen Ex, du Dussel«, James klang plötzlich erschöpft. »Kelly dreht hier in Sligo die gesamte Bruderschaft der IRA-Sympathisanten durch die Mangel. Dabei ist ihm irgendwie auch Paul Vaughan ins Netz geraten.«

»Das ist ja wie in einem miesen Polizeifilm.«

»Ha, du hast gut reden, mein ganzes Leben ist wie ein mieser Polizeifilm!« James lachte und klang dabei überhaupt nicht amüsiert.

»Aber wieso Paul? Der verkauft Hundefutter, Schaufeln und Kochtöpfe …«

»Kelly meint, Ende der 1990er Jahre musste in die USA abhauen, weil die Behörden in Sligo ihn verdächtigten, an einigen Bankraub-Nummern beteiligt gewesen zu sein, um die Provisional IRA zu finanzieren. Dublin hat ihn wohl schon seit langem auf dem Radar.«

»Das wusste ich ja gar nicht! Paul hat mir das nie erzählt.«

»Es mag ja sein, dass Paul dir nichts erzählt, aber Kelly ist überzeugt, dass Paul die Finger drin hat bei den Republikanern.«

»Das ist komplett verrückt, Paul ist doch Protestant!«

»Das war Charles Stewart Parnell auch. Und der hat den irischen Nationalismus sozusagen erfunden. Zumindest hat er ihm eine Stimme verliehen. Es gibt so einige Protestanten in der IRA, denen eine komplette irische Republik inklusive der sechs britischen Provinzen in Ulster wichtiger ist als ihre Religionszugehörigkeit.«

»Parnell. Ist das nicht der mit der Statue auf der O'Connell Street in Dublin?«

»Genau der, er kämpfte im 19. Jahrhundert für eine Landreform und gegen die britischen Großgrundbesitzer. Der Obernationalist sozusagen – und von Hause aus Anglikaner.«

»Nun ja, Paul ist Republikaner, und er hasst die Briten. Das stimmt. Aber das ist so ziemlich alles, was er mir gegenüber je rausgelassen hat.«

Emma war nachdenklich geworden.

»Kelly weiß offenbar mehr als du, er hält deinen Ex für einen der Köpfe der IRA in Sligo und hat sich in die Idee verbissen, dass die Fitzpatrick auf dem Gewissen hat. Ich würde mich nicht wundern, wenn der deinen Alten erst mal einlocht.«

»Meinen Ex-Alten, wenn ich bitten darf. Und warum sollte Paul sich ausgerechnet jetzt mit Fitzpatrick beschäftigen? Der Mann war pensioniert!«

»Em, das hier ist Irland. Einmal verheiratet, immer verheiratet. Scheidung mag es in deinem Kopf geben, aber nicht in dem katholischen Dickschädel von Eamon Kelly. Und was das andere Thema angeht: Kelly meint, dass Fitzpatrick auch nach seiner Pensionierung versucht haben könnte, für die Briten die Szene in Sligo auszuspionieren. Und da soll ihm Paul draufgekommen sein.«

»Das Wichtigste ist, Stevie da rauszuhalten. Der ist nämlich grad bei seinem Dad …«

»Ruf ihn an und sag ihm, er kann bei mir wohnen. Und komm bald zurück. Sippenhaft ist zwar abgeschafft, aber wenn sie Paul was anhängen, ist das für deine Karriere bei der Garda auch nicht gerade glorreich. Besser du bist vor Ort und kannst die Herren persönlich von deinen Qualitäten überzeugen.«

»O.K., ich ruf meinen Sohn an und schick ihn zu dir auf die Wache. Ich wäre dir sehr verbunden, wenn er bis morgen bei dir zu Hause auf dem Sofa bleiben könnte. Dann bin ich wieder da. Inzwischen rufe ich Laura McDern an, Paul wird einen Anwalt brauchen …«

»Okay. So machen wir das. Und was tut sich bei dir in Manchester? Bist du aus der Begegnung mit Margaret schlau geworden? Du kannst Paul am einfachsten helfen, wenn du den wahren Mörder schnell findest.«

»Margaret? Was hier los ist, erzähle ich dir morgen Mittag, wenn ich wieder da bin.« Und nach einer Pause: »James, du weißt gar nicht, wie dankbar ich ...« Doch da hatte Quinn längst aufgelegt.

Emma rief ihren Sohn an, der sich prompt beschwerte: Er sei noch in der Schule und dürfe hier eigentlich nicht mit dem Mobiltelefon hantieren. Sie machte ihm klar, dass es sich um einen Notfall handelte: »Dein Dad hat offenbar Ärger mit einem Kollegen von mir, einem Eamon Kelly aus dem Präsidium in Dublin. Bitte geh nach der Schule nicht zu deinem Vater nach Hause, sondern auf die Wache. Du kannst heute Nacht bei James Quinn übernachten.«

Die Idee gefiel Stevie. Er hatte überhaupt nichts dagegen, mit dem Kollegen seiner Mutter abzuhängen. Auf seine Frage hin, was sein Dad ausgefressen habe, hatte Emma keine rechte Antwort: »Gar nichts. Mein Kollege hat einen Knall. Aber ich will nicht, dass du dabei bist, wenn die Polizei bei deinem Vater vorfährt.«

»Aber James ist doch auch ein Bulle.«

»Ja, aber ein Bulle mit Hirn. Das ist was anderes.« Da mussten beide lachen.

»Aber wer kümmert sich um Dad? Ich kann den doch nicht einfach so im Stich lassen, wenn es brenzlig wird!«

»Um Dad kümmert sich Laura McDern. Die rufe ich als Nächstes an. Die ist Anwältin und kann da viel mehr ausrichten als wir, glaub mir.«

»Und wann kommst du wieder?«

»Wenn du morgen aus der Schule kommst, bin ich wieder da. Versprochen.«

»Okay.« Auch Stevie war nun hörbar erleichtert.

»Alles wird gut, mach dir keine Sorgen.«

Emma legte auf. Wenn Paul nun Ärger mit ihren Kollegen hatte, konnte er schlecht einen Sorgerechtsprozess anstrengen. Plötzlich war Emma den Dubliner Kollegen fast dankbar.

Emma nahm sich erneut ihr Mobiltelefon vor und klingelte schon wieder bei Laura McDern durch.

»Entschuldige die erneute Störung. Ich glaube, ich hab 'nen kleinen Notfall.«

»Oh, wollen sie dich gleich dabehalten in dem Altenheim in Manchester? Oder hast du was ausgefressen?«

»Na, ich nicht, aber vielleicht Paul ...«

Nachdem Emma Laura ins Bild gesetzt, um Hilfe für Paul gebeten und Lauras beruhigende Worte aufgesogen hatte wie ein Schwamm, ging sie wieder zurück ins Haus der Oak Gardens. Sie musste schließlich immer noch einen Mord aufklären und sich konzentrieren. Hoffentlich war Margaret inzwischen wieder aufgewacht.

Emma war noch nicht ganz durch die Türe des Altenheims, da baute sich Catherine vor ihr auf.

»Wer sind Sie wirklich?«, bellte sie. »Ich habe gerade mit Bill Sargent in der Schweiz telefoniert, und der kann sich an keine Verwandtschaft mit dem Namen Emma erinnern. Der weiß nur, dass es in Sligo eine Polizistin mit dem Namen Emma Vaughan gibt, die im Mordfall seines Onkels ermittelt!«

»Ich habe ja auch nicht behauptet, dass ich mit Margaret Sargent verwandt bin, sondern hab mich nur als Emma aus Sligo vorgestellt.«

»Wie kommen Sie dazu, der alten Dame auf den Leib zu rücken? Sie ist alt und krank und sollte nicht belästigt werden. Schon gar nicht von der Polizei. Was wollen Sie überhaupt von ihr?«

»Jemand hat ihren Bruder umgebracht und der Garda in Sligo einen Brief geschrieben, der in Manchester abgestempelt ist. Ich wollte vor allem sehen, dass es der alten Dame gutgeht und dass sie nicht auch in Gefahr ist. Im Übrigen habe ich keinerlei Veranlassung, mich vor Ihnen zu rechtfertigen.«

»Das haben Sie sehr wohl, denn bei Demenzkranken muss die Familie Besuchen von Nicht-Verwandten zustimmen. Und wenn Sie nicht sofort aufhören, Margaret zu belästigen, dann hole ich die Polizei!« Catherine war kreideweiß im Gesicht geworden, mit hektischen roten Flecken am Hals. Auf ihrer Oberlippe standen kleine Schweißperlen, und aus ihrem dicken, roten Zopf hingen einzelne Strähnen, so als hätte sie sich die Haare gerauft.

»Ist ja schon gut«, sagte Emma da begütigend, »ich bin die Polizei, und ich bin schon da. Außerdem wollte ich mich ohnehin nur noch verabschieden. Margaret ist hier ganz offensichtlich in besten Händen. Sehen Sie zu, dass das so bleibt.«

Eine halbe Stunde später lag Emma im Copthorne Hotel am alten Schiffskanal bei den Salford Quays auf ihrem Bett. Beim Eintreffen hatte sie weder Augen dafür gehabt, wie die Stadt in dieser Ecke versuchte, ihre industrielle Vergangenheit in eine schicke urbane Landschaft mit Restaurants und Shopping Malls zu verwandeln, noch hatte sie richtig wahrgenommen, dass Old Trafford – das Heimatstadion von Manchester United – nur ein paar Meter weit entfernt auf der anderen Seite des Wassers lag. Wäre es Samstag gewesen und ein Spieltag, hätte Emma das Gebrüll der Fans bis in ihr Zimmer hinauf hören können. Stattdessen lag sie in tiefem Schweigen flach auf dem Rücken, starrte an die Decke und grübelte.

Paul ein aktiver IRA-Mann? Das wäre ein Grund gewesen, warum dieser so heimatverbundene Mensch eines Tages in New York aufgetaucht war. Schließlich waren ganz viele Iren, die zu Hause Teil der »Troubles« waren, nach Amerika abgehauen, wenn ihnen der Boden zu Hause zu heiß unter den Füßen wurde, vor allem nach Boston und auch nach New York. In beiden Städten gab es große irische Exilgemeinden. In ihrer Zeit als Pub-Bedienung hatte sie oft aus dem Augenwinkel beobachtet, wie Jungs mit irischem Akzent die Gäste am Tresen um »Spenden« für die »Freiheit Irlands« angehauen hatten. Von wegen Freiheitskämpfer! Ob den Trinkern in New York mit irgendwelchen irischen Urahnen wohl klar war, dass sie damit illegalen Waffenhandel, Kidnappings und Bombenattentate in der Heimat ihrer Väter unterstützten?

Damals hatte Emma Paul frisch verliebt nach dem Grund seines USA-Aufenthalts gefragt, aber der hatte nur was von »Reiselust« und »Wind um die Nase wehen lassen« vor sich hin gemurmelt und das Thema gewechselt. Von der IRA war nie die Rede gewesen, über Politik hatten sie damals ohnehin nie gesprochen. Viel zu langweilig. Doch dass Paul die Briten hasste und ein vereinigtes Irland unter der Führung Dublins wollte, daraus hatte er weiß Gott kein Geheimnis gemacht. Andererseits gehörte diese Rhetorik bei vielen Iren zum guten Ton. Seine latente Gewalttätigkeit hatte sie bisher eher als Charakterschwäche betrachtet, doch vielleicht lagen die Wurzeln für seine Aggressionsbereitschaft ja doch tiefer als nur in der Persönlichkeit eines hübschen, aber schwachen Mannes? Vielleicht hatte Eamon Kelly ja recht und er war als Bankräuber und Terrorist abgestumpft, ja geradezu an Gewalt gewöhnt?

James Quinn war da doch ein anderes Kaliber. Eher der ruhige Typ, aber wenn es drauf ankam, verlässlich wie ein Fels. Oje, jetzt lieber nicht über James nachdenken ... Schmetterlinge im Bauch konnte sie im Moment gar nicht gebrauchen. Doch Emmas Gedanken waren schon bei der Polizei in Sligo. Was es für ihre Karriere bei der Garda bedeuten würde, wenn Paul wirklich Dreck am Stecken hätte, konnte sie sich leicht ausmalen. Mitgefangen, mitgehangen. Sie hatte den Mann ja schließlich mal geheiratet. Dass sie ihn auch wieder verlassen hatte, nahm im katholischen Irland sowieso kaum einer ernst. Nur wenige würden ihr abnehmen, dass sie von seinen terroristischen Aktivitäten nichts gewusst hatte. Ausgerechnet sie, eine erfolgreiche Detektivin, sollte von einer IRA-Verschwörung im eigenen Haus nichts mitbekommen haben? Die würden sie entweder für komplett verblödet halten oder für eine Lügnerin. Emma sah die spöttischen Gesichter von Kollegen wie Paddy Sloan und Eamon Kelly förmlich vor sich und wusste, dass außer Quinn und vielleicht Murry kaum einer zu ihr halten würde. Zu ihr, der Fremden, der unabhängigen Frau, die auch nach 15 Jahren in Sligo noch behandelt wurde, als sei sie etwas, was die Katze halb tot ins Haus geschleppt hatte.

Aber Paul als Strippenzieher der IRA? War er dafür überhaupt intelligent genug? Instinktiv fand Emma das blödsinnig, doch hielt sie gewalttätige Menschen per se für dumm; auch wenn sie in ihrem Job schon oft genug erfahren musste, dass diese Auffassung mit der Realität nichts zu tun hatte. Gab es doch jede Menge intelligenter Schläger, und nicht nur in Irland. Und nicht nur unter den Gaunern, sondern auch bei den Bullen. Aber Paul als Stratege hinter einem Strategiewechsel der IRA? Er sollte sich einen vertuschten Mord statt einem Bekennerschreiben ausgedacht haben? Ihre Kollegen würden ihr vermutlich sogar noch vorhalten, dass Paul bei seiner Ex von der Polizei die Methoden der herkömmlichen Kriminellen studiert hatte, um sie möglichst gut nachzuahmen ... Wirklich? War Paul so ausgefuchst? Kannte sie ihren Ex überhaupt? Am Ende des Tages konnte man keinem in den Kopf gucken. Am wenigsten dem eigenen Partner. Das zumindest war in dieser Sache ihre Schlussfolgerung.

Und doch hatte sie heute fast Einblick in die Gedankenwelt einer anderen Person bekommen. Diese Catherine sah nicht nur zufällig so aus wie Kaitlin, sie hatte offenbar auch etwas zu verbergen. So viel hektischen Angstschweiß und rote Flecken auf der Haut entwickelte eine Altenpflegerin nicht, um einen ihrer Schützlinge vor der Polizei zu bewahren. Schon gar nicht, wenn ohnehin klar war, dass dieser Schützling viel zu alt, schwach und verwirrt war, um irgendetwas anzustellen, das in Sachen krimineller Energie über verschütteten Kakao hinausreichte.

Emma setzte sich auf, griff zum Telefon und ließ sich von der Vermittlung mit der Verwaltung von Oak Gardens verbinden.

»Guten Tag, Emma Vaughan hier. Ich habe heute eine Ihrer Patientinnen in Oak Gardens besucht und dabei meine Jacke vergessen. Könnte ich bitte mit der Pflegerin sprechen, die heute Margaret Sargent betreut hat? Ich muss meine Jacke in ihrem Zimmer liegen gelassen haben und würde gerne wissen, ob das Personal was gefunden hat. Die Schwester hieß Kate oder Cathy oder Catherine oder so ähnlich.«

Pause.

»Ja, ich warte gerne.« Dann dudelte Pausenmusik – wie Emma das hasste. Warum konnte kein Mensch mehr Schweigen aushalten? Ständig kam von irgendwoher Beschallung. Akustische Umweltverschmutzung. Dann war die Stimme zurück:

»Sind Sie noch da? Wir haben keine Kate, aber eine Cathy Flack und eine Catherine Payman, beide arbeiten auf der Station, auf der Margaret Sargent lebt. Mit welcher würden Sie gerne sprechen?«

»Ach, wissen Sie was, ist nicht so wichtig. Ich zieh mir einen warmen Pullover an und komme morgen einfach noch mal in Oak Gardens vorbei und hole mir meine Jacke«, stotterte Emma herum. »Falls ich sie wirklich dort verloren habe. Vielleicht habe ich sie auch im Taxi liegen gelassen …« Emma gab sich Mühe, so verdattert zu wirken wie irgend möglich, wartete keine Antwort ab und legte einfach auf.

Catherine Payman also. Wie viele Catherine Paymans konnte es in Manchester schon geben?

Emma nahm den Lift zur Hotelrezeption hinunter und erbat sich das lokale Telefonbuch. Sie blieb direkt am Empfangstresen des Hotel-Concierge stehen, blätterte das Buch auf und fuhr mit dem Finger die Reihe der »P«s hinunter. Es gab nur zwei C. Paymans in Manchester, einen in Sale und einen in Chorlton-cum-Hardy. Sie wandte sich an die junge Hotelangestellte hinter der Rezeption, die mitten am Nachmittag nicht viel zu tun hatte und sowieso schon neugierig guckte.

»Wo in Manchester sind Sale und Chorlton?«

»Sale ist weiter südlich, die A 46 raus, ziemlich edle Gegend, teure Häuser, ist schön dort. Chorlton ist gar nicht weit von hier, da können Sie fast hinlaufen. An Old Trafford vorbei, durch Firswood, und dann sind Sie auch beinah schon da.«

Em notierte sich beide Adressen und Telefonnummern der C. Paymans, bedankte sich und ging auf ihr Zimmer zurück. Dort zappte sie sich gelangweilt durchs Fernsehprogramm und blieb an einem »Dirty Harry«-Film mit Clint Eastwood hängen.

Der Uralt-Streifen im Nachmittagsprogramm hatte gerade erst angefangen. Ein paar fiese Kleingangster wollten Harrys Lieblings-Café überfallen, aber er macht ihnen einen Strich durch die Rechnung. Am Ende steht nur noch einer der Fieslinge aufrecht, die Waffe in der Hand, und Harry sagt: »Mach nur weiter so, du versüßt mir den Tag« – wie Clint da so steht mit seiner zerbeulten Visage, die Magnum im Anschlag, und den Räuber auffordert, doch bitte zu schießen, damit er ihn umlegen und die Stadt von dieser Pest befreien kann … Einfach herrlich. »Go ahead. Make my day.« Emmas Lieblingszitat. Vor allem, weil es mit der Realität des Polizeidiensts so gar nichts zu tun hatte. Würde Emma eine Handvoll Kleinganoven in einem Café einfach so abknallen, würde sie sofort suspendiert, es gäbe endlose interne Ermittlungen und einen langwierigen Prozess. Nicht so bei Harry, der legte einfach alle Gauner um, wurde von seinem Boss dafür angeschnauzt, und dann war alles wieder gut. Hollywood machte es möglich.

Emma amüsierte sich auch über den Leichtsinn, mit dem Harry sich mit der Mafia anlegte und einen der Mob-Bosse bei der Hochzeit seiner Tochter so provozierte, dass er einen Herzinfarkt bekam und mit dem Gesicht ins Essen fiel. Würde sie sich im Alleingang auf diese Weise mit der IRA so anlegen oder mit der Drogenmafia in Belfast oder Dublin – was zumindest teilweise genau dasselbe war –, hätte sie nicht mehr lange zu leben. Niemand in der Garda würde sich je so verhalten wie Dirty Harry und das persönliche Risiko so konsequent ignorieren, aber so im Hotelbett in einer fremden Stadt machte Emma das Gedankenspiel großen Spaß, auch mal so kompromisslos anzutreten. Nicht mal die für zeitgenössische Verhältnisse langsamen und langweiligen Szenen störten sie, weil es zu den 1980er Jahren passte. Insbesondere von den Schnauzbärten und überbreiten Revers und Krawatten der Ära konnte sie nicht genug kriegen. Und diese Sonnenbrillen! Dazu die Löckchen-Dauerwellen auf den Männerköpfen! Zum Totlachen!

Nachdem Harry in San Francisco mal wieder gründlich aufgeräumt hatte, beschloss Emma, erst einmal ein Nickerchen zu machen und dann ihr Glück zu versuchen. Catherine würde ja wohl kaum 24 Stunden lang Dienst in Oak Gardens schieben.

Kapitel 11

Familienbande

Als Emma wieder wach wurde, war es schon fast fünf, und ihr leise gestelltes Telefon blinkte. Paul hatte angerufen, was Emma geflissentlich ignorierte. Immerhin hatten sie ihn wohl noch nicht verhaftet, denn dann hätten ihm die Kollegen nämlich das Mobiltelefon abgenommen. Keine Nachricht von James. »Als das Telefon nicht klingelte, wusste ich, dass du es warst«, schoss es Emma durch den Kopf. Die wunderbare Dorothy Parker und ihre Spottverse, die eigentlich nur tiefe Wunden verbergen helfen sollten … Doch Emma hatte jetzt anderes zu tun, als poetisch zu werden. Die Rückenschmerzen waren quälend, dennoch stieg sie langsam in ihre Boots und nahm die Lederjacke von der Stuhllehne. Dann inspizierte sie den Inhalt ihrer Tasche. Waffe und Handschellen waren da, wo sie hingehörten. Noch schnell zwei Schmerztabletten eingeworfen, und sie war gerüstet.

An der Rezeption ließ sie sich eine Straßenkarte geben und machte sich auf den Weg. Die Luft war kalt, aber klar nach dem vielen Regen. Emma atmete tief durch und ging schnell in die beginnende Dämmerung. Die Bewegung würde hoffentlich auch ihren schmerzenden Knochen guttun. Im Vorfrühling war es in Manchester auch nicht viel wärmer und heller als an der irischen Westküste. Und das Viertel, das sie hier durchwanderte, stand garantiert nicht in der »Manchester Evening News« unter der Rubrik »Family & Kids« als Gegend, in der man einen netten Sonntag mit den lieben Kleinen verbringen sollte.

Als Emma an der Ecke Newport und Oswold Road in Chorlton ankam, war es endgültig dunkel. Das gesuchte Eckhaus war klein, zweigeschossig und schlicht, der Garten verwahrlost. Eine ungepflegte Butze – viel mehr würde sich eine Altenpflegerin von ihrem Gehalt auch nicht leisten können. Emma war froh, dass sie ihre Suche nicht im deutlich edleren Sale begonnen hatte, denn sie war sich fast sicher, dass sie hier auf der richtigen Fährte war. Gegenüber befand sich eine Schule, laut Karte die Oswold Primary School. Irgendwie konnte Emma sich dumpf an ein Radio-Feature über die Bee Gees erinnern, in dem es hieß, dass die Bee Gees als Kinder angeblich in Manchester eine Schule mit diesem Namen besucht hatten. Die hatten offenbar auch klein und ärmlich angefangen, dachte sich Emma.

Die Grundschule lag verlassen im Dunkeln, doch in Catherines Haus brannte Licht, wie sie zufrieden feststellte. Leise öffnete Emma das rostige Törchen zum Vorgarten und ging auf die grün gestrichene Tür zu. Hier blätterte der Lack. Dann klopfte sie, den linken Fuß schon in Position, um ihn in die Tür zu schieben, falls Catherine sie ihr vor der Nase zuschlagen wollte. Wohl dem, der feste Stiefel trug.

Als die Tür aufging, war Emma kurz vom Gegenlicht geblendet, sie sah nur die Silhouette einer kleinen, leicht rundlichen Frau. Das dicke rote Haar umrahmte ihren Kopf. Da erklang auch schon Catherines gestresst klingende Stimme:

»Was wollen Sie denn hier?«

»Mit Ihnen reden.«

»Mit mir reden? Worüber?«

»Über den Mord an Charles Fitzpatrick, Margarets Bruder.«

»Und was wollen Sie da von mir? Davon weiß ich nichts. Und nehmen Sie gefälligst Ihren Fuß aus meiner Tür, oder ich rufe die Polizei.« Offenbar war Catherine eine bessere Beobachterin, als Emma erwartet hatte. Widerwillig zog sie ihren Fuß ein paar Zentimeter zurück.

»Wieso wollen Sie dauernd die Polizei rufen? Ich *bin* die Polizei. Irische Garda, um genau zu sein. Und ich will nur mit Ihnen reden. Was haben Sie zu verlieren? Die Kollegen in Manchester wissen nicht mal, dass ich hier bin.«

Pause. Dann sagte Catherine: »Und wieso *sind* Sie hier? Was wollen Sie von mir?«

»Herausfinden, warum mir jemand aus Manchester ein Foto von Margarets Schwester Kaitlin Fitzpatrick aus dem Jahr 1963 schickt und warum Sie aussehen wie diese Kaitlin. Sie heißen ja auch genau wie sie – Catherine ist ja die anglisierte Version der keltischen Kaitlin.«

Catherine schwieg.

»Aber vor allem will ich wissen, warum Sie so traurig sind«, gab Emma einen Schuss ins Blaue ab.

Catherine ließ die Schultern sinken, und jetzt erst bemerkte Emma, dass sie die bisher offenbar völlig verkrampft nach oben gezogen hatte. Sie öffnete die Tür ein wenig weiter, und Emma drückte sie einfach ganz auf, tat einen Schritt nach vorne und stand im hell erleuchteten Flur.

»Also gut, ich mach uns einen Tee.«

Catherine ging voraus in die Küche, und Emma dachte darüber nach, warum sie in diesem Fall immer in der

Küche der Leute landete. Aber egal, da war es wenigstens wärmer als im Hausflur.

Catherine forderte Emma auf, sich zu setzen, füllte Wasser in den Kessel, stellte zwei Steingutbecher auf den Tisch und holte Milch aus dem Kühlschrank, während Emma sich an dem kurzen Ende der L-förmigen Eckbank am Tisch niederließ, ihre Tasche neben sich legte und sich in der Wohnküche umsah. Von außen mochte die Hütte ungepflegt wirken, doch drinnen war das kleine Haus blitzsauber und mit den Kräutertöpfen auf dem Fensterbrett und der alten Küchenuhr über der Tür sogar fast gemütlich. Catherine kam mit einer dampfenden Teekanne aus schwerer Keramik zurück, stellte sie auf den Tisch und ließ sich auf den Stuhl neben Emmas Platz plumpsen.

»Meine Füße tun mir weh nach einer ganzen Schicht. Altenpflege ist kein Picknick.«

»Gemütlich haben Sie es hier, Ihre Küche gefällt mir.«

»Danke, aber mit Komplimenten erreichen Sie bei mir nicht viel. Warum sollte ich überhaupt mit Ihnen reden?«

»Weil Sie eine Fitzpatrick sind. Und weil Ihr Onkel ermordet worden ist.«

»Fitzpatrick? Mein Onkel? Wie kommen Sie denn darauf?«

»Sie haben Wurzeln in Irland, im County Sligo. Genau wie ich.«

»Emma, Sie langweilen mich.«

»Langeweile? Das glaube ich Ihnen nicht. Aber nun gut, dann erzähle ich Ihnen eine Geschichte.«

Catherine schwieg und malte mit dem rechten Zeigefinger die Maserung ihres Holztisches nach. Emma sah kräftige Hände, lange Finger, gepflegte Nägel, aber nicht lackiert, und begann:

»In den 1960er Jahren wird Kaitlin Fitzpatrick im irischen Nordwesten, im County Sligo, ungewollt schwanger und gibt das Baby weg. Vermutlich auf Druck ihres Bruders, Charles Fitzpatrick, einem Reverend der Church of Ireland. Vierzig Jahre später kommt Kaitlins Kind, ein Mädchen, durch einen verrückten Zufall in Kontakt mit ihrer Tante, Margaret Sargent. Wie es das Schicksal will, arbeitet dieses Mädchen in dem Altenheim, in dem ihre Cousins diese Tante untergebracht haben. Die alte Dame ist verwirrt und kann sich nicht mehr ausdrücken, sendet aber aus den Tiefen ihres beschädigten Gehirns beständig Signale, indem sie dieses Mädchen – eine inzwischen erwachsene Frau – immer wieder Kaitlin nennt. Schließlich sieht diese Frau ziemlich genau so aus, wie ihre Mutter Kaitlin seinerzeit aussah – Margarets Schwester.«

Catherine schenkte Emma kommentarlos einen Tee ein.

»Milch?«

»Ist das alles, was Ihnen dazu einfällt? Aber ja, bitte.«

Emma legte ihre kalten Hände um den Becher, trank einen Schluck und redete weiter: »Vielleicht hat diese Frau ja auch Margarets Familienfotos betrachtet und dabei erkannt, dass sie es möglicherweise mit der lang verlorenen Verwandtschaft zu tun hat?«

Catherine studierte ihre Handrücken.

Emma war es zu warm geworden in der gut geheizten Küche. Sie richtete sich halb auf und beugte sich vor, um sich ihrer geliebten schwarzen Lederjacke zu entledigen. Catherine setzte sich ebenfalls in Bewegung, wie um Emma höflich aus der Jacke zu helfen. Doch bevor Emma verstand, wie ihr geschah, war Catherine überraschend wendig aufgesprungen, um Emma die nur halb geöffnete Lederjacke nach hinten herunter bis auf den halben Arm zu ziehen. Nun lag das Ding wie eine Zwangsjacke um ihren Oberkörper und fesselte ihr die Arme an den Rumpf. Gleichzeitig stieß sie Emma mit der Hüfte den schweren Küchentisch in den Magen. Der traf auf die alten Wunden, und Emma wurde vor Schmerz fast ohnmächtig. Während Emma zwischen Tisch und Eckbank geklemmt zurück auf ihren Sitz plumpste, vor Schmerz nach Luft japste und krampfhaft versuchte, ihre Arme zu befreien, schnappte sich Catherine Emmas Handtasche und trat ein paar Schritte vom Tisch zurück. Während Emma sich hin und her wand, um sich wie ein Schmetterling aus der Raupe aus ihrer Jacke zu befreien, hatte Catherine in der Tasche ihre Dienstwaffe entdeckt und war dabei, sie zu entsichern.

»Wusste ich es doch, du hast eine Knarre dabei! Sitzen bleiben!«

Aber Emma dachte gar nicht daran. Inzwischen hatte sie die Hände freibekommen, stieß den Tisch weg, packte die schwere Teekanne und schleuderte sie Richtung Catherine. Leider war der schwere Steingut-Pott so heiß, dass sie kaum Zeit hatte, richtig zu zielen. Catherine, trotz ihrer Fülle agil wie ein Kaninchen, duckte sich weg, und die Kanne zerschmetterte an der Wand über der Spüle. Heißer Tee lief über die Arbeitsflächen, den Boden – doch Catherine stand nur da und lächelte triumphierend.

Scheiße, Scheiße, Scheiße, sie ließ sich hier vorführen wie eine blutige Anfängerin, das kam davon, wenn man so arrogant war, eine kleine dicke Altenpflegerin nicht ernst zu nehmen. Und werfen konnte sie auch nicht! Emma stand keuchend und hilflos hinter dem Tisch. In der Stille tropfte der Tee.

Catherine richtete die entsicherte Waffe mit der rechten Hand auf Emma und sagte seltsam gelassen:

»Nun mal langsam. Ich hab nicht viel zu verlieren, ich drücke daher auch ab, wenn du dich nicht sofort wieder hinsetzt.« Ihre Linke wühlte in Emmas Tasche. Sie wurde fündig und warf Emma schließlich ihre eigenen Handschellen zu.

»Leg die um deine Handgelenke und mach sie zu – und ich will das Einrasten der Schlösser hören. Unterschätze mich lieber nicht noch einmal!«

Emma setzte sich wieder hin. In ihr schrie alles nach ihren Pillen. Was bin ich für ein Idiot! Und das alles ohne Netz und doppelten Boden! Keiner weiß, wo ich bin, keiner ahnt, wen ich verdächtige, niemand im Fitzpatrick-Fall hat je von Catherine Payman gehört. Und die Polizei von Manchester hat auch keine Ahnung, dass ich mich hier herumtreibe.

Laut sagte sie: »Ach nee, die Geschichte wird immer interessanter. Langeweile? Ich wusste doch, dass ich deine Aufmerksamkeit habe!«

»Die Handschellen, aber pronto!«

Emma legte sich widerwillig die Handschelle um das linke Handgelenk und drückte mit der rechten Hand den Schließmechanismus zu. Klick. Dann legte die Linke den zweiten Stahlring um ihr rechtes Handgelenk und drückte erneut zu. Klick. Wenn Catherine Emma nicht nahe genug kam, dass sie ihr mit ihren gefesselten Händen unters Kinn, in den Bauch oder ins Gesicht schlagen konnte, war Emma geliefert. Doch vorerst war sie ziemlich wehrlos, zumal Catherine ihr erneut den Tisch vor den Magen schob. Dann zog sie ihren Stuhl einen Meter zurück außer Emmas Reichweite und setzte sich.

»Du bist also eine Geschichtenerzählerin«, nahm Catherine das Gespräch wieder auf, so als sei nichts gewesen.

»Wie irisch. Seid ihr nicht dafür bekannt, dass ihr den Schnabel nicht halten könnt? Und besonders clever seid ihr auch nicht, zumindest machen die Engländer gerne Witze über die doofen Iren. Kennste den? Paddy und Johnny gehen auf die Jagd. Aus Versehen schießt Paddy auf Johnny. Der liegt in seinem Blute, und Paddy ruft mit dem Handy die Ambulanz.

›O Gottogott, ich hab aus Versehen beim Jagen auf meinen Kumpel geschossen. Der liegt hier und rührt sich nicht. Ich glaub, er ist tot!‹

Fragt die Frau vom Notfalldienst am anderen Ende: ›Ist der Patient wirklich tot?‹

›Einen Moment‹, antwortet Paddy und legt das Telefon weg.

Die Frau vom Rettungsdienst hört einen lauten Knall, der wie ein Gewehrschuss klingt, dann kommt wieder Paddys Stimme aus dem Hörer: ›Okay, jetzt ist er zu 100 Prozent tot. Und was nun?‹«

»Ach komm, Catherine, du bist doch selber Irin und ganz und gar nicht doof. Warum erzählst du mir geschmacklose Witze und nicht deine eigene Geschichte?«

Catherine schwieg. Nach einer langen Pause schaute sie Emma in die Augen.

»Also gut, ich erzähl dir eine Geschichte von einem kleinen irischen Mädchen mit dicken roten Haaren. Die früheste Erinnerung dieses Mädchens ist die an das Waisenhaus Eagle Lodge in Newcastle-upon-Tyne. Sie war vielleicht drei und trug wie alle anderen Mädchen an diesem Ort sommers wie winters ein kurzes blaues Kleidchen mit einem weißen Kragen. Dazu weiße Socken und schwarze Schuhe. Wenn der weiße Kragen oder die Socken Flecken bekamen, gab es von den Schwestern schreckliche Prügel. Besonders Schwester Geraldine schlug gerne und lange zu, am liebsten mit einer Rute. Manchmal gab sie einem zu bestrafenden kleinen Mädchen im Waisenhaus eine Schere und schickte es raus in den Garten zum Weidenbaum. Da musste das Kind sich dann eine Rute abscheiden, sie zurück zu Schwester Geraldine bringen, die sie dann prompt nutzte, um es zu bestrafen.«

Nun war es an Emma, zu schweigen.

»Und Kragen und Socken weiß und sauber zu halten, war gar nicht so einfach. Unser kleines irisches Mädchen, das gar nicht wusste, dass es irisch war, hatten sie es doch nach England gebracht, als es noch ein Baby war, musste nämlich putzen. Einen großen Eimer mit Wasser füllen, Schmierseife darin auflösen und den Kübel dann zusammen mit einer Wurzelbürste dahin schleppen, wo es zum Putzen eingesetzt war. In die Küche, in einen Waschraum oder – das war am schlimmsten – in einen der Schlafräume im ersten oder zweiten Stock. Für ein kleines Mädchen war es nahezu unmöglich, den schweren Eimer die Stufen hochzuhieven, ohne dass Putzwasser in die Schuhe schwappte und die Socken schmutzig machte. Die etwas älteren Mädchen haben versucht zu helfen, aber wenn sie dabei erwischt wurden, wurden beide verdroschen – das kleine und das größere Kind. Beim Putzen sollten die Mädchen beten, denn sie waren schlechte Mädchen, sagten die Schwestern. Aus Sünde geboren, und deswegen wollte sie auch kein Mensch auf der Welt haben. Nicht ihre Mütter, nicht ihre Väter und auch sonst niemand. Manche Mädchen wurden dennoch adoptiert, doch viele blieben in der Eagle Lodge, bis sie erwachsen waren. Da lagen sie dann jahrelang auf den Knien und schrubbten die Böden, bis ihre Hände bluteten. Andere arbeiteten in der Wäscherei, alle braven Bürger in der Umgebung von Eagle Lodge, die es sich leisten konnten, brachten ihre dreckige Wäsche ins Waisenhaus.

Schöne Geschichte, nicht?« Catherine schwieg und starrte vor sich hin. Dann suchte sie Emmas Blick.

»Wie hieß denn unser kleines Mädchen?«, wollte Emma wissen.

»Och, das ist nicht wichtig, aber wir können sie Sinéad nennen. Das ist doch ein bekannter irischer Name, richtig?«

Catherine begann, Sinéad O'Connors Hit »Nothing compares to you« zu summen.

Offenbar gebot Catherine ihr Überlebenswille, einerseits ihre Geschichte zu erzählen und andererseits alles einer Fremden in die Schuhe zu schieben: psychische Hygiene ohne Schuldeingeständnis. Eigentlich clever.

»Warum ist Sinéad nicht davongelaufen?«, fragte Emma.

»Davonlaufen hatte keinen Zweck, weit und breit kannte und erkannte jeder die blauen Kleidchen. Außerdem hatte keines der Mädchen auch nur genug Geld für einen Bus-Fahrschein raus aus Newcastle-upon-Tyne. Und wo hätten sie auch hin sollen? Es wollte sie ja keiner, das zumindest war keine Lüge. Diejenigen, die es dennoch versuchten, wurden von den Leuten aus der Gegend wieder eingesammelt wie vom Baum gefallene Äpfel und zu Schwester Geraldine und den anderen zurückgebracht. Die Strafen waren fürchterlich. Eagle Lodge war eine Art von Konzentrationslager für Kinder.« Catherines Blick schien nach innen gerichtet.

»Was haben die Schwestern mit den Ausreißerinnen gemacht?«

»Normalerweise wuschen sich die Mädchen oben in den Waschräumen neben den Schlafsälen. Aber unten im Keller gab es noch ein Badezimmer. Alles rosa gekachelt, nur die Wanne, die war weiß. Da war immer kaltes Wasser drin, schon vorbereitet, sozusagen immer als stille Drohung im Hintergrund. Oder im Untergrund, um genau zu sein. Im Winter war es oft so kalt, dass eine dünne Eisschicht auf dem Wasser lag. Wer richtig was ausgefressen hatte, musste mit Geraldine in den Keller gehen, seine Sachen ausziehen, sie ordentlich gefaltet auf einen neben der Wanne stehenden Holzstuhl legen, in die Wanne steigen und untertauchen. Das wäscht die Sünden rein, fand Schwester Geraldine. Wer nicht freiwillig untertauchte, wurde umgestoßen und unter Wasser gedrückt. Bei den größeren Mädchen mussten oft zwei oder drei Schwestern helfen, um es unter Wasser zu halten. Hintenüber ins eiskalte Wasser. Oft immer wieder.«

Catherine hatte Tränen in den Augen, und Emma verspürte eine Welle des Mitleids.

»Das ist ja fast wie Water Boarding«, sagte sie, »und das gilt offiziell als Folter.«

Doch Catherine hörte ihr Gegenüber gar nicht, sie sprach einfach weiter:

»Es war gar nicht so leicht für Sinéad, nach so einer Badeprozedur wieder warm zu werden. Denn Eagle Lodge war kalt, eiskalt. Besonders im Winter. Und die Mädchen waren alle sehr dünn, gab es doch wenig zu essen für die Früchte der Sünde, wie Geraldine sie nannte. Besonders rar waren Fleisch oder Fisch – überhaupt Protein. Stattdessen morgens und abends dünner Haferbrei, der den Namen Porridge kaum verdiente; das ist nicht viel für Kindersklaven, die hart körperlich arbeiten müssen. Statt Essen gab es Gebete; Hauptsache, die Seele ist gut genährt, sagte Schwester Geraldine.

Aber Sinéad hatte Glück. Denn einer liebte sie. Ein Vikar der anglikanischen Kirche. Nennen wir ihn McIntyre – das klingt so schön irisch! Der war für das Seelenheil der Mädchen in Eagle Lodge zuständig und erschien regelmäßig in dem Bunker aus Granitstein für Bibelstunden und Gottesdienste. Der streichelte Sinéad über den Kopf, brachte ihr manchmal einen Keks mit und lobte sie, wenn sie schön aus der Bibel vorlas. Oft holte er sie zu sich nach vorne. Da saß er dann hinter dem Pult, Sinéad zwischen seine Beine und den Schreibtisch geklemmt, vor sich die Bibel. Sie musste laut vorlesen, und er massierte ihr dabei die Pobacken. Dass der Chaplain dabei so komisch zu atmen begann, störte Sinéad nicht weiter, sie war so hungrig nach Zuwendung und Zärtlichkeit, dass sie das ignorierte. Auch fühlte sie sich bevorzugt vor den anderen Mädchen in der Klasse, ein Gefühl, das sie nicht häufig erlebte.

Einmal griff er ihr auch zwischen die Beine, und da hat sie mitten in der Bibelstunde angefangen zu weinen. Dafür gab es dann wieder die Badewanne im Keller; sie war nicht nett genug gewesen zum Vikar, lautete die Begründung von Schwester Geraldine. Hatte ihn blamiert vor all den anderen mit ihrer ›grundlosen Heulerei‹, dabei sollte ein gutes Mädchen ›doch glücklich sein, wenn es das Wort Gottes vorliest!‹.

Als Sinéad ungefähr elf war, holte sie der Chaplain ins Büro der Waisenhausleitung, Schwester Geraldine war auch da. Sie sagte zu Sinéad: ›Du musst beten und dem Herrn danken für dein Glück. Vikar McIntyre und seine Frau Martha nehmen dich zu sich. Du wirst adoptiert. Du musst ihnen immer sehr dankbar sein, denn so ein Sündenkind wie dich will sonst keiner.‹

Wenig später fand sich Sinéad dann bei den McIntyres in einem typischen nordenglischen Reihenhaus wieder. Unten Küche, Klo, Ess- und Wohnzimmer, oben zwei winzige Schlafzimmer und ein Bad. Martha war eine große, dünne, kantige Frau, die keine eigenen Kinder hatte. Sie sprach nicht viel und erledigte mechanisch den Haushalt. Immerhin, kochen konnte sie, und Sinéad bekam endlich mehr zu essen. Dazu ein paar Kleidungsstücke, die keine Anstaltskittel waren. Und ein eigenes Zimmer. Mit einer Blumentapete statt der gallegrün gestrichenen Wände im Heim. Und geheizt war es auch. Trotzdem konnte sie unter den Blümchen lange schlecht einschlafen, war sie doch an die Geräusche eines Schlafsaals gewöhnt, wo immer ein Kind hustete, wegen eines Alptraums jammerte oder vor sich hin weinte.

Ihr Zimmer war einfach nur still. Bis nachts die Tür aufging und der Vikar sich zu ihr schlich, ihr gut zuredete, sie streichelte und sich dann auf sie legte. Am Anfang tat das furchtbar weh, und er hat ihr immer fest den Mund zugehalten, damit kein Laut aus dem Zimmer drang. Morgens waren die Laken am Anfang voller Blut. Aber Martha hat nichts gesagt, nur immer das Bett frisch bezogen. In den Arm genommen hat sie Sinéad allerdings auch nie. Eigentlich hat sie das Kind nie richtig angeguckt. Stattdessen ging sie zwei Mal am Tag in die Kirche zum Beten.

Sinéad glaubte, das musste so sein, alle Väter machen so was. Deswegen hat sie nie was gesagt. Einmal wollte sie sich bei Martha für die versauten Laken entschuldigen. Doch die sagte nur: ›Schweig. Um Gottes willen, schweig!‹, und gab Sinéad noch ein Stück Kuchen.

Von dem guten Essen fing das Kind endlich an zu wachsen und wurde auch runder. Als sie 14 war und Brüste entwickelte, verlor McIntyre das Interesse an ihr. Da versuchte Sinéad, sich umzubringen, denn nun liebte sie gar niemand mehr. Im Krankenhaus haben sie dann eine Depression diagnostiziert und ihr Tabletten gegeben.«

Plötzlich durchbrach ein Klingelgeräusch das Schweigen in Catherines Küche. Ohne Em aus den Augen zu lassen, fischte Catherine in Emmas schwarzem Lederbeutel herum, wurde fündig, guckte aufs Display des Mobiltelefons und sagte:

»Es ist die ›Nervensäge‹. Wer ist das?«

»Mein Kollege von der Garda, James Quinn.« Em wurde förmlich von Erleichterung geflutet. Wenn ich nicht antworte, wird er nervös und ruft im Hotel an, und wenn ich dann da auch nicht rangehe …, schoss es ihr durch den Kopf. Doch zu früh gefreut. Catherine hatte einfach abgewartet, bis das Klingeln aufhörte. Jetzt begann sie, in das Gerät zu tippen: »Ich schreibe James einen Text, dass du zu müde bist zum Reden und schon im Bett. Dann wird er uns wohl in Ruhe lassen.«

Kurz darauf kam der Klingelton, der den Eingang einer SMS auf Emmas Telefon signalisierte. Catherine sah auf das Display:

»Die Nervensäge wünscht süße Träume und möchte morgen früh angerufen werden!«

»Hat Sinéad je erfahren, woher sie kam?«, nahm Emma das Thema wieder auf. Sie musste unbedingt den Gesprächsfaden mit Catherine weiterspinnen. Sie beschäftigen, bis sie eine Eingebung hatte, wie sie aus dem Schlamassel wieder rauskam, in den sie sich dank ihrer Arroganz selbst hineingeritten hatte. Sie hatte Catherine schlicht unterschätzt. Gleichzeitig wollte sie jedoch auch ihre Geschichte erfahren, ihr Motiv verstehen.

»Nein. Offenbar war sie als Baby in die Eagle Lodge gebracht worden wie ein aus dem Nest gefallenes, angeschlagenes Ei, und keiner hat sich je die Mühe gemacht, ihr irgendwas zu erklären.«

»Wie ging es weiter nach dem Krankenhaus? Hat man Sinéad zu den McIntyres zurückgebracht?«

»McIntyre hatte das Interesse an Sinéad verloren, vermutlich wollte er sie sogar liebend gerne aus dem Haus haben, um das Kinderzimmer mit neuem, jüngerem Fleisch füllen zu können. Und Martha hat sowieso immer nur versucht, vom Leben um sich herum möglichst wenig mitzubekommen. Die McIntyres waren also froh, ihren Zögling wieder loszuwerden.«

»Das kann nicht einfach für das junge Mädchen gewesen sein.«

»Am Ende war es das Beste, was ihr passieren konnte. Irgendwer im Krankenhaus hatte kapiert, dass in Sinéads Leben etwas gründlich schiefgegangen war, und schickte ihr eine Sozialarbeiterin ans Krankenhausbett. Sue Ramsey. Sie war die Erste, die je wirklich mit Sinéad geredet hat. So wie man verdrehte, benutzte Nägel aus einem alten Brett zieht, zog sie Stück für Stück aus dem Mädchen heraus, was ihr widerfahren war. Wenn vielleicht auch nicht die ganze Wahrheit, denn Sinéad schämte sich ihrer Erfahrungen, aber doch genug, um zu verstehen, was vor sich ging.«

»Hat Sue die Polizei gerufen, um McIntyre endlich zu stoppen?«

»Die Polizei?« Catherine lachte bitter. »Wann habt ihr je

einem kleinen Mädchen gegen die Kirche beigestanden? Dass ich nicht lache. Das war Ende der 70er Jahre, da hielt man bei Kindesmissbrauch schön die Schnauze. Die meisten denken doch heute noch, dass es sich die kleinen Nixen selber zuzuschreiben haben, wenn sie mit ihrer Niedlichkeit alte Männer verführen.«

Emma wollte sich und die Kollegen verteidigen, doch blieb ihr das Wort im Hals stecken, wusste sie doch, dass Catherine in vielen Fälle nur allzu recht hatte. In Irland sowieso.

»Die Polizei hat Sue nicht gerufen, aber sie brachte Sinéad nach Manchester in eine Wohngemeinschaft für sozial schwache und vernachlässigte Jugendliche«, fuhr Catherine fort. »Da hatte sie endlich ihre Ruhe. Den McIntyres war es nur zu recht, das Mädchen nie mehr wiederzusehen. Die haben so getan, als seien sie von Sinéads Selbstmordversuch menschlich bis ins Mark beleidigt worden. ›Da tut man alles für so ein Kind, und das ist dann der Dank!‹, jaulte Martha den Ärzten vor, als die sich erkundigten, was wohl das Motiv dafür gewesen sein könnte.«

»Und diese Sue?«

»Sue Ramsey stand damals selber kurz vor einer Versetzung nach Manchester und blieb sozusagen an Sinéads Seite. Die konnte endlich in eine konfessionslose Schule gehen und was anderes lernen, als die Bibel vorwärts und rückwärts auswendig aufzusagen.«

»Und dann hat sie eine Ausbildung als Krankenschwester gemacht.«

»Ja, genau, sie wollte gerne anderen helfen.«

»Und heute betreut sie alte Herrschaften mit Demenz.«

»Kann schon sein.«

Emma liefen die Tränen über die Wangen. »Kann ich bitte ein Papiertaschentuch aus meiner Handtasche bekommen?«

Catherine blieb einfach sitzen. »Ich will erst wissen, warum du heulst.«

»Ich weine um das kleine Mädchen, das Sinéad mal war, und um die Kindheit, die sie nicht haben durfte, und um die Mutter, die sie nie kennengelernt hat.«

Catherine schwieg.

Emma weinte.

»Und ich weine um das kleine Mädchen, das ich einmal war. Ein junges Mädchen, das an den falschen Kerl geraten ist, zu früh schwanger wurde und dafür regelmäßig verdroschen wurde. Ich weine um all diese jungen Frauen, denen irgendwer die Flügel stutzt, lange, bevor sie überhaupt gelernt haben, zu fliegen.«

Eigentlich hatte Emma sich diesen Heulanfall als Finte ausgedacht, um Catherine in ihre Nähe zu bringen, doch nun war sie selber verblüfft, dass sie wirklich meinte, was sie da sagte. Offenbar sah man ihr das an, denn Catherine wühlte in Emmas Tasche, fand ein Päckchen Papiertaschentücher und stand auf, um sie der heulenden Polizistin zu bringen. Die Sig Sauer baumelte dabei lose und wie vergessen an ihrer rechten Hand.

Emma wusste, dass sie nur eine einzige Chance hatte. Als Catherine nahe genug herangekommen war, sprang sie auf. Der Tisch rutschte rumpelnd weg, gleichzeitig riss Emma ihre aneinandergefesselten Arme nach oben und zielte unter Catherines Kinn. Die hatte nicht mit der Angriffslust einer weinenden Frau gerechnet. Ihr Kopf knallte nach hinten, sie taumelte. Em setzte nach, wandte sich zur Seite und schlug in einer Drehbewegung ein zweites Mal zu, diesmal traf sie ihre Gegnerin seitlich in den

Bauch. Die Waffe flog in hohem Bogen davon, knallte auf die Fliesen vor dem Herd. Catherine sank zu Boden. Bevor sie sich noch einmal bewegen konnte, hatte sich Emma ihre Dienstwaffe gegriffen. Die war nun zur Abwechslung auf Catherine gerichtet.

»Bleib einfach still liegen, dann passiert dir nichts«, sagte Emma. Ihre Hände schmerzten, ihre Handgelenke bluteten, und ihre Hüfte tat ihr höllisch weh. Sie musste Catherine ziemlich hart erwischt haben, wenn ihr davon die Haut unter den Handschellen aufgeplatzt war.

Emma setzte sich auf Catherines Stuhl und bückte sich nach ihrem Lederbeutel. Am Schlüsselbund waren die Schlüssel für ihre Handschellen. Es war ein ziemliches Genestel, doch am Ende hatte Emma sich befreit.

»Umdrehen!«, schrie sie Catherine an. »Dreh dich auf den Bauch.«

Doch Catherine stöhnte nur benommen. Ihr Mund war blutig, sie musste sich bei dem Schlag unters Kinn in die Zunge oder auf die Lippe gebissen haben. Außer Gefecht gesetzt hatte sie jedoch der Schlag in die Nieren. Sie würde mindestens eine Woche lang Blut pinkeln. Emma trat vorsichtig auf sie zu, hatte sie doch Catherines Wendigkeit nur allzu gut in Erinnerung. Sie ließ den einen Metallring der Handschellen um Catherines rechte Hand zuschnappen, hob den rechten Arm hoch und zog die ganze Frau über den Boden bis vor den Herd. Dann ließ sie den zweiten Ring um den Griff des Backofens zuschnappen. Bis auf weiteres konnte Catherine nur noch mit einem schweren Gasherd im Schlepptau angreifen, dachte Emma zufrieden. Dann packte sie die verletzte Frau bei den Schultern und setzte sie auf, um sie mit dem Rücken an den Herd zu lehnen. Dabei versuchte Catherine noch, unkoordiniert mit der Linken in Emmas lange Haare zu greifen, hatte am Ende aber keine Kraft mehr, um sich noch einmal ernsthaft auf eine körperliche Auseinandersetzung mit der Polizistin einzulassen.

Emma ließ sich mit einem gewissen Sicherheitsabstand ebenfalls auf den Boden plumpsen, lehnte sich an einen Küchenschrank und schluchzte auf. Die Begegnung mit Catherine hatte einen Oxycodon-fixierten Knoten in ihr in Tränen aufgelöst, von dem Emma nicht mal ahnte, dass er existierte. Und das ihr, wo sie doch ›heulende Weiber‹ so mochte wie Schnecken im Salat. Aber manchmal musste man einfach heulen!

Unter Tränen zog sie ihre Tasche an sich heran, drückte Catherine ein Tempo in die freie Hand und schnäuzte sich selber in ein zweites. Das Adrenalin, das durch ihren Körper pumpte, seitdem sie vor Catherines Tür gestanden hatte, wich allmählich, und Emma spürte die Erschöpfung. Sie mochte diesen rothaarigen Feuerkopf irgendwie. Courage hatte Catherine, das musste man ihr lassen. Die stöhnte leise. Offenbar kam sie wieder zu sich.

»Schöne Scheiße, wie wir hier sitzen. Eigentlich sollten wir die McIntyres dieser Welt verdreschen und nicht uns gegenseitig«, sagte Emma.

Catherine blickte überrascht zu ihr rüber und spuckte dann einen Mundvoll Blut auf den Küchenboden.

»Es tut mir leid, ich wollte dir nicht weh tun«, sagte Emma. »Aber ich kann dich schlecht noch einen Mord begehen lassen.«

Jetzt weinte auch Catherine.

»Ich bin fast vierzig Jahre alt, und ich versuche zu lächeln. Aber jedes Mal, wenn ich in den Spiegel sehe, sehe ich nur eine leere Hülle. Einen hohlen Kokon, der eigentlich nur darauf wartet, zu sterben. Ich habe nie gelernt, jemandem zu vertrauen oder jemanden zu lieben, ich habe keinen Partner, keine Kinder, keine Familie. Nur Sue Ramsey und die alten Leute in Oak Gardens. Niemand außer Sue weiß, dass mit mir was nicht stimmt, ich bin sauber und normal gekleidet, flechte meinen Zopf. Ich lächle ... Ich hab schon als Kleinkind gelernt, meine Gefühle zu verbergen. Inzwischen bin ich darin eine Expertin geworden, hinter einem Lächeln lässt sich alles verbergen.«

»Ich weiß.«

Die beiden Frauen schwiegen. Es war kein feindseliges Schweigen.

»Wie geht Sinéads Geschichte aus?«

»In einem Altenheim, in dem sie arbeitet, trifft sie eine alte Dame, die Sinéad immer Kaitlin nennt. Sinéad guckt mit ihr ihre alten Fotoalben an und sieht, dass sie aussieht wie diese Kaitlin auf den alten Familienbildern dieser Dame.«

»Diese alte Lady heißt nicht zufällig Margaret?«
Catherine nickte.

»Und als dann eines Tages Margarets Sohn zu Besuch kommt, scheint die Pflegerin die Einzige zu sein, die die Familien-Ähnlichkeit wahrnimmt. Doch Margaret ist schon zu krank, um Sinéad zu erzählen, was passiert ist«, berichtete Catherine.

»Und das ist alles?«, wollte Emma wissen.

»Als die alte Dame, die in einem früheren Leben mal Lehrerin war, begann, den Zugang zur Realität zu verlieren, mit Alzheimer diagnostiziert und von ihren Söhnen ins Altenheim gebracht wurde, hatte sie neben den alten Fotoalben auch noch ein paar persönliche Gegenstände dabei, darunter die Tagebücher aus ihren jungen Jahren. Sinéad nahm die an sich, schlug nach, suchte herum, studierte die Daten. Das älteste der Tagebücher reichte bis in den Sommer 1965 zurück. Also begann sie zu lesen.«

»Was ist damals passiert?«

»Margarets Bruder Charles war dabei, Pfarrer zu werden. Unterstützt hat ihn dabei sein Mentor, Philipp Blois.«

»Moment mal, der Philipp Blois, der später Bischof der Church of Ireland in Armagh wurde?«

»Genau der, aber damals war der noch nicht Bischof. Aber ein Freund der Familie Fitzpatrick, der regelmäßig in Dromore West auf *The Manors* zum Tee erschien. Aber nicht, weil die Gurken-Sandwiches bei den Fitzpatricks so köstlich gewesen wären. Nein, Blois hatte viel mehr Appetit auf Charles' kleine Schwester Kaitlin. Die hat er eines Tages in der Scheune einfach kurzerhand vergewaltigt. Kaitlin wurde schwanger, und die Familie war entsetzt. Dass Blois die Finger im Spiel hatte, glaubte dem Mädchen keiner, im Gegenteil, sie haben alle so getan, als sei Kaitlin die Verbrecherin. Der Mutter war die Familienehre wichtiger. Und besonders ihr Bruder Charles hat sie immer wieder bedroht, damit sie nur ja die Klappe hält und seine Kirchenkarriere nicht gefährdet.«

»Das stand wirklich alles in den Tagebüchern der alten Dame im Altenheim?«

»Ja, Kaitlin hatte ihrer Schwester das seinerzeit alles erzählt, und Margaret hat es aufgeschrieben.«

»Das ganze Unheil begann also mit Charles' Rolle in der Church of Ireland?«

»Ja. Und Kaitlins bigotte Mutter war doch so stolz auf ihren Goldjungen Charles. Doch anstatt seinem Kumpel Philipp an die Gurgel zu gehen, hat der seine schwangere

Schwester in so einem Heim für unverheiratete Mütter untergebracht, wo Sinéad im Juli 1965 zur Welt kam. Eine Woche nach der Geburt haben die puritanischen Schwestern dort Kaitlin das Kind abgenommen. Danach ist die junge Frau abgehauen, wollte sich eigentlich umbringen, landete dann aber doch am Ende bei ihrer Schwester Margaret in England. Der hat sie nach und nach die ganze Geschichte erzählt, und die wiederum hat alles in ihrem Tagebuch notiert. Margaret ist dann ein paar Wochen später mit Kaitlin nach *The Manors* zurückgefahren, um herauszufinden, was aus dem Baby geworden war. Doch die beiden bissen auf Granit. Kaitlins Kind war fort, Charles wiederholte nur immer wieder seine Drohungen; und ansonsten galt es unter allen Umständen, die Familienehre und Charles' Kirchenkarriere zu beschützen.«

»Und das hat Sinéad alles in Margarets Tagesbüchern gelesen?«

Catherine nickte.

»Wann war das?«

»Ziemlich genau vor einem Jahr, März 2004.«

»Und dann?«

»Dann hat Sinéad mit ihrer alten Freundin gesprochen, der Sozialarbeiterin Sue Ramsey, und die hat ihr geholfen, ihre Adoptionspapiere zu finden oder zumindest die paar Daten, die das britische Sozialsystem archiviert hatte. Dann fügte sich alles wie ein Puzzle zusammen: Sinéad war am 6. Juli 1965 in der protestantischen Einrichtung *Bon Cœur* für ›gefallene Mädchen‹ an der irischen Westküste als Tochter einer Kaitlin Fitzpatrick geboren worden, nach England in ein Kinderheim der Church of England verbracht und dann zur Adoption freigegeben worden.«

»Da hatte Sinéad es dann schwarz auf weiß: Sie war

Kaitlins Tochter, Margarets Nichte und hatte also eine Mutter gehabt, die sie liebte und bei sich behalten wollte«, sagte Emma nachdenklich. »Eine Mutter, die sich am liebsten umgebracht hätte, nachdem man ihr gewaltsam das Baby genommen hatte. Sinéad hatte eine Familie, auch wenn einige der Verwandten sie nicht haben wollten«, zog Emma die Schlussfolgerung.

»Genau. Eagle Lodge und McIntyre, all das wäre Sinéad erspart geblieben, wenn diese bigotten Leute nur das Baby bei seiner Mutter gelassen hätten!«

Catherine saß reglos da.

Emma schwieg. Was sollte sie auch sagen? Jedes tröstende Wort käme einer Beleidigung gleich. Es gab keinen Trost für ein verlassenes, missbrauchtes Kind.

»An Neujahr dann hat Sinéad beschlossen, ihren ganzen Mut zusammenzunehmen und ihre Familie zu finden. Es war nicht schwierig, den Verbleib des biologischen Vaters zu klären. Blois war ja inzwischen Bischof und ein bekannter Mann geworden, allerdings, wie Sinéad schnell herausfand, längst tot. Die Suche nach Kaitlin war schon schwieriger. Die war wie vom Erdboden verschluckt, spurlos verschwunden. Und auf dem Familiensitz der Fitzpatricks, *The Manors*, ging nie einer ans Telefon«, erzählte Catherine weiter.

»Kein Wunder«, sagte Emma da, »Kaitlin hat sich offenbar von dem Trauma nie erholt, ist früh gestorben, und *The Manors* wird gerade renoviert, da wohnt schon länger keiner mehr.«

»Schließlich fand Sinéad dann einen Charles Fitzpatrick, einen pensionierten Pfarrer in Sligo, nicht weit von *The Manors*. Da lag die Vermutung doch nahe, dass das *der* Charles Fitzpatrick war, von dem in den Tagebüchern die

Rede war. Dem hat Sinéad dann einen Brief geschrieben, ihr Anliegen erklärt und darum gebeten, ihn und ihre Mutter kennenlernen zu dürfen.«

»Und? Wie war die Reaktion?«

»Erst kam lange nichts. Nur Schweigen. Sinéad wollte schon unangemeldet nach Irland fahren, da lag endlich Ende Februar ein Brief von Charles Fitzpatrick im Kasten mit einer Einladung ins Fitzpatrick House nach Sligo. Um sechs Uhr abends sollte sie da sein.«

»Wie ist Sinéad nach Sligo gekommen?«

»Mit dem Flieger nach Dublin, weiter mit dem Mietwagen. Sinéad allerdings fand in der St. John Street keinen Parkplatz. Erst war sie ärgerlich, dass sie ein paar Straßen weiter parken musste, das jedoch erwies sich am Ende als Segen.«

»Schön weit weg vom Tatort. Tatsächlich hat die Garda nie was von diesem Mietwagen erfahren«, bestätigte Emma. »Wir wussten ja auch nicht, wonach wir suchen sollten. Bus? Bahn? Fähre? Mietwagen? Und nach wem? Eine Nadel im Heuhaufen.«

»Sinéad stand erst lange vor dem Haus. Das sah so groß und furchteinflößend aus. Schließlich hat sie doch noch geklingelt. Dann stand Charles in der Tür. War erst ganz freundlich und hat Wein angeboten. Die zwei saßen sich in seinem Büro gegenüber in diesen schweren Ledersesseln und tranken Rotwein.«

»Aber irgendwas ging schief.«

Catherine blickte hoch, und zum ersten Mal sah Emma ein Licht in ihren Augen, das sie nicht recht zu deuten wusste.

»Sinéad hat zuerst nach ihrer Mutter gefragt«, fuhr sie fort. »Charles hat sie unterbrochen und wollte noch mal genau wissen, warum sie glaubte, Kaitlins Tochter zu sein. Da hat Sinéad ihm von ihrer Begegnung mit Margaret im Altenheim in Manchester erzählt, von den Fotos, den Tagebüchern.

›Das ist alles, was du hast?‹, fragte Charles zurück. Er klang ungläubig.

Sinéad hat sich nicht beirren lassen und fragte erneut nach ihrer Mutter.

›Die ist seit 20 Jahren tot‹, kam die Antwort. ›Du kommst zu spät. Und zu erben gibt es auch nichts.‹

›Zu erben? Ich bin nicht wegen einem Erbe hier, ich bin gekommen, um meine Mutter kennenzulernen, meine Familie zu treffen. Um herauszufinden, wer ich bin und warum ich nicht bei euch bleiben durfte.‹

›Ach was, erzähl mir doch nichts‹, hat Charles entgegnet, ›du kommst doch nicht nach all den Jahren, um ein paar alte Leute zu treffen. Du willst an das Land, an *The Manors*. Aber das Haus kriegst du nicht.‹

›Das ist ein kolossales Missverständnis!‹ Sinéad fing an zu stottern, sich zu verteidigen und merkte dabei selber, dass eine Rechtfertigung irgendwie auch immer klingt wie eine Selbstanzeige.

Aber Charles war noch nicht fertig.

›Du hast wohl gelesen, dass uneheliche Kinder nach irischem Recht jetzt ihr Erbe beanspruchen können, so, als seien ihre Eltern verheiratet gewesen. Unser Land wird sowieso jedes Jahr unmoralischer und ehrloser. Sogar Scheidungen sind inzwischen erlaubt! Und dann schnuppern Leute wie du Morgenluft! Aber glaube mir, ich werde das bekämpfen bis ins Grab! Nur weil deine Mutter die Beine nicht zusammenhalten konnte, kommt mir kein Bastard nach *The Manors*!‹

Sinéad traute ihren Ohren nicht.

›Die Beine nicht zusammenhalten konnte? Bastard? Was soll das denn heißen? Dein Freund und Mentor, Philipp Blois, hat Kaitlin vergewaltigt! Auf *The Manors*, in der Scheune. Und hat sich danach ganz seelenruhig zum Tee mit deiner Mutter hingesetzt. Mit Maddie, meiner Großmutter.‹

›Nenn meine Mutter nicht deine Großmutter! Das sind alles Lügen!‹, donnerte Charles. ›Wenn Philipp die Finger an Kaitlin dran hatte, was ich stark bezweifle, Philipp war ein Ehrenmann, dann nur, weil die kleine Hexe ihn verführt hat.‹

›Charles, warum lügst du immer noch? Das ist jetzt 40 Jahre her, meine Mutter und Blois sind beide tot. Warum glaubst du deinem eigenen Fleisch und Blut nicht? Margaret hat doch auch immer wieder versucht, dir die Wahrheit zu sagen …‹

›Ich lüge nicht! Wenn hier einer lügt, dann seid das ihr verlogenen Weiber! Erst herumhuren und dann die Verantwortung auf die Männer abschieben. Und jetzt kommst du kleine Sünderin und bist scharf aufs Geld!«

Catherine stockte. »Der war so wütend, dass ich dachte, der kriegt gleich einen Infarkt.«

Emma spürte, dass es jetzt an den Kern der Geschichte ging. Doch den wollte Catherine – oder Sinéad – nicht so ohne weiteres preisgeben.

»Und da ist Sinéad dann der Kragen geplatzt?«, fragte Emma.

»Nein, so war es nicht. Eigentlich war Sinéad nur aufgesprungen, um aus dem Haus zu laufen. Doch Charles war ebenfalls aufgestanden und stellte sich ihr in den Weg. Er sagte: ›Komm, gib doch zu, dass du nur eine kleine Betrügerin bist. Du hast in deinem Job meine Schwester Margaret getroffen, ihre alten Tagebücher gelesen und auf den Fotos gesehen, dass die Familie nicht ganz arm ist. Da hast du dir schnell was ausgedacht, weil du glaubst, dass so ein im Dienst ergrauter Vikar wie ich im Alter sentimental wird. Aber da hast du dich schön getäuscht!‹

Sinéad wollte ihren Ohren nicht trauen und beteuerte immer wieder, dass dies nicht stimmte.

›Ich könnte ja jetzt die Garda rufen und dich wegen Betrug und Erpressung anzeigen. Aber wenn du jetzt ein bisschen lieb bist zu dem alten Mann, dann lass ich dich gehen …‹ Dabei verzog sich das alte Gesicht zu einem anzüglichen Grinsen. Und dann griff er grob nach Sinéads Brust und zog sie an sich.« Bei der Erinnerung stöhnte Catherine auf.

»Sie hat sich also nur gewehrt?«, fragte Emma nach.

»Erst hat Sinéad ihn nur vor die Brust gestoßen, damit er sie loslässt. Sie war schon an der Tür zum Flur, um zu gehen, da zischte er:

›Du widerliche kleine Schlampe, das wirst du bereuen!‹ Dann ist er auf Sinéad los, mit der Weinflasche in der erhobenen Hand, plötzlich gar nicht mehr lüstern, sondern einfach nur noch wütend und aggressiv.

›Dir werde ich es zeigen! Dir werde ich es zeigen!‹, hat er gebrüllt und ging mit der Flasche auf seine Nichte los. Es gab ein Gerangel, es gelang Sinéad, den Alten abzuschütteln. Doch der hatte immer noch nicht genug, setzte ihr nach und wollte Sinéad daran hindern, das Haus zu verlassen. Dieser Mann hatte ihr ganzes Leben zerstört und das ihrer Mutter, hatte sie der Lüge bezichtigt, ihr einen unsittlichen Antrag gemacht, sie bedroht und tätlich angegriffen. Und jetzt war sie die Schlampe? Charles, Blois,

McIntyre, alle diese Schweine lebten das gute Leben, und Sinéad lief durch die Welt wie eine leere Hülle.«

Emma hielt den Atem an. Nur jetzt nichts sagen, sich nicht bewegen. Nichts tun, was den Fluss der Geschichte unterbrechen könnte.

»Als der Alte zum zweiten Mal angriff, hat sich Sinéad das Nächstbeste gegriffen, um sich zu wehren, ein Radio, das auf einem Beistelltischchen neben seinem Sessel stand, hat das Kabel aus der Steckdose gerissen, es dem alten Mann um den Hals geworfen und zugezogen. Er hat ein bisschen mit den Armen gerudert, die Flasche fallen lassen, seine Finger griffen in die Luft. Sie waren ganz weiß dabei geworden, wie Würstchen aus Kalbfleisch. Am Ende hat sie ihn mit dem Kabel um den Hals zurück in seinen Sessel gezogen. Es war überraschend schnell vorbei.«

Emma atmete ganz flach. Sie war erleichtert, endlich war das Schwein tot. Er hatte sich sein Ende redlich verdient. Aber so sollte sie nicht fühlen, sie war doch Polizistin. Ihr Job war, Täter aus dem Verkehr zu ziehen. Aber wer war hier eigentlich der Täter und wer das Opfer? Ein guter Anwalt würde aus der Geschichte sowieso einen Freispruch wegen Notwehr machen. Und zu Recht. Aber warum sollte sie zulassen, dass Catherine jetzt auch noch durch die Mühlen der Justiz gedreht wurde?

»Ich hätte dieses stinkende Stück Unrat auch umgebracht«, hörte Emma sich da sagen.

Und dann überkam sie das große Mitleid, nicht mit Catherine alias Sinéad oder Charles, sondern mit der gesamten Menschheit. Der stehlenden, mordenden, vergewaltigenden, kriegführenden, rächenden Menschheit, die nicht aus ihrer Haut konnte und am Ende raubtierhaft war und blieb. Und Leute wie Emma mussten es ausbaden und Ordnung ins Chaos bringen.

Nur dass es Ordnung nicht gab.

Catherine starrte sie nur an.

»Und dann hast du alles abgewischt und den Schreibtisch durchsucht. Ich zumindest hätte das getan.« Emma hatte den Vorwand von Catherines Alter Ego Sinéad längst aufgegeben. Doch Catherine selber hielt eisern daran fest. Sie schien ihre Geschichte nur erzählen zu können, wenn sie sie gleichzeitig von sich abspaltete und ihrem Phantasie-Alter-Ego Sinéad in die Schuhe schob.

»Als der Alte tot war, hat Sinéad erst in den Flur hineingehorcht. Alles war still. Offenbar war niemand sonst zu Hause in der Riesenbude«, fuhr Catherine mit ihrer Geschichte fort.

»Charles' Frau Jeane war in Belfast an diesem Donnerstagabend«, erklärte Emma, »bei ihrer Schwester, zum Shopping. Dann hast du ihm seine Lebenslügen um die Ohren gehauen und ihn böse gemacht.«

»Der war vorher schon böse.«

»Charles muss dich bewusst an einem Abend eingeladen haben, an dem er allein zu Hause war. Wollte er doch das Familiengeheimnis wahren – offenbar sogar vor der eigenen Frau.«

»Sinéad hat also Glück gehabt.« Catherine lächelte schwach. »Zum ersten Mal in ihrem Leben, wenn man es genau nimmt. Sie ging also in Charles' Küche, nahm sich ein Tuch und wischte sorgfältig alles ab. Alle Türgriffe, die Gläser, die Steckdose.«

Emma biss sich auf die Unterlippe, von dem halben

Fingerabdruck neben der Steckdose, den Catherine übersehen hatte, sagte sie ihr nichts.

»Sie hob die Weinflasche wieder auf – zum Glück hatte er die nach dem Einschenken wieder ordentlich verkorkt, die Sauerei wäre sonst doch zu ärgerlich gewesen. Dann zog sie sich ihre Winterhandschuhe an, es war ja noch kalt draußen«, fuhr Catherine fort, »machte den Schreibtisch auf und suchte nach ihrem Brief an Charles. Sonst gab es ja nichts, was sie mit den Fitzpatricks in Verbindung bringen würde. Den Brief steckte sie ein, genauso wie das Küchentuch, das Radio und das Kabel dazu. Sonst ließ sie alles, wie es war. Raus zur Tür, in den Mietwagen, zurück nach Dublin. Auto wie mit dem Vermieter vereinbart auf dem Flughafenparkplatz stehen gelassen, weiter mit dem Taxi. Über Nacht blieb sie in einem billigen Hotel, sie zahlte in bar. Den Rückflug ließ sie verfallen, nahm stattdessen ganz früh eine Fähre über den Kanal, fuhr weiter nach London.«

»Nach London? Warum nicht Richtung Manchester? Das ist doch ein gewaltiger Umweg.«

»Um die Spuren zu verwischen. Sinéad wusste ja nicht genau, wer sie gesehen hatte und wo.«

»Niemand hat dich gesehen. Keiner weiß was. Aber was hast du mit dem Radio und den anderen Sachen gemacht?«

»In Einzelteile zerlegt und auf dem Weg zurück nach England von der Fähre aus ins Meer geworfen. Da, wo es tief ist.«

Die beiden Frauen starrten sich an.

»Warum hast du die Briefe geschrieben?«, wollte Emma schließlich wissen.

»Charles war ein Schwein. Die Welt sollte das erfahren. Und die Polizei. Meine Mutter war keine Hure. Meine Mutter und ich sind von dieser Familie auf dem Altar der Protestantenehre geschlachtet worden. Einfach so.«

»Warum aber der Brief an die Polizei? Willst du bestraft werden?«

»Nein. Ich will bei Margaret bleiben. Sie ist das Einzige, was ich noch habe. Den Brief an die Polizei habe ich geschickt, weil sie sehen sollten, wer hier das eigentliche Opfer war. Nicht Charles, sondern meine Mutter.«

»Das kann ich verstehen«, sagte Emma. Und nach einer Pause: »Bist du vorher schon mal gewalttätig geworden?«

»Nein. Wäre ich gewalttätig, hätte ich Eagle Lodge schon längst in die Luft gejagt. Und McIntyre wäre auch längst tot.« Ein bitteres Auflachen.

»Und jetzt?«

Es war spät geworden. Catherine sah plötzlich sehr alt aus, viel älter als 40, wie sie da so saß, mit blutverschmiertem Mund, die rechte, an ihren eigenen Herd gefesselte Hand neben ihrem Gesicht.

Emma fasste ihren Entschluss.

»Ich werde jetzt gehen, mich in meinem Hotel ausschlafen und morgen früh wie geplant nach Irland zurückfliegen. Den Kollegen werde ich erzählen, dass Margaret dement ist und mir nicht weiterhelfen konnte. Das war es dann.«

Catherine guckte ungläubig.

»Warum?«

»Du hast es doch schon gesagt. Charles war ein Schwein.«

Damit nahm Emma die Schlüssel für die Handschellen von ihrem Bund, warf sie Catherine zu und verließ das Haus in der Oswold Road.

Kapitel 12

Eine tote Spur

Am nächsten Tag stand Emma nach einem ereignislosen frühen Flug nach Knock und einer verregneten Autofahrt nach Sligo lange vor der »Cathedral of St. Mary the Virgin and St. John the Baptist« in der St. John Street und starrte auf die alten Steine. Anders als Catherine vor ein paar Tagen hatte Emma problemlos einen Parkplatz gefunden. Der Himmel riss auf, die Sonne strahlte, Wolkenfetzen spiegelten sich in den Pfützen. Die alten Grabsteine rund um die Kirche wirkten geradezu pittoresk. Emmas Hände schmerzten, sie hatte blaue Flecken um die Handgelenke und ein paar Platzwunden. Nichts, was sich mit ihren Pillen nicht regeln ließe.

Sie könnte Catherine problemlos festnageln, hatte sie doch das Motiv und einen halben Fingerabdruck, von dem Catherine nichts wusste. Die Mietwagengesellschaft in Dublin aufzutreiben, bei der Catherine sich den Wagen besorgt hatte, um nach Sligo zu fahren, wäre ebenfalls ein Kinderspiel. Das Gleiche galt für die Fähre zurück. In England gab es überall Überwachungskameras. Wenn man wusste, wonach man suchte, konnte man Catherine jeden Schritt nachweisen. Bis hin zu dem Einwurf des an die Polizei adressierten Briefes. Wenn die Kollegen erst einmal eine Spur aufgenommen hatten, war das Wild so gut wie erledigt.

Und doch. *St. Mary the Virgin and St. John the Baptist* – die Jungfrau und der Täufer. In dieser Kirche war Blois Bischof gewesen und Fitzpatrick Erzdiakon. Kaitlins und Catherines Folterknechte. Zwei Frauen, gequält von der Kirche. Nicht zum ersten Mal kam die große kalte Wut auf Irland und seine religiöse Heuchelei über Emma. Genau dieselbe Wut musste Catherine empfunden haben. Ihre Mutter wurde unterdrückt und vergewaltigt, sie selbst wurde terrorisiert und missbraucht, und dann wurden die Frauen als »schlecht« stigmatisiert, während für die Männer alles munter immer so weiterging.

Und dein ist das Reich und die Kraft und die Herrlichkeit ... Alles im Namen einer herzlosen Religion. Am Ende forderte Charles, Vertreter dieser Kirche, dann auch noch Sex von seiner Nichte, weil er sie sonst als Erpresserin anzeigen würde. Als er sie dann auch noch mit einer Flasche in der Hand tätlich angriff, fing sie endlich an, sich zu wehren. Wurde ja auch Zeit. Die Jungfrau und ihr Täufer, dass sie nicht lachte.

Emma stieg in ihren himmelblauen Peugeot, fuhr ins Präsidium und parkte hinter der Wache auf dem Polizeiparkplatz. Sie nahm zwei Tabletten, stieg aus dem Wagen und wappnete sich für den bevorstehenden Kampf. Murry würde nicht begeistert sein von seiner Mitarbeiterin.

Das war er dann auch nicht. Emma stand vor seinem Schreibtisch in seinem Büro, er saß zurückgelehnt in seinem Stuhl, die unvermeidliche Brille auf die Glatze geschoben.

»Du hast also nichts erreicht? Zwei Tage in Manchester und es ist nichts, absolut nichts dabei herausgekommen?« Murry klang fast ungläubig.

»So würde ich das nicht sagen. Wir haben sichergestellt, dass Charles' Schwester sicher und in guten Händen ist. Der wird in Manchester nichts Böses widerfahren.«

»Und was, verehrte Kollegin, sage ich jetzt dem Polizeipräsidenten? Was dem Kollegen aus Dublin? Was der Witwe Fitzpatrick? Was der Presse? Herrgott noch mal, das gibt's doch gar nicht!«

Emma schwieg.

»Deinen Exmann hat Kelly inzwischen übrigens in Untersuchungshaft genommen. Er vermutet, er hat was mit dem Fitzpatrick-Fall zu tun.«

»Das ist Schwachsinn, und Kelly ist ein Idiot!«

»Verdammt noch mal, Emma! Eamon Kelly wird triumphieren über uns Dorfpolizisten! Willst du ihm diese Genugtuung lassen?«

»Kelly wird mit seiner Theorie zum Strategiewechsel der IRA in der Fitzpatrick-Sache nicht weit kommen; ganz einfach, weil sie falsch ist. Und dann bleibt der Fall eben erst mal offen. Es ist nicht der erste und nicht der letzte Todesfall, der ungeklärt in den Büchern steht.«

Murrys Gesicht wurde ganz rot, er stand auf, beugte sich vor, stützte die Hände auf den Tisch und fing an zu schreien: »Was ist denn das für eine Einstellung, Detective Vaughan? Ein offener Fall und meine ermittelnde Beamtin zuckt nur mit den Schultern? Unglaublich!« Murry wurde förmlich, wie immer, wenn er richtig verärgert war.

»Chef, Sie waren es doch, der zuerst zugelassen hat, dass Dublin sich in unsere Ermittlungen mischt. Sie haben den Fall nach oben abgeschoben und werfen mir jetzt Gleichgültigkeit vor?« Emma war innerlich ganz ruhig geblieben.

»Detective Vaughan, Sie sind von dem Fall entbunden und bis auf weiteres in den Innendienst versetzt.«

»Sie haben mir das alles doch schon längst aus der Hand genommen, Chef«, entgegnete Emma. Doch Murry brüllte nur noch: »Raus! Sofort raus! Verlassen Sie mein Büro!«

Emma blieb im Flur stehen und starrte aus dem Fenster auf die Pearse Road. Offenbar war die Schule für heute zu Ende, überall liefen Kinder und Jugendliche in Schuluniformen durch die Stadt. Emma nahm das Mobiltelefon und drückte auf die Kurzwahl für das Handy ihres Sohnes.

»Hi, Darling, ich bin wieder da.«

»Hi, Mum, wie war's?«

»Schon okay. Komme heute früher nach Hause, und dann koche ich uns was Feines.«

»Hast du was von Dad gehört?«

»Der ist hier auf dem Präsidium und wird befragt.«

»Ist das schlimm?«, fragte Stevie ängstlich.

»Wenn er nichts angestellt hat, ist das nicht schlimm. Und immerhin kann er hier keinen Unsinn machen.« Emma lachte und merkte selbst, wie künstlich das klang. »Heute kannst du also nicht zu ihm gehen, vielleicht in ein paar Tagen wieder.« Und nach einer Pause: »Er will ja eh, dass du künftig nur noch bei ihm bist.«

»Du hast es also schon gehört«, entgegnete Stevie.

Emma schwieg.

Da versuchte ihr Sohn, sie zu trösten: »Du kennst doch Dad. Hunde, die bellen, beißen nicht!«

Wenn du wüsstest! Emma musste an so manchen blauen Fleck zurückdenken, den sie Pauls Wutanfällen zu verdanken hatte. Laut sagte sie:

»Ach du, was würde ich nur machen ohne dich!« Sie merkte, dass ihre Stimme vor Gefühl zitterte.

»Mami, mach dir nicht so viel Sorgen. Ich will ja gar nicht zu Dad. Ohne mich würdest du ja eh nur immer arbeiten oder im Hardigans sitzen und mit Laura zu viel Wein trinken.« Wie jeder geistig gesunde Teenager war er peinlich berührt von offen demonstrierter elterlicher Emotionalität.

»Sei nicht so frech, oder ich überlege es mir anders!« Emma konnte ihm vor lauter Kloß im Hals nicht sagen, wie erleichtert sie war.

Da fragte ihr Sohn, was sie jetzt mit Paul machen sollten, damit der sich bald wieder beruhige. »Wegen Mathe und so«, wie ihr Sohn anfügte.

»Wie wär's mit Vergiften?«

»Haha, sehr komisch. Polizistin als Giftmörderin. Wahnsinnig originell.«

»Ist ja schon gut. Im Ernst: Ich habe keine Ahnung, wie wir den wieder einfangen. Am besten, du gehst nachmittags regelmäßig zu ihm, sobald das wieder geht, und machst dort sorgfältig deine Hausaufgaben. Auch wäre es empfehlenswert, dass du keine Fünfen in Mathe mehr produzierst.«

»Und was wird mit Sophie? Soll ich ihm die verheimlichen?«

»Lügen haben kurze Beine. Besonders in so einer kleinen Stadt wie Sligo. Dein Vater kennt Gott und die Welt, und er muss nicht gerade bei der Garda sein, um schnell rauszukriegen, dass ihr zwei ständig zusammensteckt. Aber du musst ihm ja nicht dauernd von deiner Eroberung vorschwärmen ...«

»Okay.« Und plötzlich klang er wieder wie ein kleiner Junge: »Wann kommst du nach Hause?«

Alles war wie immer. James saß in der aufgeräumten Ecke ihres gemeinsamen Büros und meditierte über seiner halbtoten Zimmerpalme, als Emma die Tür aufdrückte.

»Die war auch schon mal in besserer Verfassung«, sagte Emma zur Begrüßung und nickte mit dem Kinn in Richtung Blumentopf.

»Hallo, ich habe dich auch vermisst!« James und sein Filmstarlächeln.

Emma ließ sich in ihren Stuhl fallen.

»Hast du aufgeräumt?« Auf ihrer Seite waren die schmutzigen Kaffeetassen und die halb gefutterten Sandwiches verschwunden. Emma lächelte dankbar. Zum Glück gab es auch Männer wie James.

»Reiner Selbstschutz«, grinste James. »Wenn die Gewerbeaufsicht uns hier den Laden dichtmacht, weil von unserem Büro Gesundheitsgefahr ausgeht, verlier ich meinen Job. Das kann ich mir nicht leisten.«

Wenn du wüsstest, dachte Emma, ich glaub, ich bin meinen wirklich los. Seltsamerweise fand sie diesen Gedanken nicht wirklich beängstigend. Dann würde sie eben Innendienst schieben, ein paar Aktenstapel hin und her ordnen, um fünf nach Hause gehen und sich um ihren Sohn kümmern.

Laut sagte sie: »Und wie war's mit Stevie?«

»Mit dem hab ich gestern Abend Schach gespielt. Nicht doof, der Junge, ich frage mich, wo er das herhat. Heute Morgen ist er dann in die Schule gefahren. Ich glaub, er freut sich auf seine Mutter, damit er mal 'ne Pause kriegt, die ist intellektuell nicht halb so herausfordernd wie sein neuer Schachpartner.«

»Intellektuell? Herausfordernd? Schätzchen, du weißt ja nicht mal, wie man das schreibt«, grinste Emma zurück.

»Schon gut, nichts zu danken!«

»Und Paul? Murry sagt, den hat Eamon heute Morgen eingebuchtet.«

»Beugehaft«, entgegnete James. »Da soll er mal überlegen, ob er uns nicht doch was zu sagen hat über seine Beteiligung an der IRA. Über eine neue Strategie derselben.«

»Ein paar Tage Ruhe werden Paul guttun. Aber sagen wird er nichts. Das könnt ihr vergessen.« Emma war sich sicher. Paul war störrisch, das wusste sie aus Erfahrung.

»Ihr? Wieso ihr?« James gab sich entrüstet. »Ich hab damit nichts zu tun. Ich persönlich bezweifle, dass Paul bis drei zählen kann. Von wegen strategischer Denker der IRA. Das ist ein Witz.«

»Wie kommst du denn zu dieser Erkenntnis?«

»Paul hat dich gehen lassen. Der Mann muss eine Dumpfbacke sein.«

Zu ihrem Verdruss merkte Emma, wie sie vor Freude rot wurde.

James starrte derweil auf ihre auf dem Tisch liegenden Hände: »Die war auch schon mal in besserer Verfassung‹ – das könnte man auch von dir sagen.«

Emma guckte fragend.

»Deine Handgelenke. Was ist dir denn widerfahren in Manchester? Ist dir eine Bierkutsche über die Pfoten getrabt?«

»So was Ähnliches. Ist nicht so schlimm.« Emma zog unwillkürlich die Ärmel ihrer Bluse über die blauen Striemen.

»Em, wo sind deine Handschellen?« Wie jeder alte Bulle kannte James diese Art von Verletzung aus Erfahrung.

»Die muss ich irgendwo liegen gelassen haben.«

James stand auf, ging um die beiden Schreibtische herum und kam auf Emma zu. Kurz vor ihr blieb er stehen und schnappte sich ihre Handtasche vom Tisch. Was hatten die nur alle mit ihrer Tasche? Jeder glaubte offenbar, er könnte einfach in ihren Sachen herumwühlen!

Inzwischen hatte James Ems Schlüsselbund aus dem Lederbeutel gefischt. Baumelnd hielt er ihn hoch: »Emma, wo sind die Schlüssel zu deinen Handschellen?«

»Verloren. Sag ich doch.«

»Verarsch mich nicht. Du hast die Handschellen samt Schlüsseln verloren? Ist das dein Ernst?«

»Yep.«

James stand schweigend vor ihr und schüttelte nur den Kopf.

»Na, an deiner Stelle würde ich jetzt mal 'ne Weile Blusen mit sehr langen Ärmeln und Manschetten tragen. Die Story glaubt dir nämlich keiner.«

»Hmm.«

Emma drehte sich weg, um ihren Computer anzuschalten.

»Wie war es überhaupt in Manchester?«, fragte James da, »mal abgesehen von den wilden Sexspielchen im Hotel, bei denen du deine Handschellen verloren hast.«

Da musste Emma laut auflachen.

»Gute Idee! Nächstes Mal, wenn ich in einem billigen Hotel in einer runtergekommenen Scheißstadt hocke, lasse ich mich dann auch noch von einem mir wildfremden Sadisten fesseln und verhauen. Genial. Das wird meine Laune heben!«

»Im Ernst, ist im Fitzpatrick-Fall was rausgekommen?«

Emma schluckte nur kurz. Dann guckte sie James in die Augen und sagte:

»Nein. Margaret ist in der Tat komplett dement. Der Trip nach Manchester war eine tote Spur.«

Karin Salvalaggio

Brennender Fluss

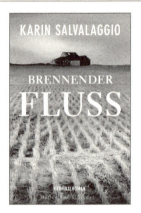

Kriminalroman.
Aus dem Englischen von Sophie Zeitz.
Klappenbroschur.
Auch als E-Book erhältlich.
www.marion-von-schroeder.de

Mörderische Hitze

Flathead Valley, Montana: Das nur spärlich besiedelte Tal wird von einer Hitzewelle heimgesucht. Ein Brandstifter bringt die Bewohner in große Gefahr, die Feuerwehr kämpft vergeblich gegen die Flammen an. Dann wird ein toter Soldat gefunden. Die Polizei bittet Detective Macy Greeley um Hilfe. Sie muss gegen das Schweigen der eingeschworenen Gemeinschaft ankommen, die Probleme lieber unter sich löst. Zu allem Überfluss taucht auch noch Ray Davidson auf – zugleich Macys Chef und der Vater ihres kleinen Sohnes. Dann wird eine weitere Leiche gefunden. Bald ist nicht nur Macys Karriere, sondern auch ihr Leben in großer Gefahr ...

»*Salvalaggio ist eine beeindruckende neue Stimme in der Spannungsliteratur. Ich kann es kaum erwarten, mehr von ihr zu lesen.*«
Deborah Crombie

Marion von Schröder

Kim Wright

Die Canterbury Schwestern

Roman.
Taschenbuch.
Auch als E-Book erhältlich.
www.ullstein-buchverlage.de

Neun Frauen, fünf Tage, ein gemeinsamer Weg

Che kann es nicht fassen: Sie ist mit acht anderen Frauen auf dem Weg von London nach Canterbury.
Es war der letzte Wunsch ihrer Mutter, dass Che dort ihre Asche verstreut. Aber eigentlich hat sie gar keine Lust auf einen als Pilgerreise getarnten Selbstfindungstrip. Und was interessieren sie die Lebensgeschichten der anderen Frauen, die traditionell auf dem Weg nach Canterbury erzählt werden? Doch zu Ches Überraschung berühren die unterschiedlichen Geschichten ihrer Mitreisenden sie tief. Und obwohl Che unterwegs ist, hat sie das Gefühl, angekommen zu sein.

Ein großer, berührender Frauenroman über die Bedeutung von Freundschaft, späte Trauer und die Frage, was Wanderschuhe und das Leben gemeinsam haben …

Julie Wassmer

Pearl Nolan und der tote Fischer

Ein Krimi von der englischen Küste

Klappenbroschur.
Auch als E-Book erhältlich.
www.list-verlag.de

***Meer, skurrile Bewohner und Austern satt:
Willkommen in Whitstable!***

Pearl Nolan betreibt ein kleines Austernrestaurant im malerischen Küstenort Whitstable. Niemand kann so gut kochen wie sie, und niemand kann besser Geheimnisse lüften. Erst kürzlich hat Pearl sich einen langgehegten Traum erfüllt und ein Detektivbüro als zweites Standbein eröffnet. Plötzlich wird ein Austernfischer tot aufgefunden und der Tote ist ausgerechnet ihr Lieferant. Der zurückhaltende, aber sehr attraktive Kommissar McGuire spricht von einem Unfall, aber Pearl weiß, dass das nicht stimmen kann. Pearl wird fortan mit ihm gemeinsam ermitteln – ob McGuire nun will oder nicht.

Ein Wohlfühlkrimi für die Leser von Camilla Läckberg und Jean-Luc Bannalec.